# 日和

hiyori

让阅读成为日常

# 织

［日］伊吹有喜 ◎ 著

陈璇璇 ◎ 译

CNS PUBLISHING & MEDIA
湖南文艺出版社·长沙

图书在版编目（CIP）数据

织云 /（日）伊吹有喜著 ； 陈璇璇译. -- 长沙 ：
湖南文艺出版社，2024.10
（日和）
ISBN 978-7-5726-1523-8

Ⅰ. ①织… Ⅱ. ①伊… ②陈… Ⅲ. ①长篇小说－日本－现代 Ⅳ. ①I313.45

中国国家版本馆CIP数据核字(2024)第016054号

著作权合同图字：18-2020-223



日和
hiyori

# 织云

**ZHIYUN**

**著　　者：**〔日〕伊吹有喜
**译　　者：**陈璇璇
**出 版 人：**陈新文
**责任编辑：**夏必玄
**封面设计：**少　少
**内文排版：**玉书美书
**出版发行：**湖南文艺出版社
（长沙市雨花区东二环一段508号　邮编：410014）
**印刷：**长沙新湘诚印刷有限公司
**开本：**710 mm×1000 mm　1/32
**印张：**11
**字数：**194千字
**版次：**2024年10月第1版
**印次：**2024年10月第1次印刷
**书号：**ISBN 978-7-5726-1523-8
**定价：**48.00元

# 目录

# 第一章

# 六月　光和风的布

在隔着一扇门的厨房，能够清楚地听到电视机的声音。

转眼之间，东京已经到了绣球盛开的初夏。

在冷气强劲的房间里，山崎美绪倚着墙壁坐在床上。已经有一个月没去学校了。

五月份的黄金周结束后，她就再也不想去学校了，即使到了早晨也无法起床，极力勉强自己起来便会头晕目眩。硬逼着自己去上学，在通往学校的电车上就会觉得肚子痛，想去洗手间。在满载乘客的电车里，忍受着无法抑制的便意，这样一来，连坐电车这件事都变得可怕起来。

也许是房间里冷气太足了，身体都冰凉起来。

美绪伸手拿起脚边的红色披肩，把自己从头到脚包起来，于是身体好像没有那么僵硬了。这条披肩是美绪满月初次参拜神社的时候，爷爷奶奶送的礼物。虽然经过了十七年的漫长时光，依然没有褪色，还是红得鲜艳，手感依然十分柔软。她深吸一口气，看了一下墙上的时钟，已经是上午十点半了。

美绪的妈妈在东京一所私立初中当英语老师，每天早上七点出门。爸爸在神奈川一家电机制造研究所工作，每天大概六点半去公司上班。美绪自从不上学以后，每天在父母出门后才会出房间去厨房找吃的，但今天不知道怎么回事，妈妈一直待在家里不出门。

“唉，肚子好饿啊。”就在这时，肚子好像帮腔似的发出了一阵声响。美绪饿得实在受不了，便走出房间。妈妈正在厨房看电视，她的头发平时总是梳得很整齐，但是今天自然地散乱着，也没有化妆。

美绪战战兢兢地说了声“早上好”，妈妈好像刚回过神似的，将目光从电视屏幕前移开，问了句：“吃早饭吗？”

“嗯。”美绪点点头回答道，“我自己来吧，妈妈今天怎么了？”

“妈妈和美绪一样，偶尔也会有不想上学的时候。”

妈妈的声音有气无力，让美绪不知所措。她将面包抹上草莓酱塞进嘴里，正打算回房间。妈妈突然来了一句“你等一下”。

“横滨的外婆今天要来家里，应该快到了。”

“欸？”美绪嘟囔了一声，抬头看了一眼墙上的挂钟。

“那我要不要和她打个招呼？”

“随便你。”

定居横滨的外婆已经退休了，之前和妈妈一样是初中英语老师，还常年在学校担任生活指导。如果美绪留下和她打招呼，外婆一定会问都这个点了，为什么还在家里。

“那……我还是回房间吧。”

“我刚刚不是说随便你吗？而且就算我跟你说什么，你也不会听吧。”

也不是这么回事吧，美绪想回一句，但终究还是没有出声。

妈妈的视线又回到了电视屏幕。美绪盯着妈妈的后背想：自己有时候确实没有按照妈妈的想法来，但是也一直努力了，小学入学考试考得不好，中学终于考进了妈妈心仪的六年一贯制私立女校，然而从去年秋天开始就抗拒上学了。

妈妈好像察觉到美绪的目光，转过身来。美绪慌忙折回房间，往床上胡乱一躺，随手抓过红色披肩，闭上眼睛把自己整个包起来。

这条用了很多年的旧披肩好像被施了魔法一样，裹在其中就会觉得时间似乎停止了。美绪微微睁开眼，摸到了缝在披肩一角的“山崎工艺舍”的标签。这是美绪爷爷经营的染织工坊的名字，位于岩手县的盛冈市。爸爸和爷爷关系很不好，他连婚礼都没请爷爷参加。直到自己作为家族的第一个孙女出生之后，他俩才恢复联系。

美绪满月初次参拜神社那天，爷爷奶奶带着这条披肩来到了东京。

看着那时候拍的照片，气氛十分融洽，一点都看不出他们曾经关系交恶。美绪很喜欢这张照片，照片是在神社里拍的：爷爷抱着用披肩裹着的美绪，奶奶一脸开心地看着襁褓中的小小婴儿。美绪在学校遇到不开心的事情时，想到这张照片就会觉得轻松不少：还是有人因为自己的出生而高兴的。每每想到这里，就会觉得眼前的一切也没什么关系。

美绪把脸从披肩里露出来，伸手拿起手机，里面还有一张喜欢的照片，拍的是山崎工艺舍窗外的风景，美得就像绘本里会出现的景象，美绪把这张照片设成了手机屏保。她趴在床上盯着这张照片：明媚的阳光下，洁白的绵羊在碧绿的草地上悠闲地吃草，它们的脚下，四叶草开着白色的小花，草地的对面是一片树林。

这张照片是美绪在网上一个介绍岩手县特产的博客里找来的。山崎工艺舍是一个手工作坊，人们用羊毛纺线，然后做成一种叫“钢花呢”的面料，这种面料在昭和时代颇受欢迎。这个博客引用了宫泽贤治[1]的话描述作坊附近的风景，称其飘着“纯净透明的微风”，沐浴着

---

① 宫泽贤治（1896—1933），日本昭和时代早期的诗人、童话作家、农业指导家等，生于日本岩手县，毕业于盛冈高等农林学校。此处引用出自宫泽贤治的《银河铁道之夜》。

“桃红色的美丽晨光”，简直就是“理想国”。但是爸爸从来不提关于作坊的事，也不和那里的家人联系。美绪把手机放了回去，将脸埋在枕头里。美绪的爸爸通勤时间很长，早出晚归，周末几乎都在睡觉，即使和女儿面对面也没什么话可讲。美绪想到森林牧场的照片，想打听一些关于爷爷作坊的事。

“居然讲这样的话！”外面传来妈妈的声音，美绪被这个尖锐的声音吓了一大跳，从枕头上爬了起来。接着又传来外婆的声音：

“所以啊，真纪，现在的孩子都是这样，世道就是这样。”

美绪慌忙看下时钟，已经十二点多了。原来自己刚刚胡思乱想的时候不知不觉睡着了，外婆就在自己睡着的时候来了，现在和妈妈聊得正起劲。

外面传来外婆高亢的声音：“她都很难接受，更没办法谅解吧。”

“连妈妈都这么认为吗？”

美绪听到自己妈妈管外婆叫“妈妈”，总觉得说不出的古怪，好像妈妈不再是大人，变成了撒娇的小孩一样。她觉得自己听到了不该听的对话，而且刚刚外婆说的“年轻孩子”指的就是自己吧。美绪在床上翻了个身，将身体蜷缩起来。突然想上厕所，美绪从床上下来，把耳朵贴在门上，听到外婆用压低的声音说：“以前我工作的时候，孩子们之间相互取的外号有些可难听了，什么肥猪、侏儒之类的。和这种相比，美绪的外号可爱多了。”

美绪憋得原地站着，双腿不停摩擦，想立刻上厕所，但是又不能在外婆和妈妈正在谈论自己的时候出去，只能咬牙靠在门上，这时她想起了去年夏天的事。

美绪从初中开始参加合唱社团，有一次团里商议在一个同学家集合，讨论团内活动。那是一个很热的夏天，美绪想穿凉鞋过去，但妈妈觉得在别人家赤脚不礼貌。美绪自己又不喜欢穿长筒袜，短袜或者船袜和凉鞋也不搭。于是妈妈建议：不然穿平底鞋配袜子，非要穿凉鞋的话就带一双船袜过去，在同学家换鞋子后在玄关穿上船袜。

美绪到了同学家之后，在玄关正准备换袜子时，同学说了一句：“咦，美绪为什么要穿上袜子呢，是因为我家地板脏吗？”

“啊，当然不是。”

“哈哈，所以为什么呢？”一位学姐笑着说。

“所以其实是山崎同学的脚脏吧，你难道是臭脚、汗脚？”

有人问汗脚是什么意思，学姐马上解释道：“就是脚气，超级臭的。”

“不是的。”美绪小声反驳道，这时又有人笑了起来，美绪觉得自己被捉弄了，急忙说道：“我妈妈觉得在别人家赤脚不礼貌，所以……”美绪笑得很勉强，眉毛也垂了下来，表情很尴尬。

“所以，美绪果然还是阿比[①]嘛。”之后同学都叫她“阿比”，还模仿她尴尬的笑容和不知所措的语气来嘲笑她。美绪虽然觉得不开心，但也只能忍着，如果和大家闹翻了，在学校和社团肯定会被孤立，就只能独来独往了。为了不被别人嘲笑，此后美绪特别注意自己笑的样子，只要再忍半年，升了高二就会重新分班了。

但分班名单出来后，美绪发现自己和叫外号的同学还是分到了同一个班级。

一想到还要过一年这样的生活，美绪就再也不想去学校了，妈妈问了很多次为什么不上学，两周前终于和妈妈实话实说了。妈妈立刻去学校向老师询问美绪是不是被同学霸凌，但无论是同班同学还是学姐们都坚持说那是个昵称，和美国的一个摇滚乐队发音类似，根本不是什么汗脚的意思。老师也说别人叫美绪外号的时候，她似乎也不是很反感，只是笑笑。妈妈义愤填膺地和爸爸抱怨这个学校的水准怎么下滑到这种地步。

美绪心里知道，这并不是什么学校水准的问题，自己小学的时候就被别人嘲笑说笑得好奇怪。自己也知道

① 上文出现的“脚气”（あぶらぎっしゅ足）的日文缩称。

其中的理由：她总担心人言可畏，总是察言观色，为了讨好别人强颜欢笑，这样的笑容就像是贴在脸上似的，会让人觉得不自在。这种事从来都没有对妈妈说过，所以不正常的其实是自己。

尿意再次袭来，美绪把额头贴在门上，耳边传来妈妈的声音："所以呢，我觉得还是因为美绪胆子太小，每次总是模棱两可笑着打哈哈过去，对方也不把她放在眼里，美绪自己应该更强势一点。她的笑简直和那家伙一模一样。"（管老公叫那家伙，还真是冷酷无情。）

外婆轻轻地叹了一口气。

"结果就是，"这次妈妈声音大了起来，"他就是这种多一事不如少一事的态度，对女儿一点不上心。说什么对女孩子的事一窍不通，什么都丢给我这个做妈妈的。在公司也是这个样子。"

"听说广志的公司被收购了，是真的吗？"

"不知道，他什么都没跟我说，他只不过是拿公司的事当借口逃避家庭琐事罢了。"

"唉，男人都是这个样子，你爸爸在世的时候也是一样。"

美绪再也忍不住了，飞奔了出去。外婆停住话头往回看了一眼。外婆穿了一身深蓝色的套装，领子上别着珍珠胸针，看上去很像毕业典礼上的校长。

“外婆，不好意思，我得去个洗手间。”

美绪上完厕所出来，外婆拿着手提包走到她面前：“美绪，你身体没问题吧？妈妈刚刚和我说了你的事。”

“啊，没什么问题。”

外婆笑着说：“那要不要和我一起散步？今天外婆来做午餐和晚餐，你陪我去买点东西，我一个人可不行。”

“你外婆一个人可拎不动那么多东西。”

“那妈妈呢？”

妈妈一脸冷淡，什么都没说就回房间了。外婆赶紧打圆场：“美绪，你的头发乱七八糟的，赶紧去打理好了再出门，整天闷在家里，人都要发霉了。”

“要不要出去呢？”美绪犹豫着。

妈妈已经换好了套装准备出门了，经过美绪旁边时小声催促了一句：“外婆说什么，你照着做就行了。”

无法说出口的话堵在喉咙里可真是痛苦，美绪闭上眼睛，脑海里浮现出一望无际的绿色草原和洁白羊群的身影，想快乐一点，想离开这里，去某个地方。

下午的超市里都是大人和幼儿，几乎没有十岁以上的孩子，这个点出现在超市明显就是逃学了，想到这里，美绪不由得低下了头。买完东西，外婆问要不要去喝点东西，美绪不置可否。俩人来到了站前咖啡店，美绪立刻陷进沙发里。外婆学着小孩子的语气笑着说道：“欸，开心点嘛。”接着又说：“虽然这么说不太好，但是美绪好像不太圆滑，缺少一些灵活性。当然了，这个可能和你爸爸有关，他一直也不够关心你。不过我也发现，美绪不去学校，其实真纪，”外婆突然改口说，“你妈妈也是有责任的。但这次外号的事，外婆和妈妈看法是一样的。”

“外婆，我不想提这个。”美绪小声制止。

“不行。”外婆摇了摇头，“同学给你取外号，是你现在最在意的事吧？”

“我现在不太想提这个。”

外婆不服气似的拿起桌上的冰咖啡喝了起来，但马上又把吸管从嘴边拿开，表情变得缓和起来，“美绪，你是个心思细腻的孩子，妈妈平时太强势了，肯定会说很多难听的话，你有什么心事可以和外婆说一说。”

“也没什么心事。”外婆看上去比妈妈还要强势，一旦和她开口可能就没完没了了。美绪突然想回家了，应该说是想回到卧室的床上，用那条披肩把自己包起来。

外婆的语气突然变得强硬起来：“美绪，你一定要坚强起来，一定要。出了学校，比这更过分的事情多了去了。如果你这样一直把自己封闭起来，可就走不出来了。你看你可以和外婆一起出来购物，说明你是没有问题的，你要不要先试着去一两个小时的学校？”

一想到要上学就拉肚子，这种话怎么好意思说出口。连妈妈都没说，何况是外婆。

“你知道了吗？”外婆又笑着叮嘱一遍，“首先要早睡早起，规律作息。美绪的房间，外婆从外面就能看出来，大白天还拉着厚厚的窗帘，这样把自己闷在家里心情当然会低落啊。对了，上次送给你的内衣穿了吗？”

“啊，内衣。”上周外婆送来了很多有机棉和丝质的内衣，据说可以让身心平静下来。但那个短裤是肥肥大大的款式，把肚脐都盖住了，美绪并不喜欢，所以打开后就放着了。

“我听说天然的衣料能够疗愈心灵，所以美绪你试试看。”

“那羊毛对身体也应该很好吧？”

外婆抿了抿嘴巴，吸了一口冰咖啡。

“你说的是那条红色的披肩吧，听说你经常把自己裹起来，你妈妈提过几次，所以那就是美绪的安全毯。”

“那条披肩是钢…”

“这个我也知道。”外婆打断了美绪的话，继续说道，“钢花呢是山崎工艺舍出品的面料，而且是美绪奶奶织的最后一块布，所以美绪难以割舍也是可以理解的。”

“织的最后一块布？”

美绪的奶奶在她出生那一年就去世了。

外婆神色不悦地说：“那边的事情我也不是很清楚，毕竟是你爸爸家的事，但正是因为出了那样的事，美绪的爸爸才再也不回岩手了。”

“欸，那是什么事啊？”

外婆一口气把咖啡喝光，说道：“美绪，你爷爷家那边的事不重要。你知道安全毯吗？《史努比》里面有个叫莱纳斯的小狗。”

“一直抱着毛毯那只吗？”

“是的，”外婆把玻璃杯放回桌子上接着说，“就是他，没有了小毯子就没有安全感，处于无法自立的状态。你妈妈非常担心你，说美绪一直用小毯子把自己盖起来，就像小乌龟一样。”

“乌龟？这种说法真是过分，我才不是什么乌龟。”

“只是打个比方而已。”

“美绪。”外婆压低了声音，“你妈妈现在焦头烂额，所以最起码你要给她打打气。”

“妈妈在烦什么？难道要和爸爸离婚？”

“离婚？”外婆倒是很意外地反问了一句，叹了口气说，“是工作上的事情。”

外婆的脸色变得很难看，几乎一言不发，不高兴地走出店门朝家的方向走去。是自己让外婆不高兴了吗？美绪回忆刚刚说过的每一句话，也没想通哪里说错了。

走进公寓之后，外婆在公共信箱门口停了下来：508号，山崎家的信箱上贴了一张纸，上面写着“教师失格”四个红字，字上面染了很多红墨水，看上去像浸了血一样。外婆跑上前把这张纸撕了下来。

“美绪，信箱密码是多少？”美绪被外婆的怒气吓了一跳，把密码告诉了她。信箱门一打开，从里面掉出大量印刷品，上面印满各种字号写的红字“タヒ[①]ね”，外婆飞快地捡起这些纸塞进了购物袋。

“外婆，这是什么？让我看一下。”

外婆一言不发地走进电梯。

“外婆，教师失格是什么意思？为什么上面写着‘去死吧’？”

外婆睁大眼睛，视线落在了购物袋上。

“原来这句话是去死的意思啊。”

“网上好像是这么说的。”

“美绪也是新一代的孩子了。”

外婆紧闭着嘴唇。在这种不安的氛围里，电梯往上爬升。

外婆来过后的第二周，星期三的早上，美绪和爸爸一起出了门。电梯到了一楼的时候，她又像往常一样看了一下信箱。其实在信箱恶作剧的第二天，美绪的父母就去调了监控。但是对方做了充足的准备，很小心地戴了帽子和口罩，连性别都无法分辨。公寓的物业劝他们报警，妈妈坚持说这只是恶作剧，爸爸却觉得没那么简

① 日文片假名“タヒ”形似汉字“死”。

单。他们两个为这件事争执不下，爸爸认为妈妈得罪了班级的学生或者家长，所以才发生这样的事。

美绪在网上发现妈妈工作的学校有个可以匿名的BBS，上面有人戏称妈妈为真菌[①]，还说她自己女儿整天待在家里不上学，作为老师还有什么脸面对着学生的父母谈教育。自己的妈妈居然被如此讨厌，美绪对此非常震惊。比这更可怕的是那些人称自己为“真菌子”，不仅知道自己高中逃学在家，连小学入学考试落榜的事都知道，美绪觉得出门变得越来越可怕。妈妈知道她自己在网上被如此中伤吗？她从来都没提过这件事情。

星期一的晚上，妈妈下班回家，美绪突然发现她的黑眼圈浓得连化妆品都盖不住了，想到妈妈在网上承受的种种，美绪觉得自己不能再这么待在家里了。总之先照外婆说的，试着在学校待一两个小时。不能再这样拖妈妈的后腿，否则她真的会崩溃吧。

她跟妈妈说自己想去学校，所以爸爸从今天也就是星期三开始，推迟上班时间，开车送美绪去学校。到了一楼的室内停车场，爸爸一言不发地上了车，美绪提心吊胆地坐到副驾驶的位置。爸爸发动引擎的时候打了个哈欠，美绪似乎还听到了轻微的叹息声，不由得低下了头。爸爸启动车子，问了一句：“没问题吧？”

---

① 在日文中，“真纪”（しんき）发音近似“真菌”（しんきん）。

“也许吧。”

“也许？”

爸爸又打了一个哈欠，美绪坐立不安，把放在膝盖上的双手紧紧握住。爸爸肯定觉得接送自己很麻烦吧。如果现在自己说一句“算了，还是不去了”会怎么样呢？爸爸还是会和往常一样乘电车上班，而自己也会轻松很多。但美绪又突然想起自己出门时妈妈的表情，听到“我出门了”时，妈妈手里拿着拖把抬起头，嘴唇紧紧抿成一条直线，一副若有所思的样子。她看起来是在擦地板，其实只是心不在焉地用拖把在地板上来回磨蹭。

车子里回响着雨刮器的声音，因为担心堵车，他们很早就出门了，没想到路上空荡荡的，一路畅通，七点出头就到学校了。

“这也太早了。”爸爸一边看了下手表一边说，似乎很不耐烦的样子。

“怎么办，要不要在车上等等？”

“要不我现在就进去吧。”

“美绪，”爸爸低声叫道，又接着说，“不要勉强自己。”

爸爸关了雨刮器，车内一下子安静下来。

“美绪打算将来做什么？”

“嗯？”美绪支支吾吾不知道怎么回答，“为什么突然问这个？”

“大学想上哪个，将来要做什么，有没有想过这些？”

“还没……”

“还没有想好吗？”

美绪觉得自己好像被激怒了似的，继而感到为难，她打开了车门：“对不起，爸爸，我要下车，现在就走。”她下车回头看了一下，爸爸的脸色也不太好看，美绪意识到自己刚刚太没礼貌了，不禁低着头迈着小碎步往前走。

目送汽车走了很远之后，肚子又开始痛了。

“早上好啊。”耳边响起一声爽朗的问候，原来是副班主任从马路对面走了过来。

“山崎同学今天好早啊，你能来学校真是太好了，今天有修学旅行的说明会，还要分组呢。”

“欸，自由活动啊。”美绪都能明显听出自己的不知所措。

她捂着肚子慢慢走向楼梯口，换了室内鞋，慢吞吞地走进空无一人的教室，在位置上坐定后，肚子越来越疼。她一直没来学校，把修学旅行的事忘得一干二净，也完全不想去，而且今天班级分组自由活动，也就意味着哪个组都不会接纳自己，眼前不禁浮现出自己多余的身影。突然感到一阵耳鸣，像下雨的声音一样，木质椅子也渗出凉气，美绪站起来想上厕所，把手撑在桌子上，肚子发出了咕噜咕噜的声音，如果这种声音被同学听到……不仅如此，万一上课的时候老是想上厕所，也许会被同学取比臭脚更难听的外号吧，说不定还会被发到社交网络。

想到这些，美绪抓起提包，弓着腰走出教室，去了洗手间，可腹痛并没有得到缓解。美绪走出校门，向车站走去，面前刚好停了一辆巴士。虽然心里十分难熬，步子迈得艰难，她还是上了巴士，跌跌撞撞地坐到一个空座位上，把脸埋进膝盖上的手提包上，耳边传来雨水拍打窗户的声音。

回到家，妈妈已经去上班了。可能是仔细擦拭过的缘故，走廊的地板发出了微弱的光。

美绪打开自己的房门，房内妈妈已经打扫过了，地板十分干净，早上脱下的睡衣也叠好放在床上。真是不喜欢妈妈随意动自己的东西，美绪一边想一边正准备坐到床上，突然觉得哪里不对劲。

红色披肩不见了！美绪心里涌起一阵不好的预感，小学时也发生过类似的事情：放学后回家发现房间被收拾得干干净净，自己最喜欢的一套玩具首饰被妈妈扔了。美绪四处找了一番后给妈妈发了一条短信，二十分钟后妈妈打电话过来，话筒里传来一阵嘈杂声，应该是课间休息吧。

“妈妈，我的红色披肩不见了，你放到哪里去了？”（发现披肩不见说明美绪现在已经在家里了。）

在一阵令人难熬的沉默之后，妈妈的声音突然变得强势起来。

“妈妈希望美绪独立起来。”

“怎么算独立？”

“你就打算这样，一直这样，一直当个小宝宝？你也该长大了。”

“所以我应该怎么长大？难道你把我的披肩扔了？你又扔我东西？”

“美绪你在听吗？所以……”

“你又扔我的东西？那么重要的东西！”

妈妈不知道说了什么，美绪也没有心思再听，挂了电话赶紧向垃圾站奔去，垃圾已经被运走了。她突然想起阳台还放着不可燃垃圾和可回收垃圾，连忙跑回去找，但是也没有找到红色披肩。

美绪回到房间，一头扎到床上。妈妈希望自己独立起来，也许不光指离开这条披肩，还有家人和这个家？她心不在焉地拿起桌上的手机，屏保上碧绿的草地和雪白羊群的照片又映入眼帘。美绪从床上弹了起来，把自己的随身物品塞进一个双肩包和一个波士顿提包，存着压岁钱的银行卡放进钱包，还在网上查了一下去盛冈的新干线票价。突然又想起来妈妈有个放生活费的钱包，美绪走到起居室，打开橱柜，里面有四万日元，她拿走了其中的三张。

“对不起，妈妈，您偶尔也要为自己的行为付出一些代价。”

走出公寓的时候，美绪又看了一下手机屏保：欲雨的天空阴沉沉的，草原上星星点点的四叶草开着白色的小花，闪烁着星星一样的光芒。

美绪很早就在网上搜索过去山崎工艺舍的路线，首先要乘坐东北新干线到盛冈站，再换乘地方支线，坐四站路到泷泽站，在这下车之后只能自己想办法，坐车、骑车或者走过去。不过之前都只是在脑海中模拟而已，网上提到的路线看上去非常简单，但真的实践起来，路程可比想象中远得多。

美绪在东京站上了新干线，一开始被兴奋冲昏了头脑，到了上野站才开始惴惴不安，肚子也疼了起来，躲在洗手间里想着到了大宫站就下车回家吧。但没想到，由于早上起太早了，自己居然靠在椅子上舒舒服服地睡了一觉。醒来以后听到车内广播，大宫站早就过了，后面一站是仙台站。美绪惊得张大了嘴巴，又急忙捂住嘴，意识到自己正在做一件无法无天的大事，才真正感到害怕了。但是接着又听到下一站就是盛冈站，她又莫名觉得安心起来，可能是因为自己每天都能在手机上看到这个站名，觉得很熟悉。如果去那里，应该就能看到羊群和草地了吧。

下午三点出头，列车到达盛冈站，车站很大，到处都是来往的人群。美绪在站内一边走一边看地图，之后要乘坐的路线名字叫“岩手银河铁道”。走了一会儿后，美绪看到一个深蓝底白字的标识，深邃的蓝色十分梦幻，让人不由得说出“银河铁道”这名字。居然真的有如此梦幻的站名，就像在梦里出现的一样，自己离家出走也好像是在做梦一样。

也许真的是一场梦吧，美绪想着在电车上坐了下来。自己居然做了如此决绝的事，之前上电车总想去厕所，但是这次却完全没有问题。

“下一站是乐园之森，泷泽”，广播又开始播报，美绪看了一下手机，这一站是离爷爷家最近的一站，只是刚刚听到的是“乐园之森”，手机上看了一下，其实是“学园之社”[①]。从这一站下来走到山崎工艺舍大概要四十分钟，美绪靠着手机导航一直向前进。走了大概十五分钟，已经很难看到人家了，二十分钟的时候就已经进了山，人和车子都渐渐变少了，到了三十分钟时渐渐上了山路。

美绪心里越来越害怕，前进的步伐也变得沉重起来。看了一下地图，前方只有一条路。她把手机放进口袋，抬头看了下天空，刚到盛冈的时候还在下小雨，现在已经完全放晴了，路旁的树木郁郁葱葱，树叶上晶莹剔透的水珠滴滴答答地掉落在地下，透过茂密的枝叶能看到蔚蓝的

① 在日文中，“学园之社”和“乐园之森”的发音很像。

天空。美绪继续行走在雨后的森林里，在蜿蜒的山路前方，拐弯处有一丛小树林，可以看到像牧场一样的平地，美绪忍不住向前跑去，却在平地前停下了脚步。

“欸？”

这里既没有牧草，也没有四叶草的小花，只有一人高的野草在风中摇曳，而且到处长满了带刺的灌木丛，前面真的有工坊吗？再往里面走，有很多布满绿色藤蔓的圆形竹子，就像农田一样布满了杂草。美绪正打算走过去，突然又停下了脚步：前面的草丛里有个男人蹲在那里，戴着黑色针织帽子，穿着一件褐色的旧风衣外套，脚上穿了一双雨靴，手在草丛里不停动来动去。这让美绪想到很多年前在上学路上遇到的变态，也是穿着雨衣但是下身全裸，看到女学生就把衣服敞开。美绪正打算快速跑步通过这片草地，脚却陷进了松软的泥土里，“啊”地叫了一声摔倒了，她不得不用手撑在草地上。

穿着雨衣的男人站了起来，美绪这才看清他的身材高大健壮。那人慢慢朝美绪走过来，美绪想马上逃离，脚却无法动弹，青草的味道越来越浓，那个人离自己只有一步之遥了，美绪惊慌失措地大喊：“啊，不好意思，请问……”高个男人停住脚，单膝着地，半蹲下来。

“我……是来找山崎工艺舍的。”美绪背着手向后退。

“山崎工艺舍？”那人重复了一声，低声加了一句，“我们这？”

“我们这块儿？”他又指了一下地面。

“就是这里吗？你的意思就是这里？那请问你认识山崎纮治郎这个人吗？”

“纮治郎？”那人反问了一句，接着又小声回答，“就是我啊。”

“欸？”

那个人抬起头，摘下黑色针织帽，脱下雨衣，似乎在表明身份：“正是我。”

他的声音温和有力，美绪抬头看向这个人，双手还撑在地上。在他身后，山麓曼延到十分遥远的地方。

女儿美绪从上个月开始就拒绝上学。自从女儿进入青春期之后，山崎广志和妻子真纪的关系也十分紧张。他在一楼停车场停好车，往自己家走去。这间公寓是十二年前买的，三室一厅，女儿有自己独立的房间，还有两个房间，一个是夫妇二人的卧室，另一个小房间只有五张榻榻米[①]那么大，用作储物间。所以即使回到家里，广志也没有可以单独待着的地方。整日面对表情灰暗、闭门不出的女儿，还有一脸严肃的妻子，真是太痛苦了，工作如果再忙一些就好了。

山崎广志研究生毕业已经快二十年了，一直在一家中

① 一张榻榻米的传统尺寸为宽90厘米，长180厘米，面积为1.62平方米。

型企业从事家电开发的工作，一开始公司连续开发出热卖产品，所以工作十分繁忙。但是后来渐渐业绩不振，直到八年前被大公司收购。很多熟悉的同事也在那个时候离开了公司，幸运的是自己被收购方留了下来，不需要换工作，还能继续从事自己熟悉的行业。可近几年来收购方业绩也越来越不行，甚至有传言说要撤销家电部门。从今年开始，工作量锐减，可以按时上下班，但是回家实在是太痛苦了。

这两个月以来，广志都是提前一站下电车，然后在Doutor[①]咖啡厅坐到八点回家。但昨天晚上，拒绝上学的女儿美绪突然说想要上学。美绪不去学校的理由是在社团和班级跟同学关系不好，一开始她没有和父母说，压力之下最后演变成早上坐上去学校的电车就会肚子痛，到了无法上学的地步。作为父亲，广志也有压力大就会肚子痛的毛病，女儿这一点无疑是遗传了自己。

也许是做父母的偏爱子女，女儿美绪和年轻时的妻子长得很像，尤其一双乌黑的眸子十分惹人喜爱，是个非常清爽利落的孩子。这样的孩子万一在电车上因为无法抑制便意而当众出丑，光是想象一下就让人心痛。广志总想做点什么来帮助孩子，于是和妻子商量在孩子习惯学校生活之前，开车送她上下学。真纪却觉得丈夫过于溺爱孩子，两人互不退让，最后又是以争论收场。广志只能无视妻子

---

① 日本连锁咖啡品牌。

的意见，早上强忍睡意开车把女儿送到学校，在校门口看着女儿走远，身影越来越小。虽然自己刚刚和女儿说实在讨厌上学的话，也不必勉强自己，女儿却逃也似的下了车。一开始广志觉得女儿是讨厌自己，但是在后视镜里看到她下了车之后好几次低下了头，又觉得女儿应该不是讨厌自己，而是害怕自己，是恐惧。

自己到底是哪一点让女儿觉得害怕呢?

广志实在百思不得其解，反正在美绪真正适应上学前还是开车送吧。这段时间下班后没法再去咖啡厅待着了，先去找个家庭餐馆消磨时间吧。广志还是放心不下女儿，去哪都觉得坐立不安，最后决定还是回家算了。现在是晚上六点二十八分，真纪会不会回来了呢？广志惴惴不安地出了电梯来到玄关处，吸了一口气打开门，说了一句“我回来了”。

家里没人回应，广志进屋以后敲了一下女儿房间的门。

“美绪，爸爸回来了。”

房间里一片寂静。

“今天在学校怎么样啊?”

难道不在家?

“爸爸开门进来了啊。”

广志开了门，悄悄地看了一眼屋里，女儿不在。难道在学校受到了同学的热情欢迎，又去参加社团活动了？那么开车送去学校还是有必要的。他从冰箱里拿出一瓶起泡酒，在客厅的沙发上坐了下来，正准备打开易拉罐的时候，无意中看到窗边晾晒在室内的衣服。

广志轻轻叹了口气，把酒放在了边桌上。

家里有个不成文的规矩：谁早回来谁就负责收衣服和煮饭。广志想装作没看见，但一想到真纪一脸烦躁收衣服的样子就又如坐针毡，只好拿起干衣篮走到晾衣竿前，却一眼瞥见美绪的内裤，又叹了一口气，正值妙龄的女儿回来看到爸爸在收自己的内裤会怎么想？女儿自从进入青春期之后，广志这个当父亲的处境就变得十分尴尬。准确地说，这种感觉从美绪上小学五年级的时候就开始了，有一次真纪给美绪买了少女文胸，回家后感叹了一句：女儿个子一直不长，胸部却越来越大。

“有女孩子的样子，不是很好嘛。”自己当时说了这么一句。

“难道你用这种眼光看待女儿的身体？”真纪面带嫌弃地回了一句。明明自己用的是很轻松的语气……从那之后，广志就不知道如何和妻女相处了。

天已经完全黑了，广志正想把开了一半的窗帘拉起来，突然瞥见窗玻璃上倒映出自己的影子：过了四十岁，长相和父亲越来越像了。广志的父亲山崎纮治郎主理自家的染织工坊，整日埋头工作，即使家里只有广志这么个独子，两人也很少讲话。为了对抗这样的父亲，他拒绝继承家业，考上了东京的大学。看上去是选择了一条完全不同的人生道路，其实仔细想来，现在和父亲又有什么分别，都和家人无法心意相通。

收完衣服后，广志拉上窗帘，打算去厨房淘米。外面的玄关响起了开门的声音，真纪进了厨房。

“我回来了，你今天这么早，美绪在吗？”

“不在。”

真纪把超市的购物袋放在桌子上，打开了美绪房间的门。

“真是奇怪，早上一直打电话的啊，不在家吗？”

广志放好电饭煲内胆之后就一肚子火。这个电饭煲是公司最高端产品的样品，内置计时器，只要早上设置好，经过长时间浸泡的米晚上就能入味了。但是真纪每次都是晚上才开始准备烧饭，真是让人受不了。

“哎，我跟你说啊，这个电饭煲以后还是用定时功能吧。之前美绪在家的时候都是美绪煮饭，现在你也要重新开始学了。”

“到底去哪了呢？”美绪的房间传来真纪急促的脚步声，她急急忙忙去看了一眼浴室和洗手间。

“喂，真纪，你听到我说话了吗？”

“听到了，你帮我把刚刚买的东西放进冰箱吧。”

广志觉得真纪看起来不太正常。他把购物袋里的东西放到冰箱里，都是蔬菜肉类，还有三个美绪喜欢的巧克力牛角包，一家三口一人一个。这时传来真纪的声音：“这可怎么办，到底去哪儿了呢？”

“社团活动也没去吗？”

“不可能去的。”真纪干脆地说了一句，进了厨房。

“你怎么知道？”

“她早上在学校没待多久就回来了。之后就打电话和我吵架。”

“啊，居然回家了，为什么吵架呢？”

真纪的脸上闪过一丝犹疑。

“我说希望她停止试探父母，不要再像个婴儿一样躲在披肩里，要好好面对现实。”

“你为什么不许她躲在披肩里呢？”

真纪抬起手把头发往上梳了梳。

“就像小时候一样。这孩子好像是在依靠着什么来逃避现实，我一看到她用那条披肩把自己包起来就觉得害怕。”

“为什么觉得害怕？”

“我觉得这不是我认识的美绪，好像变成了另外一个人。就是身体在这里，灵魂却已经在别的地方。我觉得她不能再把那条披肩当成逃避的地方，必须直面现实。”

“你不要做得这么绝，孩子今天不是还说想去学校？”

“虽然说去学校，”真纪的声音渐渐大了起来，“你是不是把美绪送到学校就马上走了？”

“根本就不是这样。”广志说着把擦完手的抹布扔在台面上。

“手不要碰抹布。那我问你，你是不是为了让女儿开心上学，在车里跟她说了些什么？你心血来潮起来就知道宠女儿，一点都不为她以后做打算，行为也没个一致性。难听的话就让我来说，我在这个家里成了讨人嫌的角色。”

“没人讨厌你，真纪你冷静一点。”

真纪打开了起居室的柜子，拿出放生活费的钱包。“美绪拿走了三万日元，这么说应该不是拐卖或者出事故。”

“总之，先给妈妈打个电话吧。”

“等等，又要给你妈妈打电话？”家里无论发生什么事，真纪都要给妈妈打电话，广志是彻底厌烦她这一点了。他看着真纪掏出手机，这时家里的固定电话突然响了。

“难道是警察，难道真的出事了，是不是美绪？”

真纪连忙飞奔过去拿起话筒，“欸？”她惊讶地感叹了一句，声音有点沙哑。

“怎么了真纪，到底怎么回事？”

“嗯，好久不见。”真纪用手挡着话筒说，“老公，是岩手县的爷爷打来的，说美绪在他那儿。”

“为什么会在那儿？”

“不知道，你过来接吧。”

广志把递过来的话筒放在耳边。

“是广志吗？”话筒里面传来了父亲的声音。

美绪在爷爷家洗了澡，把在田里沾的泥土都洗干净了，出浴后换上了用来当作睡衣的线衫。居然这么早就换上睡衣，这在以前是想都没有想过的。

两个小时前见到爷爷的时候，他正在家里的菜园中给农作物消毒，用风衣代替雨衣，护目镜应该是为了保护眼睛，防止沾到消毒喷雾吧。

当时爷爷的农活还没有做完，就让美绪去玄关等自己。美绪按照他的嘱咐往里走，走到了一座二层木质房子的背后，绕到前面看到玄关上挂着一块木牌，上面用毛笔写着“山崎工艺舍”五个大字。中间是个带停车廊的玄关，左右各有一扇窗户并列着，看起来很像以前的校舍。

美绪坐在玄关的门槛上等了大概一个小时，爷爷从菜园回来了，听说美绪是自己一个人跑过来的，便让她过一会给爸妈打个电话，在这之前先去洗个澡，把身上的泥土冲干净。爷爷家的浴缸贴着蓝色和白色的瓷砖，十分复古的感觉，但热水器却是新式的，用的是花洒，和横滨的外婆家是一样的。更衣室放了一张蜜色的凳子，虽然设计朴素，却吸引了美绪的目光。凳子布满岁月的痕迹，散发出迷人的色泽。不仅是这件家具，爷爷家的布置整体都富有格调。美绪洗完澡走出来，爷爷正对着鞋柜上的固定电话说着什么。通话结束后，他回过头来跟她说：“我已经和你爸爸打过电话了。”

“他们在家吗？”

“他们都非常震惊，当然了，这也情有可原。”

美绪把毛巾挂在脖子上，用手握着两端，抬头看着爷爷。以前听爸爸妈妈提到“岩手县的爷爷”会织十分温暖的布，总觉得应该是一个胖胖的小个子，整天笑呵呵的。

实际上的爷爷，个子比爸爸还要高，相貌堂堂，眼睛也和爸爸一样，目光锐利，说话时措辞和音调都非常果断，有时会出神地盯着一个地方看，神情有些悲悯，和别人对视的时候会马上移开目光。现在也是，他把脸扭过去，双手背在脖子上，一头白发混杂着灰色，和深蓝色的衬衫意外十分相称。

“怎么了，没看过老年人？”

美绪马上紧张得不行，大气都不敢出。

“没有别的意思，不是责怪你，我讲话就是这个样子，你要习惯。”

爷爷抬头看了一下二楼：“上去看看吧，也没什么能招待你的。”然后走上了玄关走廊对面的楼梯。楼梯做得很宽，能并排走四个大人，美绪低声说了一句：“好像学校啊。”爷爷回答道：“我倒觉得有点像医院。”这句话让气氛瞬间变得恐怖起来。去年夏天社团寄宿的时候，大家为了试胆看了一部鬼怪动画片，就是以废弃的医院作为背景的，这座房子比动画片里出现的医院更加古老，楼梯也发出嘎吱嘎吱的声音，更让人觉得可怕，美绪停住了脚。

“怎么了？楼梯虽然有声音，但是并不危险，当年修得很结实。”爷爷在昏暗的楼梯平台回过头来说。

头顶有一张很大的蜘蛛网，美绪刚要大叫，赶紧捂住了嘴。

“怎么了？”爷爷又回过头来。

“蜘蛛网，超大的蜘蛛网！”

爷爷看了一眼天花板：“哦，这个啊，不是织得很气派吗？这个线很漂亮。”

“不不不，我最怕各种虫子了，蜘蛛什么的，太可怕了。”

爷爷抱着胳膊露出不解的神情，说道：“蜘蛛是益虫，会抓虫子的，和我还是同行呢。不过既然你这么说，那就希望早日离开吧。”爷爷并没有清理蜘蛛网，而是径直往上走了。“早日离开”，这话到底指的是蜘蛛还是自己呢？无论怎么说，事先没有联系就这么冒昧地跑来，爷爷估计也不高兴吧。

“爷爷……”

爷爷又回过头来，一副不明所以的样子。

“对不起，贸然跑来，打扰了。”

“不用说这种话。”

上了楼梯往左拐，是巨大的餐厅和客厅，中间放着一张很大的八人餐桌。爷爷让美绪坐在桌前，他倒了一杯苹果汁放进微波炉，加热后撒上肉桂粉末，再用勺子搅拌均匀，就成了一杯带着肉桂香气的温苹果汁，甜甜的稠稠的，美绪就像做梦一样一饮而尽，这才想起自己离开家之后只喝过瓶装水。这时，口袋里的手机响了起来，掏出来一看，是妈妈，她犹豫着要不要接，想了想，把手机调成勿扰模式，又丢进口袋。爷爷坐在对面问："美绪，你爸爸最近怎么了？"

"他自己说挺好的，但是最近很少谈到工作的事了。"

"我也不是很清楚，不过他每天回来很迟。"这时口袋里的手机开始振动，一直嗡嗡地响着。

"不接没问题吗？"爷爷问了一句。手机停止了振动，接着又响了起来，美绪想直接关机，但又停住了手。自己心爱的东西被父母扔了，小时候只能通过哭来反抗，现在终于可以表达自己的愤怒了。美绪紧闭眼睛，屏住呼吸接了电话。

"美绪！"耳边响起妈妈尖锐的声音，仿佛能刺破鼓膜。

"为什么不接电话？给你打了多少电话？为什么做这种事情？"

"明明是妈妈！"美绪正打算讲披肩的事，但是看到爷爷又把话咽了回去。她低下头，在爷爷面前，自己实在讲不出披肩被扔掉的事。

"就是因为你，明明就是你不对。"

"什么意思？你说清楚，不要不说话，为什么一声不吭就离家出走？怎么一直不讲话？美绪你在听吗？"

美绪怎么也开不了口，索性挂了电话，但是短信马上就来了。她两只手紧紧握着手机又低下了头，觉得自己是个缩头乌龟。

"好了。"爷爷拿起美绪的手机，按了关机键。

"唔要急[①]。"

虽然不知道爷爷这句话是什么意思，但还是极大地缓解了美绪的紧张情绪。

爷爷把手机还给美绪，起身说："就是让你不要急，慢慢来。"

"但是……"

"不就是离家出走嘛，这种事经常有的。我现在去准备吃的，这期间你收拾一下自己的床铺。"爷爷出了厨房到了走廊，指着走廊里面的一间屋子说，"家里有一间客房，但是还没有打扫。之前是家里的员工住的，其实也是亲戚，那孩子偶尔会住这里，你住这间可以吗？"

"我都可以的，有地方住就行了。"

"走廊那边有拖把，觉得不干净的地方自己拖一下，二楼的洗手间在这里。"爷爷打开了洗手间的门，是和式的。

---

① 这里爷爷说的是当地方言。

“啊，是和式啊。”美绪抬头看了一下天花板，皱起了眉头，这里也有个很大的蜘蛛网啊。长着黄色和黑色花纹的蜘蛛在网上伸着长长的腿。爷爷也抱着胳膊看了一下天花板：“就这么怕蜘蛛吗？”

“没事没事，没关系的，我就装作没看见，眼不见为净。”

爷爷朝着楼梯的方向走去，美绪对着爷爷的背影说：“那就让它继续待在这里吧。”

“那当然，是吧？香代。”

美绪意识到爷爷搞错了名字，小声说了一句“是美绪”。爷爷回过头盯着美绪的脸：“哦，对，是美绪。”忙推说去拿被褥，快步走下楼梯。

山崎纮治郎从上代手里继承了这个钢花呢手工作坊，担任主理人的同时还收集和研究国内外的纺织品，和东京很多知识分子的交情也很深，大学期间还研究亚洲的染织史。母亲香代说他本来是应该留在大学里的人。

美绪离家出走第二天，广志靠在东北新干线的座位上，想起很多以前的事。家里的山崎工艺舍在泷泽有个工厂兼自家住宅，在盛冈市中心有个展厅，同时也是事务所和店铺。从昨天的电话来看，美绪应该是到了在泷泽自家工厂后面的田里。问美绪是怎么找到那个地方的，她只是轻飘飘地回了一句“手机”，看来美绪是用手机上的地图 APP 搜到了路线。

新干线经过花卷站，扑面而来的风景让广志想起了给美绪织披肩的母亲。母亲香代出生在花卷，比纮治郎小一轮，娘家养羊，她自小就擅长纺线和织布。初中毕业以后进入山崎工艺舍，很快就崭露头角，三年后和工坊的主理人纮治郎结婚，结婚第二年独子广志出生。

昭和时代，山崎工艺舍的钢花呢风靡全国，在全国各地的百货商场巡回展览，在各种展会上进行小物销售，承接面料定制，其中最受好评的是被称为“纮牌钢花呢”的顶级羊毛面料。这是主理人纮治郎根据客户的要求进行色彩设计和染印的面料，纺线的作业也是由以母亲香代为首的熟练女工完成。除了这些，母亲也做了其他很多色彩设计的工作，她亲手制作的围巾和披肩配色活泼可爱，受到很多年轻女性的欢迎。尽管如此，外界却觉得山崎工艺舍名声在外全都是父亲纮治郎的功劳。无论母亲做了多少努力，始终也只是站在父亲背后的人。广志以前也觉得父亲这样实在太专横，但是长大以后也能理解，工坊的工作就是这么一回事。

母亲对父亲一直十分尊敬，甚至婚后也称他为“老师”。但就是这么一个人，却因为工作理念不合，在美绪出生前两年和父亲分居后离婚了。广志和真纪结婚时，正是他们闹离婚的时候，因此婚礼只有父亲一人参加。第一个孙辈美绪出生的时候，他们又合作了一条披肩，一起参加了美绪的满月参拜。虽然那时候两个人没有完全和解，但他们一起抱着美绪笑得很幸福。

想到父母的身影，广志鼻子一酸。离婚后，母亲离开山崎工艺舍，在故乡独自建造了一个工坊，然而作品却不再畅销，在美绪满月后半年左右便郁郁而终。在母亲葬礼上守灵那晚，广志激烈地指责父亲之前为什么不支持母亲的创作。面对儿子的质问，父亲也只能默默承受。从此之后，父子之间虽然谈不上不睦，但也生了隔阂。

从新干线的窗户望出去，一条大河正在逼近，河岸两边新绿夺目。看到北上川，盛冈站就近了。上一次回老家还是八年前，出差的时候顺便给母亲扫墓。真是怀念啊，但又有一丝近乡情更怯。广志怀着这样的心情下车了。可能是为了抵御冬天的风雪，车站的屋顶和墙壁都修得特别厚实，里面十分昏暗。冬天的时候白雪会反射日光，站内会充满柔和的光芒。但是最近梅雨季节，是车站最为寂寥的一段时间了。

昨天父亲指定了碰面的地点，在车站大楼里的Tully's[①]咖啡厅会合。听说二楼有吸烟区，广志拿着饮料上了二楼，看到一个身材高大、头发花白的男人在抽烟，走近后闻到了一股甘甜的烟草香味。虽然头发更白了，但是只有父亲才会抽这种味道的香烟。广志把饮料放在了服务台，坐在

① 日本连锁咖啡店品牌。

隔壁座位。

“还在抽这个啊，现在抽烟也不受欢迎。”

穿着深蓝色夹克的父亲转过身来说：“这里是吸烟区。”

“抽烟的人也不喜欢你这个香烟的味道吧，而且还会有二手烟，在美绪面前可不要抽烟。”

父亲把烟蒂摁熄在烟灰缸里。

广志小时候就知道父亲抽的这种烟是印尼产的，里面加了丁香，在日本叫丁子。父亲经常突然把工坊的工作丢给母亲，一个人跑到亚洲其他地方旅行半年之久才回来。

“所以呢？”父亲问了一句。

“什么所以？”

“你就为了抱怨我抽烟来的？”

“对不起。”广志几乎要反射性地讲出这句话。

“一年也就写一张贺年片。”

“后来也就灾害的时候联系过。”

“真的对不起，美绪的事，确实太让人惊讶了，突然就这么离家出走了。”

父亲长长吐了一口气，就像叹息一样。

“也不说吃不吃惊吧。记忆里还是个小婴儿，突然就变成了大姑娘，就算叫我爷爷，也真的是一点实感都没有。可能是昨天突然觉得不对劲，或者不知道怎么招待她，觉得很头疼。”

“怎么说呢，真的对不起，原因也有很多。”广志一脸歉意，喝了一口咖啡。

“好像就是讨厌学校，讨厌家人，一时冲动跑来的，如果是有计划的，起码要多带一些行李。”

“美绪现在人在哪里？”

“在家里，本来想带她一起过来，但是在此之前，我想听你说说是什么情况。”

这时周围响起了少女的笑声，是几个穿着制服的高中生，一边聊天一边走向禁烟区，每一个看上去都那么快乐，那么生机勃勃。高中二年级，正是无忧无虑的年纪，筷子倒了都会觉得好笑。为什么自己的女儿却整天闷闷不乐？

父亲从夹克衫口袋拿出香烟盒子，犹豫了一下，又放回吧台，一言不发地喝起咖啡来。广志想着父亲是不是在等自己说话，又觉得气氛沉闷，便开口道：“美绪是个很细腻的孩子，最近已经有很长一段时间没去学校了，得有一个月了。”

“也不算很长，我和你都很多年没见面了。”少女们的笑声再次传来。

“她在学校被欺负了，不被认可，就躲在家里不出门，用那条红披肩把自己盖起来，一直待在房间里。”

“披肩？这个时候还在用？”父亲很惊讶。

“就是满月初次参拜的时候，你们送的那条钢花呢披肩。”

“那个啊。”父亲又是一脸意外。

“是的，就是那条披肩，她在房间里一直开着空调，用披肩把自己盖起来。女儿整天处于这个状态，她妈妈作为老师，自尊心也大受打击。”

“那你怎么想呢？”

“我？”听到这个问题，广志黯然了。

“我也想了很多啊，但是……”

父亲点燃香烟，广志以为他要问“很多”具体指的是什么，但他似乎没打算开口。

“真纪有她自己的一套，我也知道她做的一切都是为了孩子，可美绪有自己的世界，她好像喜欢什么就会入迷。之前有一阵子喜欢亮晶晶的玻璃，施华洛世奇那种感觉的，她就会一直盯着那种挂件看，不和朋友出去玩，也不去补习班，就盯着那些东西看。”

“这有什么不对？就是看到漂亮的东西看入迷了。你自己有一阵子也是沉迷游戏。”父亲吐了一口气，空气中飘散着带有甜味的烟草味，让人觉得晕晕乎乎的。

“那是我小时候的事了吧，现在真的遇到这种事就不知道怎么处理了。我老婆真的……后来虽然她看似解决了这个‘沉迷问题’，可她的解决方法是装作搞错了，把那些挂件都扔了。这次也是一样，她说美绪终于肯上学了，然后趁孩子不在把披肩扔了。”

“扔咯？”

父亲好像意识到自己说了方言，把手里的烟草用力狠狠地摁到烟灰缸里。看到这一幕，广志慌忙打开了手中的纸袋。

“原来是这个原因啊，美绪可能觉得自己也被随手抛弃了，所以才离家出走吧。”

广志从袋子里拿出红色披肩放在了吧台上。父亲把披肩抓在手里，用手指轻柔地摩挲着，陷入沉思。然后他拿起一头轻轻地摊开在吧台上。广志似乎感受到鲜艳的红色面料带来的扣人心弦的力量，不禁深吸了一口气。明明已经过去了十七年，大胆的红色依旧好像在熊熊燃烧一样，而且羊毛面料特有的柔软蓬松的质感，为鲜艳的色彩注入了可爱的气息。父亲出神地看着披肩，一脸慈爱地抚摸着布料，苍老的手指下，红色的布绽放出生机勃勃的色彩。父亲的手指在一块小小的褶皱上停了下来，叹了一口气：“原来是这样。”父亲开始叠起披肩。

“明白什么了？”

父亲用娴熟的手法叠好披肩以后，把它递给广志。

“广志，你今天一个人回去吧。”

“回去？你不是说身体不好，一个人顾不过来嘛。哪里不舒服？”

“年纪大了，总归这儿那儿都不太好了。搞清楚情况就能理解了。”

“理解什么呢？你告诉我。美绪说了什么吗？”

“不，什么都没说。”父亲把披肩推给广志。

"她总是这样。"

"正因为这样,"父亲提高了音调,"你不要逼得太紧,那孩子和她奶奶很像。"

广志看着红色的披肩,一丝不安涌上心头。

母亲送给美绪披肩后不久,就在秋田的山里去世了。看起来是因为采摘做染料的植物而跌落山崖,但也有母亲的朋友说她是走投无路想不开才自杀的。也许父亲和自己想到一起去了,两人对视了一眼。

"你自己想想,美绪就是想和你们保持距离才离家出走的,你们暂时就不要和她联系了。你们俩的电话对她来说简直像紧箍咒一样,让她自己静一静吧。"

"但是让她待在这里也不是办法呀。这孩子什么都不会,爸爸你也不会照顾女孩子吧?"

"我会让她和你联系的。"

"爸爸,你听我说,如果一开始就能和她联系上,也不至于此。"

"我回去了。"

父亲站起来,拿起手机开始打电话。

"那起码帮我把披肩带给她,虽然真纪不同意,但是我……"广志急忙把披肩放进纸袋里递给父亲。

父亲一边打电话一边拒绝,又塞了回来。

"等你们夫妻意见统一再给美绪,这也是教育的一个环节。"父亲脸色难看地把手机放进口袋,向一楼走去,广志也追出店去。父亲面前停了一辆淡蓝色的小型汽车。驾驶座上的年轻人伸手开了副驾驶的车门，小伙子浓眉大眼，看上去很精干。

“老师，久等了。谈完了吧，我刚刚已经买好晚饭了。”

“不好意思。”父亲灭了烟坐进车里。不认识的年轻人向广志点头致意，好像他才是父亲的家人。

“爸爸，等等。”

“我不是让你回去吗？怎么，现在开始恋家了？”父亲面带疑惑地摇下车窗。

“我现在就回去，这段时间美绪就拜托了，真是不好意思。”

父亲什么都没说，关上了车窗。淡蓝色的小汽车开远了。

外面风很大，空气里还残留着父亲特有的烟草味。

美绪在山崎工艺舍的二楼，眺望着窗外的群山。

过了下午四点，到傍晚时分，山峦就会被白云笼罩。但是因为山体巨大，即使山顶云雾缭绕，山麓的原野还是很清晰，一览无余。这座山让人时而觉得远在天边，时而又觉得近在眼前，十分不可思议。

美绪靠在窗台上，转头看向室内：地板擦得干干净净，柔和的光泽让人心情舒畅，这又让她想起早上发生的事情。

起床后，美绪突然发现二楼洗手间的蜘蛛已经被清除了，楼梯平台的大蜘蛛网也消失了。所以爷爷说的"早日离开"原来是指蜘蛛啊，她突然觉得很开心。

心情大好的美绪把自己房间打扫完之后还拖了二楼厨房和走廊的地板。只是轻轻擦一下，地板就露出了本来的面目，上面的光泽让人看了就心情很好，心想现在好好擦一下楼梯吧。这时，爷爷上楼来了。

"你在打扫卫生吗，把自己房间打扫一下就行啦。"

"我在爷爷这里借宿嘛，作为回报，我擦一下一楼的走廊和玄关，再打扫一下浴室。"

"谢谢，唔要急。"爷爷上了二楼，又回头看了下说，"真干净，对了，你爸爸今天四点到盛冈。"

正在拖地的美绪突然停住了手，头也自然地低了下去。

"爸爸请假来这里？"

"好像是请了半天假。"

一直都没有好脸色的爸爸居然不上班来这里，他一向是大忙人啊，想到这个，美绪心情一下就变差了，只想逃走。

她心想，都这个点了，爸爸应该直接过来了吧。下午三点左右，一辆淡蓝色的小汽车停在玄关门口，爷爷出门坐车走了，开车的是川北太一，是爸爸表姐的儿子，在盛冈市读大学。"如果他们两个人一起去接爸爸，那我是不是能趁机逃走？"美绪瞬间冒出这个念头。但爷爷出门的时候却郑重地叮嘱她："有件事要拜托你。"美绪以为是让她看家，万一有人过来可以照应一下。没想到爷爷说不到万不得已别出门，一定要出门的话，就把这个铃铛带上，说着从自己腰间拿出在田里干活用的铃铛递给美绪，说是为了防熊。

"这里有熊？"美绪问了一句。

太一在手机上查了一下："经常有呢。"手机上显示的是市政府发的"注意熊出没"的通知，还有几条目击者的信息。

"熊不是在动物园才有的吗？"

"其实很多地方都有熊的。"

"现在这个时期是小熊出生的时候，所以很危险，美绪你要小心。"他们虽然嘴上说危险，但是似乎也不是真的担心，反而放心地出门去了。

想到爷爷的话，美绪叹了一口气。一想到要和爸爸见面就心情沉重，也不想回家。而且爷爷让自己看家，又说外面有熊，从这里逃走也是不可能了。外面的风越来越大，耳边传来树木在风中摇晃的声音，就在树木晃动声音最大的时候，楼下传来一声巨响，像是金属跌落的声音，接着又传来一阵激烈的东西倒塌的声音。

"不好，难道真的是熊？"美绪跑出房间，抓起走廊上的灭火器。以前在漫画上看到过用灭火器喷入侵者将其赶走的画面，这个方法对熊肯定也有用吧。她虽然想就这么回房间待着，可一楼的情况又让她感到不安，最终还是双手抱着灭火器下楼了。这个房子的结构真的很像学校，以楼梯为中心，左右都有走廊，所有房间都像教室一样面向走廊。美绪走到玄关的门厅看了一下左右，从玄关进去，打开门厅右手边的门，从二楼可以看到一条长的走廊，大概有三个房间那么大，爷爷的房间在其中一个角落里。美绪的目光落到另一扇门上，这扇门背后可能也有走廊，有很宽阔的空间，但是爷爷之前说不可以进入那个房间，耳边再次传来风的声音，房子发出嘎吱嘎吱的响声。好像什么东西掉落在地上，发出很大的声音，正是从这个禁止进入的房间传来的。美绪转了一下圆形把手，轻松打开了门，开灯后发现这里和二楼一样，进门有一条走廊一直延伸到里面。

美绪一只手拿着灭火器一边向前走，面向走廊有两个房间，打开门是一个混凝土浇筑的巨大土间①，四处被湿气笼罩。开了灯，看到六个水蓝色的盆，还有四个不锈钢圆形深锅在地上滚动。架子上还塞满了各种尺寸的盆和锅。风吹进来，原来这个房间的窗户都被吹开了。

"原来是风啊，风把这些锅碗瓢盆都吹到地上了。"知道奇怪的声音是怎么回事后，美绪没那么紧张了。

---

① 在日本的传统民家或仓库的室内空间里，生活起居的空间被柱区分为高于地面并铺设木板等板材的地板"床"以及与地面同高的"土间"两个部分。

“搞什么啊，原来是这样。”美绪把灭火器放在一旁，松了口气。正打算去关窗，周围的湿气让美绪停住了手，难道开窗是为了换气？

美绪关窗后留了一条小缝，把掉在地板上的东西放回架子，回到走廊上正准备返回二楼，突然停住了。另一扇门中似乎有微微的凉气冒出来，开门一看，原来是空调的冷气。美绪觉得心里发毛，又拿起灭火器并打开灯，眼前的景象让她忍不住叫出声来：顶天立地般的架子上挂着颜色浓淡不一的一束束线，有红色、黄色、蓝色、绿色、橘色，每个颜色都是从下到上越来越浓，看上去像一个巨大的绘画工具箱。美绪站在蓝色线的架子前抬头往上看，淡蓝色慢慢变成了天蓝色，架子最上面就是发黑的深蓝色了。

“像天空，又像大海。”

接着她又站到红色线的前面：开始是粉色，越往上颜色越深，最上面就像燃烧的火焰一样。好奇心作祟，美绪继续往里走，线架旁边摆满了卷成筒状的地毯，再往里面走，还有个架子塞满了书和笔记本，走过堆放地毯的角落，摆了一张圆桌，上面摊放着几条淡色披肩，桌子旁边有一张椅子，好像有人坐在对面盯着自己一样。

美绪把灭火器放在地板上，拿起一条披肩，上面有个标签写着“香叶之布”，这个汉字怎么念呢？ kouyou? kayou……欸？突然背后传来一个巨大的声响，伴随着奇怪的声音，接着有脚步声传进来，爷爷神情严肃地走了进来。

“你怎么在这个地方，不是让你不要进来吗？”

“对不起，因为我听到了奇怪的声音。”

爷爷看到了放在地板上的灭火器，问道：“为什么二楼的灭火器在这里？”

“用来迷眼睛，因为楼下有声响，我就拿着灭火器下来了，想着万一有什么事就用灭火器迷对方的眼睛。”爷爷严肃的脸色稍微缓和了一些，他把灭火器拿在手里：“这确实可以用来迷眼睛，那到底是什么声音呢？”

“不是这个房间的声音，是隔壁混凝土的那间，窗户开了，风把东西吹到地下了。”

爷爷急忙出了房间去了隔壁，一会儿一脸阴沉地回来了：“怎么回事！我记得窗户明明应该是关上的。”说着坐到椅子上，双手托着脸。

“爷爷，”美绪犹豫着问了一句，“我爸爸呢？”

“他回去了。”

“东京吗？为什么啊？”

“你想回去吗？”爷爷把手放下来，“你要是想回去，明天就送你回东京。不想回去的话，就在这里住下吧。”

“我能在这里住吗？”

爷爷点点头，指着对面的椅子，说了句“你坐这里”。

“但是有个条件，你必须一周和你爸爸联系一次。”

美绪的目光落在桌上的“香叶之布”上，上面的淡粉色和橙色看起来像果子露一样，美丽极了。

“但是爸爸很忙啊，我觉得他也不是很在意我的事。”

“无论怎么样，父母总是担心孩子的，你也不用特别说什么，只要让他知道你健健康康的就行。”

“我用 line① 和爸爸联系可以吗？”

爷爷点点头，起身打算去整理“香叶之布”。

“这个布好软啊，也是钢花呢吗？”

爷爷用手抚摸着淡黄色的布，对她说：“这是丝绸，用植物染料染的，已经褪色了。这种染料来自丁香花。”

爷爷把浅粉色、橙色、淡绿色的披肩并排放在桌上。

“这些分别是用茜草、枇杷、艾蒿提取的染料染成的。”

“这里是家里的金库吗？感觉有很多很珍贵的线和披肩。”

“这里是陈列室，确实有很多贵重的藏品，但这不是不让你进来的理由，而是因为旁边的房间有很多化学试剂，很危险。”

爷爷把淡粉色的披肩拿在手上，然后给美绪盖在头上。

“试剂是怎么用的呢，用艾蒿和枇杷染色的时候吗？”

“我不用植物染料。”

---

① 一款在日本很流行的即时通信软件。

美绪摸了摸头上的披肩，一直以为丝绸十分光滑，但是这个摸起来的手感却是比较粗糙的。爷爷开始整理桌上的披肩，问道："你对布有兴趣吗？"

"说是兴趣，倒不如说是它们让我觉得放松。我用钢花呢的披肩裹住自己的时候就会觉得很安心，会觉得没什么大不了的。"爷爷站起来，把盖在美绪头上的淡粉色披肩整理成面纱一样。美绪有点不好意思地笑了笑，爷爷转过身说："你要是对钢花呢有兴趣的话，你住在这里的这段时间可以试着做做披肩。"

"欸，我吗？我不行的，手太笨了学不会，从来没做成过什么东西。"

"手巧不手巧都无所谓，最主要是你想不想做这个。其实，这个作为工作来说，就是非常简单的流水作业而已：染色、纺线、织布。从神话时代开始，世界各地都有这样的营生，手作和祈祷很像的。"

爷爷走到放满线的架子旁，抽出一把红色的线："人对各种颜色都有不同的美好寄托，红色代表生命、活力、招福、除魔，所以你满月初次参拜时，我们选了这个颜色送给你。"爷爷手里拿着线，抬头看了看架子，"我们希望这块布一直陪着你，无论是高兴还是难过的时候，后来知道你一直带着那条披肩，我和你奶奶都很高兴。但是你现在长大了，应该做出自己的选择。"

"选择？选什么呢？"

“自己的颜色。”

美绪站在爷爷的旁边，抬头看着把墙壁塞得满满的各种颜色的线：粉色、橙色，还有绿色、蓝色。这里所有的颜色都惹人注目。

“首先你要选出‘自己的颜色’，美绪喜欢的颜色，能表达出美绪本人的颜色，你对这个颜色寄托着什么期望，都可以想一想。”

“我没想过这个问题。”

“唔要急。”爷爷温和地说了一句。

# 第二章

# 六月下旬　爷爷的咒语

今天是来山崎工艺舍的第十三天，美绪洗完了早餐餐具，用干毛巾擦拭碗和碟子。早餐吃的是吐司，涂上七叶树的蜂蜜，撒了研磨好的黑芝麻，再配一杯咖啡。爷爷说蜂蜜和黑芝麻能增强体力，加速大脑运转。美绪倒了杯奶咖，看着眼前这个胖乎乎的像钵一样的黑色漆碗。这个漆碗洗净擦干后，内部散发出一种柔和的光泽，就像妈妈的珍珠项链一样，美绪不由得看入了迷。整理完干净的餐具，美绪走到餐具柜前，打开柜门：朱红色和黑色的漆器餐具收纳得整整齐齐，透着珍珠一样淡淡的光泽。她突然想到一个主意，以餐具柜作为背景，给刚刚那只钵形的碗拍了一张照片。

之前和爷爷约定要和爸爸定期联系，这周还没联系呢。

“我最近很好，这是爷爷的咖啡碗。”美绪打了几个字，把照片发了过去。

“我也很好，这是咖啡碗？不是吧，这是粥碗。”

“粥碗？”美绪嘀咕了一句，爷爷听到了，问道：“怎么了？”

“爸爸和你联系了吗？”

“是的。”美绪把手机放进口袋里。

“我给爸爸发了咖啡碗的照片，但是他说这是粥碗。”

“在广志小时候，这个碗就是用来喝粥的。”

爷爷把黑色的漆碗拿出来：“这个确实适合做咖啡杯，轻便，口径大小也刚刚好，咖啡在里面不容易凉。对了，你选好披肩的颜色了吗？”

“没有呢，好看的颜色实在太多了，每个都喜欢，只选一个实在太难了。”

“你要不这样想想，如果做一面代表自己的旗帜，你会选什么颜色？”

“旗帜？我还没有想过这个呢。”美绪转头看了一眼爷爷，发现他也在看漆器，看来他和自己一样，也喜欢这个漆器的颜色。她又问爷爷：“那举个例子，爷爷自己是什么颜色呢？”

“我的颜色？”爷爷一脸困惑，但他马上认真地思考起来。

“现在想法和以前不一样了。现在的话，我觉得自己是羊毛未经染过的颜色，不是白色也不是灰色，就是原毛织成布的那种自然的色彩。”

“啊，就像爷爷的头发一样。”

爷爷露出奇怪的表情，像是困惑又好像是吃惊，还笑了笑。看到爷爷这个样子，美绪急忙摆手解释道：“对不起，我不是把爷爷和羊相比，绝对不是。”

爷爷摸着自己的头发说：“确实有一种说法，说毛发的颜色和形态也是动物的一面旗帜。”

“爷爷你没生气吧？爷爷生气的时候，就会快速讲这种咒语一样的话。”

“没有生气。”爷爷说着开始卷粗布夹克衫的袖子。

“我是惊讶的时候才会这么说话。今天刚好有羊毛原料过来，你要不要来看看？这一阶段的叫‘污毛’。”爷爷说着走了出去，美绪也跟在后面去了一楼之前禁止进入的房间。

“爷爷，这个房间我可以进来吗？”

“危险的东西我已经收起来了，从现在开始就要用这个房间了，你看看这个。”

那个有土间的屋子门口有两个齐胸的塑料薄膜袋，一袋里面是白色的，一袋里面装着有点脏的浅棕色物品。

爷爷穿着实验室白大褂一样的衣服，打开了那个有点脏的袋子，里面冒出一股呛鼻的臭气，跟小时候在牛棚里闻到的味道一样。

“哎呀，爷爷。”

“怎么了？”

“太臭啦。”

“是的呀，所谓污毛，就是取自污染的污，羊毛的毛，也就是污染状态的羊毛。”

“不要解释汉字啦，赶紧把袋子合上吧。”

“那可不行。”

爷爷把手伸进袋子，捏出一个像薯条一样细细长长的块状东西，上半部分是奶油色，下半部分是浅褐色。美绪把脸凑近毛块，被强烈的臭味熏到了，不禁眉头一皱。

“这个浅褐色的难道是羊的……”

“是羊的便便。”

“果然！”

“这算比较干净的了，”爷爷把污毛挑选出来，“以前洗毛的时候，我们连头发都会沾上大便的味道，现在倒不至于了。”

“好了好了，爷爷，不要再说什么便便了。”

“便便，粪便，意思一样的。”

爷爷把袋子合上，美绪呼地出了一口大气，可空气里还残留着臭味，有点被呛到。

爷爷笑着说：“就这么讨厌吗？”

“虽然羊粪很难闻，但是装车的时候就可以清理掉大部分，比较麻烦的是油脂。”

“油？”美绪反问了一句，这个词让她想到自己以前被嘲笑汗脚、阿比的事。

“羊毛富含油脂，油脂也不是不好，它可以作为化妆品原料。但是如果不把羊毛上面的油脂去掉，就很难染色，所以我们要把油脂洗掉。”

“是放在洗衣机一样的东西里面洗油吗？”

“说什么呢，当然是手洗。”

“欸？”美绪叹了口气。用手去洗带羊粪的羊毛，这种事情当然能不做就不做。

爷爷又打开另一个袋子。

“这是我准备的另一种原料，是已经机洗过的，叫机洗毛。”爷爷从袋子里拿出一撮羊毛，和美绪想象中的羊毛简直一模一样，雪白雪白的。她用手摸了摸，鼻子闻了闻，指尖轻触，又轻又软又蓬松。

“美绪会选择使用哪种羊毛呢，污毛还是机洗毛？”

美绪刚想回答当然是机洗毛，突然又疑惑爷爷为什么会准备两种羊毛呢，便反问道：“爷爷会选择哪种呢？”

爷爷指了一下污毛。

“为什么要手洗的啊，多麻烦啊？”

爷爷从上衣口袋拿出一小撮羊毛，接着又从机洗毛里取出相同的分量。

“把两只手拿出来，闭上眼睛。”

美绪按照爷爷的要求闭上眼，爷爷将不同的羊毛分别放在她的左手和右手上。

“你喜欢哪只手的触感？”

“左边。”美绪想都没想，条件反射般地就喊出声来了。她又握紧拳头，确认了一下左右手的触感。

“还是左边。”

“为什么呢？”

“嗯，我觉得左手的更柔软。”

“是什么感觉呢？”

“是什么感觉，什么感觉呢？很难回答。”

虽然自己不知道如何回答，但爷爷的声音变得柔和起来，美绪觉得即使自己说出奇怪的答案，爷爷也不会嘲笑或者斥责自己。

“嗯，像奶……奶油？生奶油一样，就像蛋糕上的奶油一样，特别柔滑。”

“说得很好，这就是手洗羊毛的触感。”

美绪睁开眼睛，目不转睛地盯着手掌上的羊毛。无论怎么比较，两者从外观上看起来都没什么区别啊。

“有什么不一样呢，为什么会这样呢？”

“因为手洗能去除非常细小的脏东西，这是机械操作无法做到的。而羊毛经过长时间的机洗，还要用试剂把脏东西溶解，经过这样处理后的羊毛多少会发生一些改变。这就是手洗和机洗的区别。”机洗后的羊毛触感也非常柔软，但是手洗羊毛的柔滑会让人一而再再而三地想去触摸它。

“那……我也试着手洗一下吧。”

“唔要急。”

“那我再考虑考虑吧。”

爷爷点了点头，单手解开了白大褂的纽扣，经年累月的娴熟动作看上去很潇洒。

“等你学会了洗毛的方法再决定不迟，一会我要去展厅有事，你和我一起去，给你介绍一个老师。”

“欸？”美绪不由得叫了一声，“不是爷爷教我吗？”

“还是实际操作的人教你更好，工坊现在实际的主理人是裕子老师，也就是太一的妈妈。”

“是亲戚吗？”

“是你爸爸的表姐。等一下太一要过来接我们，你去收拾一下吧。”

太一就是前几天来家里的川北太一，家里的车他可以自由使用，不过他也经常帮爷爷送东西或者在爷爷外出的时候给他当司机。太一体形较胖，浓眉大眼，身材高大，和爷爷还有爸爸差不多高。肩膀宽阔结实，可能是因为这个，给人一种压迫感。想到要和这个人打交道，美绪又觉得肚子不太舒服。

坐上太一的车，过了三十分钟左右，车子开进盛冈市区。雨势越来越强，驶入主干道后，街道上到处挂着的花篮里种着一种橙色的花。大桥的栏杆上也是一样，等距用花篮装饰着，里面种着粉色或者红色的花。美绪靠在车窗上，欣赏着依次出现在眼前的美景。对面就是山崎工艺舍的展厅，以前是用来展览和商业谈判的地方，现在继承工坊的是“裕子老师”，也就是川北裕子，她将展厅作为工作室使用，兼顾商业谈判。不过太一刚刚说，说是工作室，其实就是阿姨们聚会的地方。听爷爷说，山崎工艺舍以前是包住宿的，住了很多自家员工。但是后来订单越来越少，员工高龄化，现在专业做钢花呢的员工只剩下裕子一个人了。今天展厅会有个客户带未婚妻过来，这个客户是岩手县人，现在效力于国外的足球队，最近风头正劲。他们家世代都从山崎工艺舍定制钢花呢，是工艺舍的主要客户。爷爷正在和太一说话，突然转头问美绪：“你知道青山选手吧？”

“啊，不知道，没听过。”

“老师，女孩子不知道这个的，她们对足球没有兴趣。”

“他是代表日本的啊，报纸上经常出现的名字。”

“现在的孩子已经不看报纸啦。”

我才不是小孩子，只不过对运动没兴趣罢了。美绪想这么说，但太一冷淡的口气让人有点害怕。太一调整了一下后视镜，美绪像被责备了似的低下头。

“感觉你有点像羊。”

“你这是在夸我吗？”

“就是觉得像，就脱口而出了。”

美绪又觉得肚子不舒服。

爷爷和太一继续谈论起足球的话题，“青山选手在前几天的比赛中又大显身手。”

路稍微变窄了一些，前方可以看到一个灯塔形的东西。那是一座深咖啡色的木质建筑，有个像塔一样的结构从二楼凸出，上面还镶嵌着玻璃。

“爷爷，那是什么啊？”

“这是防火塔楼。”爷爷回答道，“以前有专人在这里值班，防止着火，称为番屋，现在已经用不着了。”

爷爷抬头看了一眼防火塔楼，继续说：“这一带叫盛冈町家，保存了很多住宅和店铺一体的建筑物。我们家的展厅也在这附近，虽然外观看起来很古老，其实都翻新过了。我的外祖父母就是在这里开始经商的，现在已经要叫他们先祖了。”

车子在面朝大路的一栋二层小楼前面停下了，太一要去停车场停车，便让大家先下车。美绪下了车，环顾了一下街边的房屋：狭窄的街道两侧，清一色的深咖啡色木质二层建筑，房子之间挨得很近，几乎没什么空隙。无论山崎工艺舍的展厅还是邻屋，一楼屋顶的一部分都微微伸向街道，共同形成了一个小小的拱廊。每家面向街道的门窗都是用深咖啡色的方形木料等距竖着排列做成窗框。

“窗户上的木框真好看啊。”

“这个工艺叫格子，这种窗户叫格子窗，门上装这个的就叫格子门。”爷爷打开了玄关的格子门，面向土间有一个很大的铺着地板的房间，中间放着一架织布机，上面挂着橘色的线。织布机对面是一架贴着黄色和淡绿色布料的屏风，再往前就是一间中庭房间，是个很宽阔的和室。爷爷一边把换下的鞋子放进鞋柜，一边对美绪说："放着织布机，铺着地板的房间叫'店家'，里面中庭房间称为'住家'，意思就是经常住的居所，所以汉字写作'常居'，你看那边有神龛。"爷爷隔着屏风指着一楼天花板附近，那边确实有一个很大的神龛。

"为了不踩到神明，所以没有把整个二楼作为常居，而是做了中庭。"爷爷指着天花板快速转过身去。

"二楼围着常居而建，有个房间是我冬天过来住的，其他房间是裕子老师和太一用作仓库和网店事务所的。"

"还有网上店铺啊，之前都没听说呢。"

"最近太一才开始弄的，我也不是很清楚。"爷爷把手伸到衣领周围，稍微整理了一下波洛领带[①]，走进了常居。

中庭的大房间放了一张日式小桌，桌旁坐着一位中年女性，应该就是裕子吧。她对面坐着一位年轻女性和两位男性，他们都探出身体在看一本相册一样的东西。

"青山先生。"爷爷打了声招呼，长得很像的两位男性一起看向爷爷。恐怕就是青山选手和他父亲吧。父亲是个小个子，身材圆润，儿子个子很高，很瘦，旁边坐着一位笑容可爱的女孩。青山的父亲正要起身，爷爷忙

① 波洛领带通常由编织皮革或绳索制成，并以金属挂饰等作为滑扣固定。

欠身示意："您坐，您还是一如既往精神得很啊，令郎比赛也表现突出。"

"没有没有，老师您真是一点变化也没有。"青山的父亲把爷爷介绍给他儿子和他身边的女孩，她是青山选手的未婚妻，在仙台的电视台工作。

"欸？"青山的父亲看到了美绪，"是新来的学徒吗？老师这里一直有年轻人过来，真是太好了。"

"但是都不长久，大部分都是很快就放弃了。"爷爷背对玄关坐了下来，马上转过身示意美绪坐在自己的斜后方，美绪也正坐下来。坐在左手边的裕子笑容可掬，留着齐肩短发，脸小小的。

"老师，青山先生说那件夹克穿起来十分舒适。"裕子对爷爷说。

青山的父亲爽朗地笑着说："是啊。"

"刚刚还和裕子女士提到了，从去年开始就穿习惯了，现在离冬天还远，最近去哪儿都喜欢穿这件衣服，去便利店也会随手套在身上。"

"您穿着非常合适。"青山看着父亲说，"我最近也想定制一件这样的夹克。"

"先给新娘子做件外套，健人你可以先穿爸爸的。老师，您过来看一下。"

青山的父亲打开包袱皮，拿出一件深蓝色的外套。

"这件健人现在在穿，一点都不旧，还很新呢。"

爷爷轻轻地捏起外套的面料，用手掌抚摸着布的表面。

“是的啊，还是很新，还可以继续穿呢，好好穿着吧。”

“这件外套到哪都被人夸奖。”

青山站起来穿上外套，这是一件双排扣海军呢外套。

“您看是不是很适合我的体型？肩膀和背都刚刚好。”

“还真是。”爷爷小声说了一句，回过头来接着说，“青山选手的爸爸以前也是足球队员呢。”

“你们不知道吧？”

青山的爸爸用怀念的口吻说道：“洋马柴油机还有三菱重工，那时候还是实业团体的时代，当时我比赛时，这孩子还经常去现场给我加油，一想到那个时候，再想到现在世界级的球队里居然有日本人，而且自己儿子也是其中一员，真的像做梦一样。”

青山穿着外套坐了下来，抚摸着胸前的面料说：“小时候，爸爸就穿着这件外套来看我练习还有比赛，所以每次出国我都会把这件衣服带上，就好像爸爸也在和我一起周游世界一样。所以我想定制一件这样的衣服送给我的她，连同回忆一起，也许有一天也会把它们交给我的儿孙辈。”

“我们一定会用心为您准备。”爷爷说，裕子女士也点了点头。爷爷轻声问青山的未婚妻：“您选好颜色了吗？”

“还没有呢。”年轻的女孩不好意思地拿出了手机。

“我喜欢这张照片，是天空的颜色。坐飞机时，黎明时分看到这种明亮的粉紫色，好像还夹杂着红色和蓝色。”

女孩把照片给爷爷看，美绪也稍稍欠身看了一眼：从地平线喷薄而出的酒红色，夹杂着紫色的粉色和薰衣草色重重叠叠，上面还有近乎透明的天蓝色和藏青色曼延开来。

“这样啊，那请问您最喜欢哪一层的颜色？”

“本来我最喜欢粉紫色，但是看了样品后觉得天蓝色和藏青色也不错，现在觉得红色也很好看。”

“我们这边会把您刚刚提到的中意的颜色用标签记录下来。”

裕子把相册一样的册子递给爷爷，封面写着“样品册”三个字。爷爷翻看着册子：里面贴着的厚纸板上，订上了五厘米见方的钢花呢。裕子又从桌子下面拿出五本差不多的册子，开口道：“美绪。”

“在。”美绪反射性地回答。

“把所有带标签的取出来交给老师。”

裕子老师居然叫自己的名字，美绪十分惊讶，同时也被样品册的厚度震惊了，这里面记录了工坊至今制作的所有钢花呢的式样。女孩看着各种花色的样品犹豫不决，爷爷耐心地等她看完，然后站起来拿出手边的笔记本电脑开始操作。这时玄关的推拉门开了，太一走进常居，爷爷喊了一声“太一”，眼睛没有离开电脑，接着说：“你把八百九十号文件到九百一十三号文件拿过来。”

“知道了。”太一说着迈着轻快的步子上了二楼，很快就抱着一摞文件下来了，上面订着大张纸，看起来很重的样子。爷爷打开装订扣，拿出一张报纸大小、厚纸做的表格，上方写着“色彩设计书”几个字，下方贴着染成淡紫色的线，好像是制作这种颜色的线的设计书。毛线下方有个数据栏，记录着各种数据，左上方贴着少量各种颜色的羊毛，有红色、浅蓝色、粉色等。爷爷逐页翻看色彩设计书，看完十多页后递给站在斜后方的美绪：“美绪，你把这些排列整齐。”美绪把爷爷递过来的设计书一页一页在榻榻米上小心地铺好，纸虽然很厚，但只有贴着羊毛的部分比较重，必须要用两只手捧着，否则就会弯曲。美绪把二十四份设计书按照横向六页、纵向四页排列好。制作红色和蓝色以及薰衣草色面料的毛线共计二十四色，各种颜色的羊毛把榻榻米全部堆满了。

爷爷站起来，看了看所有的设计书，轻轻地抱着胳膊陷入了深思。

旁边的裕子和太一还有青山父子，以及青山选手的未婚妻并排站着，美绪稍微隔着一段距离看着大家。清澈的红色，淡粉色，像夏日天空一样的蓝色，嫩叶一样的淡绿色。青山的未婚妻眯着眼睛看着各色羊毛，惊呼道：“好漂亮啊，就像花田一样。”接着她不解地看着爷爷说：“这个设计书上贴着的羊毛和毛线是做什么用的呢？”爷爷跪在榻榻米上抚摸着设计书：“设计书对于我们来说就像画具一样：把不同颜色的羊毛混合在一起创造出新的颜色。比如紫色，就先要把羊毛染成红色和蓝色再混在一起，这样才能纺出紫色的线。因此设计书上贴着的羊毛就是纺出上面线的颜色需要用到的。”

“为什么要这样做呢？一开始就用紫色的染粉或者染液，将毛线进行染色不是更快一些吗？”

“有些制品确实可以这样染色，但是披肩或者衣服一般不会这样做。”

“小爱。”青山的父亲叫了一声女孩，“你把这件外套拿到明亮的地方仔细看看。”青山把外套递给女孩，她仔仔细细地看了一下，立刻开口道：“啊，我知道了。看起来是深蓝色的外套，其实里面混杂着淡蓝色、黑色、绿色，难道还有黄色？”

爷爷微笑着说：“将各色羊毛混在一起得到一个颜色，远看只有一个颜色，但是毛线里蕴藏的各种羊毛的颜色会给面料带来内涵、韵味，还有光泽。”爷爷从榻榻米上拿起一份色彩设计书说：“我们已经了解了您的需求，您看看这个颜色是不是和您期望的颜色比较接近？”大家都凑了过去，色彩设计书上贴着美丽的薰衣草色毛线。女孩轻轻着抚摸毛线，答道：“就是这样的手感，我很喜欢，好柔软。”

爷爷摸了一下色彩设计书上的羊毛。“整体颜色就是这样的感觉，我们这边会把红色加强一下，您看怎么样？这样的话会显得您脸色红润，皮肤更有光泽。”

裕子探出身体看了一下设计书，说道：“加入少许红色吗？这么说来，现在手上正好有刚刚混好的，可以让您参考一下，太一你去拿一下。”

太一上了二楼，拿下来一个薄膜塑料袋，就像在爷爷家看到的污毛的袋子一样巨大。打开一看，里面是薰衣草紫色的羊毛。

“真软啊，像白云一样。”女孩欢呼了一声，用手碰了碰羊毛，“摸起来很舒服，颜色也很漂亮。”

裕子抓了一把羊毛轻轻地拽出来，用指尖轻柔地拧来拧去，拧成一根淡粉色但是又透出紫色的毛线。

“羊毛纺成线之后，颜色会变得稍微深一点，大概会是这种感觉。”

“真漂亮啊。”女孩兴奋地喊出声来，旁边的青山也附和道：“这个颜色真好看啊。”

“很雅致。”青山的父亲抚摸着羊毛感叹道。

“就这个颜色吧，这个颜色很美，我很喜欢。”女孩指着线说道，脸颊微微充血，声音有点兴奋。

“这样的话，就用这个颜色作为基础色来设计吧，和青山选手的外套放在一起，两个颜色相互映衬呼应。”爷爷把设计书递给裕子，重新看了一下手机上的照片：“真是张好照片，黎明之光冲破黑暗，这是希望的颜色啊。”

听到“希望的颜色”这句话，美绪看了一眼淡紫色的羊毛，确实很适合那个女孩，也的确让人觉得是希望的颜色。和美好的人结婚，好像胜利女神也能守护自己似的。

“真好啊。”青山的父亲轻拍了一下儿子的背。

“老师，那就按照这个感觉来做吧，拜托您了。”

“今天劳烦您百忙之中抽空过来，真是不好意思。”

青山的父亲轻轻摆手道：“没有没有，不好意思的是我们，这么急的定制您还能帮我们做，真是太感激了。婚礼之后，小爱也会跟着去那边，所以希望能做件温暖的外套让她带过去。”听了青山爸爸的话，女孩害羞地低下了头，脸颊上的红晕让她显得格外美丽。

青山和未婚妻相视一笑。美绪看到这一幕，不由得觉得脸有点发烫，她摸着自己的脸，觉得自己也脸红了。

送走青山一行的车子，裕子走进房间后对爷爷说：“那件外套是香代老师做的，做得可真是好。”爷爷向常居的方向走去，裕子跟在爷爷身后继续说：“青山选手的外套旁边放上这次定制的外套，就是把我的作品和香代老师的放在一起，我可不想输，请放心交给我。”

“没问题吧。”爷爷说完这句话，坐到桌子前，示意美绪也坐在旁边。美绪整理好裙摆，端正地坐在爷爷指定的位置。

“太一，帮我们倒杯茶。”

“要焙茶还是大麦茶？”

“麦茶。”爷爷说着从口袋里拿出烟草，看向裕子，“对了裕子，刚刚在电话里和你说的那件事。”

“哦，那个啊。”裕子用黑色皮筋将头发绑起来，坐在了爷爷对面。

“美绪，爷爷已经和我说了你的事。欢迎你，以后要常来啊。”

可能是因为带有方言，裕子的音调高高低低，开始听起来有点不习惯，但是给人很温暖的感觉。美绪稍稍低下头，紧张僵硬的身体稍微松弛了一点。

“嗯，美绪要继承爷爷的工作吗？”

“还没有想那么远呢。”

“不要提什么继承不继承。”爷爷严肃地说，“她现在还不太清楚家里是做什么的，肯定也不会想那么多。”

“嗯，但是老师，我们现在很忙的，没法手把手地教。她是想做披肩吧，得从纺线开始做起，目前肯定没法按部就班地教。”

“不然交给太一吧，在我忙不过来的时候。”

“搞什么啊？”传来一句不高兴的声音，太一端着麦茶走了进来，托盘上放着四个玻璃杯，他却轻松地单手端起。

“为什么让我来教啊？”

“你不是教育系的学生吗？就当提前实习吧。”

“这哪里是什么实习啊！我以后又不当染织教室的老师。”太一把三杯麦茶放在矮桌上，端着自己的那杯上楼去了。

“你不要跑，好好坐在这里！老师，你看看他这个样子，可真让人生气啊。”裕子从深蓝色的围裙口袋里拿出一张纸抱怨道，“最近让太一做点事，他就让我付费，还给我做了价目表。”爷爷拿过纸片读了起来：“手洗污毛一千五百日元一个小时，烘干羊毛四百日元。这价格是便宜还是贵呢，以什么标准制定的呢？”

“价格合理。”太一在楼梯中段坐了下来，来了一句。

“您还是少说两句吧，以后不要一个电话就把我叫过来帮忙，裕子老师，我也很忙的。”

“您听听，这话真是难听，也就这个时候才管我叫老师。”

美绪看到放在矮桌上的价格表，上面写了接近三十个工作项目，旁边细心地写明了价格。原来做一幅钢花呢要那么多工序，以前总觉得织布是个很简单的工作。

一喝麦茶，就能感受到夏天的气息，梅雨季节结束后，这学期也就结束了。自从不去学校，感觉时间过得真是太快了。

爷爷抱着胳膊想了一会儿，然后开口道：“费用的事暂且不说。如果让太一来教，肯定也要考虑广志的感受。”

“欸，为什么突然提到小广？”

“毕竟是爸爸，让青春期的女儿跟着年轻男性学东西，难免会担心。”

“那真是不好意思。”头顶上的太一突然发出声音说，“我有自己的喜好，这么小的孩子我才没兴趣。”

“小孩子”这种话可真是让人讨厌。美绪抬头看向楼梯，太一也看了过来。他这样居高临下地俯视，原本很明显的双眼皮看起来薄薄一片，更让人觉得有压迫感。

“我是高中生，不是小孩子。”

“我不是那个意思。”

“不好意思。”爷爷耸了耸肩膀。

“本来我应该尽我所能地教你，但现在无论是体力还是脑力，我都没办法了。”爷爷沉默了一会儿，摸了一下矮桌上的样品簿。

“不提继不继承的问题，就是希望她能有点兴趣，让她了解我们在做的这个事情，因为这个是我父母和我自己，还有美绪的奶奶用一辈子来做的事情。”

落雨的声音越来越大，抬头一看，原来是中庭的天花板上有个很大的窗户，雨点用力地拍打着窗户，像眼泪一样沿着窗户流了下来。

“有技[①]！”太一像个柔道裁判一样喊了一句，“压

① 柔道比赛中判定胜负的要素之一，不能认定为一本（取得比赛胜利的重要招数），但可认定为具有近似一本的效果。指按住对方超过25秒，或推倒对方使之仰面朝天。

住[①]有效，只要表现得乖一点，绝对不会被裕子老师拒绝的。”

“太一，你能不能闭嘴？”

“哎呀，已经过了三十秒，结果怎么样呢，裕子老师？”

“你到底站在哪一边？”

美绪顺着裕子的视线抬头看向楼梯上的太一，他笑了起来，大大的眼睛也眯了起来，看起来和善多了。

“好的，我知道了。”裕子老师好像认输了似的说道，眼睛盯着放在矮桌上的六本样品簿，“我知道了，老师。您想让美绪好好了解我们做的工作，这个心情我非常理解，话已至此，我也尽我所能吧。”

太一默默地站了起来，走向二楼。爷爷走到薄膜塑料袋旁边，取出一些薰衣草色的羊毛。

“刚好之前说明天要清洗污毛的，那就从这里开始教。美绪，明天开始入门吧。”

美绪好像被忽悠了一样，和爷爷还有裕子面面相觑。

“欸？入门？什么意思啊？”

“本来见习的话，每天都要过来的，但是考虑到你还没有适应这里的生活，就先一周来两三次吧，这样可以吗，裕子？”

“当然可以。”裕子点点头。

---

① 柔道术语，指压住对方使对方不能动弹。

大家也不管自己怎么想，就一步一步把这件事给定了下来，自己的思路根本跟不上他们讲话的速度，美绪不由得抓住了爷爷上衣的下摆。

“等等，爷爷，每天过来，那我怎么到这里来呢？”

“从车站走过来？要不骑自行车吧。”

“我们家刚好有辆不用的自行车，这次就带回去吧。就这么定了，老师您过来帮忙拿一下。”裕子说着，爷爷走进了屋里。美绪觉得脚有点发麻，她轻轻握住了放在膝盖上的双手。这么大的事，自己却什么都没说，就这么干坐着，就像太一说的那样，自己还是个小孩子。

跟着裕子见习的第一天，是梅雨季节难得的晴天。美绪早早起床走进厨房，爷爷已经把咖啡沏好了，让自己去采一些紫苏的叶子。美绪向屋子后面的旱田走去，她一直设为屏保的那张照片上的牧场，现在已经成了旱田。在美绪爸爸小时候，家里就不养羊了，现在的羊毛原料都是从海外进口的。

早晨的阳光刺得人睁不开眼睛，美绪走进田里：繁茂的绿叶间可以看到点点白花，地里搭了一些齐胸高的架子，上面缠绕着很多枝繁叶茂的豆类藤蔓。在树丛间深吸一口气，美绪想起博客上写的那句话：桃红色的美丽晨光，纯净透明的微风。肯定就是自己眼前这个样子，即使牧场不在了，但阳光和微风还是和以前一样。美绪突然觉得很开心，用手机拍了一张藤蔓的照片，只写了一句“早上好”，发给了爸爸。爸爸马上回复了：“这是什么啊？”似乎很诧异。

美绪把手机塞进口袋，蹲在种着紫苏的角落里，按照爷爷的吩咐摘了一些叶子，然后到田边的溪流中轻轻洗净。小溪一步就能跨过去，但溪水丰沛清澈，用手掬一捧放入口中，似乎还带着紫苏叶子的味道。手上湿漉漉的，顺势把脸也一起洗了，没有东西擦脸，美绪索性摇头甩去水珠，飞散的水珠在太阳下闪闪发亮。

回到厨房后，爷爷一脸不可思议地问：“怎么回事，头发都湿了？”

“洗脸的时候弄湿了头发。爷爷，田里的是小河还是水渠？真是太舒服了。”

“那是岩手山的地下河，河水舒服吧？”

“特别凉爽，真的是从大山里流出来的水？”

“那不是山上流下来的水，而是流出地面的地下水，这个水在地层中被过滤过，所以口感很好。对了，美绪能吃芥末吗？”

“可以吃一点。”

爷爷往沙拉碗里的蛋黄酱中放了一些芥末粒。

“你把冰箱里的鸡肉拿出来，脱骨的那种。”

冰箱里放着很多烤鸡腿肉，用真空包装袋包了起来。直接加热食用的是带骨的，还有一种脱骨的，用来配豌豆还有黄瓜一起吃。

“爷爷，你在做什么？”

“你中午的便当，后面习惯了也可以夹自己喜欢的东西。”

“三明治？”

“是的，你过来看看，这是你爸爸还有你奶奶最喜欢吃的东西。”

爷爷把烤鸡腿肉切得小小的放在沙拉碗里，再加入蛋黄酱搅拌均匀，夹进两片面包里，然后放进加热式三明治机，这应该是爸爸公司的产品，虽然公司后来合并了，但美绪还是一眼就认了出来。

“爸爸的公司就是生产这种电器的。”

“这是很久以前的产品了，一直爱惜着用，所以也没坏。美绪，把保温杯拿过来。”电炉旁边放着一个大口径保温杯，美绪拿过来递给爷爷。爷爷把里面的热水倒掉，放进海带和梅干，再用厨房剪刀把粉丝和紫苏叶子剪碎放进去，最后把电水壶里的开水倒进去。

“我不太喜欢用火，就这么放着，中午就能喝到好喝的汤。等你熟悉了以后也可以自己研究一下，家里有关于这方面的好书。”

“知道了。”美绪回答道，目光扫过电热水壶和三明治烤盘。

这个家里的电器几乎都是爸爸公司的产品。

便当做好后，爷爷送美绪出了家门，美绪骑着自行车沿着山道下坡，慢慢地行驶在宁静的森林里。路过岩手县立大学等红灯的瞬间，美绪回头看了一眼爷爷家的方向，平时从窗户才能看到的山，现在可以清楚地看到山顶。山上落下的雨水渗到地下，然后从山脚爷爷家的地上冒了出来。

“那就是岩手山……”

美绪远眺山顶，右侧山麓像八字一样延伸开来，左侧则更为低矮平缓，轮廓看起来像汉字“瓜”或“爪”。下了坡道之后，就快到泷泽站了，在这里便可以乘坐“银河铁道”去盛冈。

到盛冈站后，美绪在站前租借了自行车，打开手机地图 APP 小心地行驶着。她骑到一座叫开运桥的铁桥上，无意中看了一眼河流的上游，视线中再次出现了雄伟的高山，这条街上真是到哪都能看到岩手山。桥下，岸边绿草茵茵，一条只能二人并行的小路延伸到下游。美绪虽然非常喜欢这条小路，但还是选择在车道上骑车，大概骑了二十分钟，过了大石头碑就到展厅了。美绪很紧张，把自行车停在了后门，这时从房子里走出几个年长的女性。

“早上好。”美绪打了一声招呼，白发的老太太吃了一惊。

“这，这不是香代老师嘛。”老太太们面面相觑，都很惊讶。

“哇，真是太让人惊讶了，声音简直一模一样。”

“啊，这是小广的女儿啊。”其中有个驼背的老太太仔细端详了美绪，“和小广一点都不像，真是太好了。”

“别这么说嘛，小广相貌堂堂，有男子气概，他爸爸可是纮治郎啊。”一个小个子老太太突然跑上前来和善地看着美绪说：“你爸爸还好吗？”

美绪被大家围着，眼睛不知道看哪里才好，慌忙回答：“啊，爸爸很好。”

“他多大岁数了啊？”

“我十……哦，爸爸啊，爸爸四十多了。”

老太太们再次互相看看，笑个不停。“小广都四十多了，我们可不就是老太太了嘛。”一位头发染成淡紫色的老太太拉着美绪的手：“你是不是要跟着裕子老师入门，要加油啊。”

“老师已经在等着了，快点进去吧。”老太太们催促着美绪赶紧进去。屋子右手边是洗手间，左手边是厨房，再往里走是一间铺着很大的席子的日式房间，面对面放了两张桌子，裕子坐在靠里面的那张桌子前。

“早上好，美绪，大家都很惊讶吧，美绪自己是不是更惊讶？”

“是的。”美绪回答道。她坐在裕子对面，看向里面，其实就是上次和爷爷来的常居延伸出去的地方。环顾四周，这真是一座造型细长的房子。

“刚刚的奶奶们是工坊的元老吗？”

“她们都是我的前辈，每天早上八点半就会聚集在这里，在常居做做体操，然后帮我们理一下洗好的羊毛，或者纺线什么的，待上大概一个小时。”裕子一边在文件里填写着什么，一边说道。

“也不是每次都会请她们做事，没事的时候，她们就在这里喝喝茶，看看风景。如果有谁早上没来，就会去看看什么情况，现在很多老人都是独居，也刚好能确认她们是否安好。”美绪想到之前坐在车子里，太一说过“展厅只是老奶奶们聚会的场所”。裕子整理着文件，指着美绪坐的办公桌说：“这张桌子就给美绪用吧，把东西放在桌子下面，上面两个抽屉刚刚奶奶们已经帮忙整理过了，美绪可以随意使用。”

不锈钢制的桌子上有个电话，旁边还有个小小的羊羔形状的玩偶，形状像豆皮寿司一样的一坨白色羊毛，上面有羊毛毡做成的棕色的手脚，下面还有一张卡片写着“欢迎”。

“这是给我的吗？太可爱了。”

“对啊，美绪能过来，大家都好开心。下午让太一教你如何应对客户来访和电话。我下午要出门，上午我们两个人来洗污毛吧。”裕子卷起袖子，穿上围裙，美绪也学着她的样子穿上爷爷给的黑色围裙。

“这件围裙你可要好好保管，纮治郎老师可真是周到。……这边是操作间。”裕子打开和式房间的推拉门，房子上方覆盖着透明的屋顶，像一个透明的车库。地板是混凝土浇筑，里面有像洗衣机一样的炉子，还放了很多水盆，感觉有点像爷爷家一楼的染场。裕子揭开大桶的盖子，一瞬间刺鼻的恶臭味扩散开来，不一会儿，污毛的味道更加强烈起来。

“好臭啊。”美绪刚要说，话到嘴边又咽了下去，她看到旁边的裕子泰然处之地蹲在桶的旁边往里看。

“这是昨晚开始泡着的。美绪，你那边还有一个桶，先把脏水倒掉，然后把处理好的毛放进这个竹篓里。”美绪按照裕子说的把桶倾斜，把棕色的污水倒了出来，再把污毛拧干水放进大竹篓里交给裕子。打湿的污毛黏糊糊的，看不出羊毛的样子。

“这个是工业用甩干机，其实也可以用作洗衣机，但是这个甩干更好用，只要几秒就能甩干，即使牛仔布也能瞬间脱水。甩干前的工序就是前一天晚上把污毛放进加入洗剂的热水里。”裕子把放上大锅的炉子点上火。

“洗毛一般用开水，就在这边烧水，因为有火、热水还有试剂，所以还是有一定的危险性，在操作间的时候要小心一点。”

“听到的话，就要给回复。”

“欸？好的，我知道了。不好意思。”

“我们操作的时候，大部分时间是背对背的，所以回复一定要大声、清晰。”

“好的！”美绪大声回答了一句，裕子马上笑了起来。

裕子站在美绪旁边教她机器的操作方法。美绪给污毛脱水，裕子把热水倒进盆里，用温度计测试温度。

“洗涤剂的用量大概占要洗的羊毛量的百分之三到百分之五，有时候到百分之十，这个主要凭感觉，洗的次数多了，就知道了。”

“热水大概要多少度呢，看起来很热的样子。”

“我们家开始大概用六十度的热水，要去除油污的话大概是要这么高的温度的，完工的时候大概是四十度。”

“开始和完工？所以是要洗很多遍吗？”

“是的，洗涤也是，同样的操作可能要重复很多次。”裕子把第二个盆里倒满水，然后将热水和洗涤剂一起倒进水桶里。操作间十分闷热，今天是晴天，气温本来就很高，再加上热水的热气，让人汗流浃背。裕子拿了两把洗澡用的塑料椅子放在水盆旁边，说道：“那我们就开始吧，你先看我是怎么做的。”裕子先拿了一团污毛，将它浸入热水盆，然后放在手掌上，以大拇指按压的方式来洗涤。“洗的时候要这样用指腹轻轻地把垃圾和油脂挤出来，要一点一点清理。搓洗得太厉害，羊毛就会变成羊毛毡。”

“羊毛毡就是做手工经常用的那个材料吗？”

“对羊毛加热和施加压力，就会变成羊毛毡。我们洗毛是用热水嘛，洗的时候过分揉搓，就是给羊毛施加了压力，变成一块一块的羊毛毡后就很难纺成毛线，有时候也只能报废，所以要小心一点。下面轮到美绪了。”美绪学着裕子的手法，用指腹抓着一小撮羊毛开始洗起来。羊毛一点点地变白，在水里轻轻地晃动。

“很好，非常好，美绪，就这样洗，你很擅长做这个，就按这个节奏重复就行了，一直重复下去。”裕子也在旁边开始洗毛，两个人默默工作了很久。汗水从脖子流到后背，连脸上也都是汗珠，美绪想用手去擦，可两只手都放在盆里根本不得空。羊毛有两大篓，但在盆里洗的时候只能用指尖一点点地搓，需要大量的手工作业。洗后的羊毛的触感像奶油一样，让人难忘，这样的手感只有从手工中才能产生吧。污毛里的脏东西溶解之后，盆里热水也变色了。裕子停下手里的活，看了一眼美绪的盆。

“啊，你的动作越来越有样子了，看来已经慢慢熟练起来了。”

“太好了。”

“我们也该换另一种洗涤剂了。洗到某种程度，就得换新的洗涤剂，可以从水脏的程度来判断，你盆里的水现在这个程度就差不多了，你记住这个状态。”

裕子把盆里重新换了热水和洗涤剂，两个人又开始洗毛，竹篓里的污毛越来越少。裕子用围裙的袖子擦了一下脸，突然问了一句："小广现在怎么样？"

"应该挺好吧。"

"应该？"裕子看着美绪，满脸写着难以置信。美绪避开了她的眼神，回答说："我不太和爸爸讲话，也很少见面。"

"小广还是老样子，是不是总是一脸严肃地在看书？以前就是这样。"

其实爸爸现在大多数时候并不读书，而是直接睡觉，但美绪觉得这么说爸爸好像也不太好，便含糊其词想搪塞过去。

"嗯，爸爸小时候，你觉得他是什么样的孩子呢？"

"小时候啊，感觉他总是不高兴，自己在那里看书。山崎家的男人都是这样，纮治郎老师和他父亲都是这样，小广也是。哦，对了，我家太一也是这样。"

两个人用热水把羊毛粗略地洗了一遍，再用温度稍微低点的水洗一遍，黑乎乎的羊毛终于变白了，味道也不像之前那么大了，洗涤剂香香的味道和温水让人觉得心情愉悦。

"好了。"美绪小声地自言自语道，又重新坐回椅子。可能是坐的时间太长了，屁股都觉得痛。

"太像了。"旁边的裕子感叹道，"刚刚的那句'好了'，和香代老师简直一模一样。"

"我和奶奶的声音有这么像吗？"

“很像，但是美绪的声音更柔和一些。”

“是吗？”美绪好像在回味似的听着自己的声音。

“我对奶奶完全没有印象。听说自己的声音和她的像，感觉简直不可思议。她是怎样一个人呢？”

裕子一瞬间停下了手里的动作，但是立即又忙活起来。

“比较好胜，或者说单纯，总之是个很要强的人。”

“那我和她完全不像。”

“不过，有时候我也会认真思考她到底是怎样的一个人。”

两个人突然沉默了，耳边只有洗毛的水声。

“香代老师……嗯，纮治郎老师从东京回到盛冈后两三年，她差不多是那个时候来到山崎工艺舍的。她在美绪现在这么大的时候已经是工艺舍的王牌了，虽然这么说有点奇怪，她当时是年纪最小的，却是工坊最好的纺工和织工。”

在我这个年纪已经是工坊的王牌，那奶奶岂不是高中没毕业？不过，听裕子说那个年代很多人初中毕业就直接工作了。

“对于手艺人来说，十几岁是非常重要的时期，就像运动员一样。这个时期的人能够快速学习和掌握技术，为将来的发展打下坚实的基础。十几岁的香代老师，那个时候大家都叫她小香，无论纮治郎老师要多么难的织品，她都能又快又好地做出来，两个人真的是非常好的搭档，后来也就结婚了。”

“欸……”美绪意识到自己又发出了很奇怪的声音，难道这种声音也像奶奶吗？有点不好意思。

“爷爷自己不也会织布吗，为什么他不自己织呢？”

“纮治郎老师精通所有工序，但他最主要的工作是色彩设计，也就是染色。用现在的话来讲，就像制片人。他们的关系有点像教练和运动员吧。”

“奶奶也自己洗毛吗？”

“当然，我在花卷的工坊刚好看到过，那时你奶奶正要给你做满月参拜神宫的披肩，干劲十足。我说我来帮忙吧。她说全部要自己亲手做，真的非常认真和重视。”

指尖用力，搓洗羊毛，原来在自己出生的时候，奶奶还在做这样的事情，这样才有了那条红色的披肩。一想到被扔掉的披肩，美绪低下了头。

羊毛洗完后，要用热水把洗涤剂清掉，然后再倒出来，让裕子检查一下后放进甩干机里，甩干之后的羊毛平铺在三个竹筐里，放置在通风良好的地方。裕子把身体往后一仰，‘砰砰砰’地敲了几下后背。“啊，这个工作真是累腰，美绪你现在年轻，应该没什么问题吧。”

“也该吃午饭了。”裕子说完走上和室的榻榻米，“我们去吃点什么吧，今天我请客，附近有家很不错的咖啡店。”

“啊，那个……我带了便当，爷爷给我做了热三明治。”

“欸，真是怀念啊，以前香代老师专注工作的时候，纮治郎老师也经常给她做午饭。”裕子扑哧一声笑了出来，轻轻地挠了挠头。

“那我就自己出去吃啦，喂，太一，你过来。”

“嗯？”二楼传来了不高兴的声音。

“去吃午饭吗？”

“不去。”

“你怎么不去学校，这样可以吗？”

“今天可以。”

“你怎么这么说话，这是要当老师的人说的话吗？”裕子在后门一边换鞋子一边看着二楼。

“这孩子说话讨厌，但是心地不坏，你不用怕他。”

“好的。”美绪虽然这么回答，但是太一言语举止比较大条，还是让人觉得怕怕的。她紧张地打开便当，一眼看到放在电话旁边的小羊，便立即停住吃东西，把小羊握在手里。小羊的身体软绵绵的，摸着手感特别好，不觉间心情好多了，美绪小声地笑了起来。

大概一个小时之后，外出吃饭的裕子回到了展厅，带了咖啡回来，两个人慢悠悠地享用了咖啡。

喝完咖啡后，裕子站起来干劲十足地说：“好了，要开始下午的工作啦！”美绪看了一眼时钟，刚过一点。在学校的话，正是下午上课时间。

“我先来教你怎么纺线吧，这是一项很重要的工作。”裕子从常居拿出一个带轮子的木质机器，旁边还有一个小桌子放着柔软的羊毛。

“从洗完羊毛到纺羊毛，这中间还有很多工序，我们先跳过去，来学一下纺线。为什么钢花呢叫 homespun 呢？home 就是‘家’，spun 就是‘纺织’的意思。语源是用家庭纺出来的线织作的布。”裕子搬来两个圆形的椅子，放在机器旁边，然后指着轮子下面的踏板说：“踩动这个踏板，车轮就会转动，将纤维一点点地捻成线，这个就叫捻线。”

“你先来踩动这个踏板试试，速度尽量保持稳定。”

美绪踩了一下踏板，机器发出了轻快的声音。她小心地调整踩踏的力度，不时加速或者减速，尽量让速度保持一致。

“真不错。”裕子小声地自言自语道，又看了一眼手表。

“今天没时间了，下次再教你穿线的方法，今天就速战速决，先教纺线。简单来说……”裕子把一根线从绕线板下面穿过，然后拉到自己跟前，线头在轮子上打了一个结，“这根叫引导线，用这根线把羊毛绕在绕线板上。”裕子伸手抓起右手边的羊毛绕在有引导线的绕线板上，静静地踩动踏板，产生的压力经由导线传到羊毛上，就产生了加捻的效果。就这样，棉花糖一样的羊毛就变成了线。看到雪白蓬松的羊毛转眼变成了非常强韧的线，美绪激动得心脏怦怦直跳。她觉得裕子的手简直像在施魔法：搓搓捏捏就变出了一股股线，线车在她的手下也有节奏地转动着。

“看明白了吗？你坐在我这边试试。”美绪左手拿着线，脚踩踏板，但是线却越来越粗了。裕子看了一下手表：“不好意思，我现在必须走了，线的粗细等你熟练了就会稳定下来，不会的地方就问太一吧。”

裕子下楼梯的时候喊了一声：“太一。”

楼上响起一声“嗯？”。

“你下来看看美绪纺线的情况，记得把晾干的羊毛取回来。然后再教一下美绪接待客户和应对客户来电的方法。”

“我今天很忙的，忙得都没时间去学校。”

“忙得没法去学校，那你一个学生到底在干吗？不去学校就在家帮忙，要好好教，知道了吗？”

“嗯。”又是这样的声音，但是这次句尾沉稳，像是答应了的意思。

“不好意思啊，美绪，那再见了。”裕子将小小的手在胸前合十，就急忙从后门出去了。美绪努力回忆着刚刚裕子的示范动作，脚踩纺车，轻快的声音让她心情很好。然而线却越来越细，最后啪的一声断了。

“啊，居然断了，这可怎么办？”美绪停下手里的活，看向二楼。其实去问一下太一就好了，但一想到要去请教他就觉得很可怕。美绪走到楼梯下面，想观望一下二楼的情况，楼上一点声音都没有。她思来想去，还是下定决心去楼上看看。二楼围绕着中庭常居而建，像一个“回”字。其中一个房间有机器的声音传出，太一应该就在这里。

“不好意思。”美绪寒暄了一句。拉门后面传来了声音：“有什么事吗？”声音给人感觉很远。美绪稍微提高音量问道：“不好意思，纺车上的线断了，该怎么办呢？”

“你稍微等一下。”拉门里意外地传来了很沉稳的声音。

“嗯，那我去楼下等着了。”

美绪回到常居，坐在了纺车前。太一从狭窄的楼梯走下来，因为体型高大，身体几乎弯成一个弧形。他把深蓝色衬衫的袖子挽起来，走到美绪旁边说：“怎么了？是线啊，你让一下。”太一调整了一下纺车，把断了的线拿在手里，然后抓起新的羊毛绕上，轻轻踩着踏板让车轮转动起来。断掉的地方缠上了新的羊毛，又变成了一根完整的线。

“你看，其实很简单的，你在旁边看着，下次就要试着自己接上了。”

太一又把线拽断，从椅子上站了起来。美绪坐上椅子，在断了的毛线上一点点地加上羊毛。

“你现在踩踏板，对，就是这样，这样就可以了。”美绪慢慢地踩着踏板，车轮缓缓转动，动力由线传到羊毛，就纺成了一股股线。断掉的线也能接上，指尖上有一种恍若新生的感觉。想到这里，美绪甚至觉得有点害羞又安心，心情转瞬就好起来了，脸上的表情也不由得缓和起来。

“没关系的。”耳边传来太一的声音，小声又温柔，“即使断了也能接起来的，让断掉的线和羊毛握个手，就能撮合到一起了，记住了吗？继续吧。”美绪被太一催促着，把羊毛放到右手下面，用左手拈了一些。纺车来回转动着，发出嘎啦嘎啦的声音。

“右手不要这么用力压羊毛，稍微带点力气就行，力道要再轻一些。”

“轻一些，要多轻呢？”

“不是说需要精确到什么程度，就是稍微碰一下就行。不好意思，我示范一下。”太一将手盖在了美绪的右手上，美绪吓了一跳，连忙抽回自己的手。

“你也不用这么夸张吧，好像我很讨厌一样。很少有人问‘要多轻’这种问题，而且我不是也提前说了不好意思了嘛。”

“对不起。”美绪又把手放在羊毛上面，“你可能觉得这个问题很无聊，但我到底应该怎样控制自己的力道呢？”

“你自己适当调节就行。”太一看了一会，向厨房走去，过了一会儿传来打开冰箱倒饮料的声音，然后突然传来太一说“驾驾驾”的声音，让人觉得吵闹又慌张。

这种不经意间听到的话让美绪感到有点可爱，不禁笑出声来。太一端着一个托盘走了过来，上面放了两杯麦茶。

“麦茶放桌子上了，你喝一点吧。”太一走近看了一下美绪手边的活，说道：“就是这样，这个节奏蛮好的，其他还有什么问题吗？”

“刚刚的‘驾驾驾’是方言吗？”这句话美绪早上听过，白发奶奶和她打招呼的时候，第一句说的就是这个。

“对啊。”太一不假思索地说，“比如说在被炉上打翻了茶杯时就会这么说，我刚刚就是把饮料瓶打翻在地板上了。”

“所以你们在吃惊的时候会说这句话吗？”

“你爸爸居然没有说过这句话吗？”

“我从没听说过。”

“也对，他已经是东京人了，纮治郎先生倒是经常说这句话。”

美绪也没有听爷爷说过，完全无法想象一直沉着冷静的爷爷会说这种话。纺车上的线越来越细，美绪放慢了踩踏的速度，但是线并没有随之变粗。

“你帮我看下，这个线越来越细了……”

“你左手抽出的线量出问题了。”太一拿了把椅子坐在美绪的身后，伸出左手拿线。

“你把手拿开，左右手都拿开，踏板就保持原状。”太一在美绪的耳边说。

美绪拿开手，太一又从她背后把手伸向羊毛，左手拈线，右手轻轻压住羊毛。美绪为了不妨碍太一操作，把自己缩成小小的一团。整个人被太一的两只手臂包围了，她有点不自在，但同时也被太一的操作惊呆了：看起来杂乱无章的羊毛，经过太一骨节粗大的手指，变成雪白美丽的毛线，然后就像有了生命一样，在太一的手指下玩耍舞动，慢慢往上爬，最后变成了线的形状。

“就像有了生命一样。”

“它们本来就是有生命的。”耳边响起了太一的声音。

“羊毛来自活着的动物，所以能温柔地包裹和守护人的身体。”太一一边讲话，手腕略微动了一下，防止自己和美绪有身体接触，这样一来，美绪觉得他也没那么可怕了。她看了一下旁边，太一的脸近在咫尺，低着头专心地看着线，这是自己第一次这么近地看男人的脸。太一慌忙挪开自己的身体。

“干吗？有什么事吗？脸靠那么近干吗？”太一的手刚离开纺车，线就断了，他“哎哟”叫了一声。

“对不起，线又断了。好像变得麻烦了，不好意思，我还是让开吧。”

太一快速调整了纺车，有些生气的样子，又变得可怕起来。美绪想：唉，如果一开始就像这样坐在旁边看着就好了。太一手下的羊毛好像有了自己的意志，又变成了毛线，那情形真是让人觉得炫目，真想再多看看他纺线的样子。太一把线接起来后，起身说："那我就先上楼了，你喝点茶再加油干吧。"接着就很不高兴似的，急忙往楼上走去。

美绪无力地坐下来踩着纺车，唉，又把别人惹得不高兴了。自己的表情、动作、语言，好像总是那么不合时宜，总是让周围人不愉快。父母总是不高兴，连外婆都会抱怨，也是因为这个吧。无论自己是什么样的表情、说什么样的话，总会以被人讨厌收场吧。美绪气恼地踏着踏板，羊毛渐渐都变成了毛线。桌子上的羊毛已经全部纺完了，美绪从袋子里取出新的羊毛，又开始工作起来。

"我回来啦。"外面响起了裕子的声音，美绪这才回过神来。常居的天窗洒下朱红色的阳光，周围已经完全是傍晚的感觉了。

"美绪，洗好的羊毛收回来了吗？"

"啊，还没有。"

"快点收回来吧。"

"好的。"美绪停下手里的活，向操作间走去。靠近放羊毛的竹筐时，她不禁叫出声来："软乎乎的，好白啊。"竹筐里放满了雪白的羊毛，早上还是潮乎乎的，现在已经吸饱了太阳的光和热，像棉花糖一样蓬蓬的了。把它们放在手心，那种柔软让人情不自禁地拿起来贴在脸颊上感叹：世上居然有如此柔软温暖的东西。

"污毛最后居然变得这么柔软，真是太棒了，好喜欢啊。”这么自言自语，连自己都觉得好笑。美绪再次把羊毛贴在脸颊上，闻到了一股淡淡的洗涤剂香味，让人觉得幸福满满。羊毛，可真是一种温柔的东西啊。美绪开心地把几个竹筐搬到房间，对裕子说：“裕子老师，全拿回来了。”

“谢谢，之前让太一收的，他也不知道在干吗。”裕子把晒干的羊毛放在手心，“哇，这个羊毛可真好啊。”她脸上露出满足的笑容。

“我想问一下，羊毛是不是也有质量不好的时候？”

“有时候会比预计的硬实。羊和人一样，体质秉性各有不同，因此羊毛之间的差异也很大的。”裕子说着走进常居，将手伸进装羊毛的塑料袋。

“哎呀，美绪纺了很多线嘛。”裕子困惑地看向袋子：大大的袋子里只剩下一点点羊毛。

“不好意思，我不知不觉就用完了，是不是不能用这么多啊？”

“倒也不是。”裕子低声说道，“没关系的，我之前也没讲清楚。你觉得你纺的线怎么样？”

“我觉得不好，粗细不一。”

裕子取下纺车上卷线的零件，对她说：“开始大家都是这样的，这个线给你。”

“这个后面用来干吗呢，可以织布吗？”

裕子叹了一口气，一脸为难地说：“纮治郎老师说不定有什么好主意能用上它。你就先留着作纪念吧，如果觉得碍事就扔了吧。”

美绪手上拿着巨大的线团，眼泪快掉下来了。

“欸，扔掉？垃圾，就是当垃圾一样吗？”

“不好意思，虽然不能称之为垃圾，但是这样的东西是无法做成商品的。”

“那我能不能把它拆开，后面用来练习纺线呢？”

“不行。”裕子断然拒绝，合上装羊毛的袋子，“我们这个工作，无论是纺线还是染色，都必须一气呵成，只有织布这一步有时候能稍稍做一些改动。”

美绪一眼看到塑料袋里雪白的羊毛，才发现这些就是之前那种臭臭的羊毛。自己沉迷于纺线，根本没注意这点。

“这些羊毛是裕子老师洗的吗，就像上午那样一点一点洗出来的？”

“是的呀。”裕子在一旁收拾纺车。

“这些羊毛原本打算用来做什么呢，练习用？”

“这些羊毛都是用来做衣服和披肩的顶级羊毛，我们没有专供练习的羊毛，所有的都是最好的原料。”

这么贵重的羊毛都被自己报废了，手上拿着的毛线突然变得沉重起来。

“羊毛很贵吧，而且量这么大。”

“品质不一样，价格有高有低。”

“那我报废的这些羊毛，值多少钱呢？”

裕子把纺车收到和室的柜子里，说道：“没关系的，你不要在意这个。只有用货真价实的上等羊毛练习，和它们面对面，才会生出敬畏之心，想要拼命做好，进步自然也会很快。一开始就要有这样的心态，即使是打杂，也并不是在玩。”

“知道了。”美绪抱着胳膊回答了一句。

“知道了？美绪现在可以自己清洗污毛了吗？”

“啊，当然不行，绝对不行。”

“只听了一次确实容易忘记，今天美绪没有做任何备忘录和笔记，你记得学过的东西吗？如果这是学校的课程，以后考试会考到的话，肯定会好好做笔记吧。”

“对不起，是我疏忽了。”

“如果想认真学，事先肯定也会做一些自己力所能及的事情，不记笔记肯定会忘掉吧。我们这个工作不会像学校的功课一样教很多遍，而且我们说十点并不是十点到，而是要提前半个小时，要做打扫和准备工作。”

“我听说的是十点到，所以……”

“我知道。”裕子点头道，“但九点半就要到这里的。你今天提前了十分钟，对于学生来说提前这么多已经足够了，但职人的话是不行的。只要师父约定了时间，即使什么都没有说，也要提前半个小时过来，做好准备工作。不仅是我们这里，任何地方的职人都是一样的。”

“好的，知道了。”

“你为什么笑呢，美绪，有什么好笑的吗？”

听到裕子的话，美绪把手放到脸上说：“不会吧，我笑了吗？”

裕子叹了一口气道：“你刚刚稍微笑了一下。现在的年轻人都是这样吗？我明明是在讲很严肃的事，你们也不知道怎么回事，就突然很兴奋，让人觉得不认真。”

“我不是真的在笑，这是我的毛病。”美绪小声地辩解道。

“毛病？”裕子重复了一句。

“是的，一个怪毛病，我一直想改正的。”美绪想再说些什么，却欲言又止，她看着裕子，希望对方能明白她的意思。

“我知道了。”裕子好像安慰她似的，“你也累了，今天辛苦了，回去吧。对了，还有一个人我得去教育一下。”

“太一！”裕子冲二楼喊道，“你给我下来。”

“干吗那么大声，生什么气啊，有什么事吗？”

“就是有事才叫你。”

太一慢吞吞地从楼梯上下来了，裕子像要迎击他一样，跑到楼梯下面。

“你到底有没有教美绪啊！让你收羊毛也忘了，整天就知道待在楼上。”

“哎呀，”太一挠了一下头说，“忘了，我这就去。”

他正准备向操作间跑去，裕子一把抓住他的手。

“好了好了，已经收回来了。你以后要好好教美绪，把她当成自己妹妹一样照顾。”

“干吗突然讲妹妹这种话？我才不要。”

“就是要你负起责任来，不要随便糊弄自己的家业。”

明明是自己的错，却害得太一被骂。美绪望着手里的线团，心里惴惴不安，又想到自己花了那么长时间纺线，结果却糟蹋了那么多上好的羊毛，眼泪就吧嗒吧嗒掉了下来，止不住地落到手里的毛线上。美绪急忙用手去擦拭，裕子回过头来：“你……为什么哭啊，美绪？我说得有那么严重吗？”

“不是，没有，不是因为这个。”

太一又轻轻地挠了一下后脑勺。

“是不是被我们母子吵架给吓到了？我知道了，妈妈你是不是又拿老一套来教育美绪，说什么即使师父不说，徒弟也要提前半个小时过来？我之前就说过，既然这样，一开始就说清楚提前半个小时！”

“这不仅仅是时间的问题，作为职人要有这样的思想准备。”

“但是你突然讲这种话，对方当然会被你吓到。还有什么要用全身心去牢记工作，看了就要记住，这种说法也让人受不了吧。我早就说了，你做个操作手册不就行了？”

“操作手册？”裕子声音大了起来，“我们这个工作可不是按照纸上写的操作步骤完成就可以的！”

“可是你一直这样，我们这种地方，新人根本就做不下去……”

“好了。”美绪拼命打断了太一的话。太一和裕子都朝她看去。

“不是老师的错。嗯……我也想解释一下自己为什么哭，但是我也说不上来。”

“对不起，我先走了。”美绪抱着线团向后门跑去。

“哎，美绪你等等。”美绪听到了裕子老师喊她，但是她头也没回地推出自行车，胡乱地向车站的方向跑去。眼泪怎么也止不住，以前无论怎么被同学戏弄，也不会在人前落泪。美绪在开运桥的中间停了下来，用袖子擦了一把脸。自己也搞不懂自己，好像总是很难表达出内心真正所想，然后烦躁不安，继而逃跑。

美绪擦干眼泪，深呼吸了一下，山的另一边，暮色蔓延。

第二天起床时，美绪整个脸都浮肿起来，尤其是眼皮肿得厉害，显得眼睛特别小。每周二、四、五是去展厅的日子。今天是周三，是给爷爷做帮手的日子，脸浮肿成这样自然是不能出门了。美绪暗暗松了口气，去厨房蒸了一块热毛巾敷在眼睛上。

爷爷走进厨房，一边开冰箱一边问：“没事吧？”美绪回答“没事”，便将整张脸埋进热毛巾。昨天的事情爷爷应该也听说了吧，那个样子从车站跑回家：满脸泪水、双眼充血，哭过的痕迹实在是无法遮掩。看到自己那个样子，爷爷大吃一惊，但只是在玄关抚摸了一下自己乱七八糟的头发，什么都没问。

“那就好，今天帮我打包寄东西吧，你准备好之后到房间来。”

“我等一会儿就过去。”

爷爷的房间占了整个一楼的一半空间，从二楼看过去大概有三间房间那么大，美绪还从来没有进去过。爷爷端着放着麦茶的托盘出了厨房，美绪放下热毛巾也跟着出去了。

走下楼梯，门厅左边门的对面是爷爷的房间，打开门闻到一股甜香的味道，像是香料。房间里面很大，立着很多柱子，中间到处还残留着墙壁，看起来好像是把走廊和其他房间合并成了一个房间。

“这个房间真大啊，爷爷。”

“这里以前就是纺线织布的地方。”

进门的地方放着一张皮沙发和桌子，墙上装着一个铁质的黑色箱子，上面还镶嵌着玻璃窗，有一个烟囱延伸到屋顶。

“爷爷，这个黑色的箱子是什么啊？”

“这个是炭火炉子，但是现在已经不用了。”

走过炭火炉子，前面放了一个架子，用矿石作为装饰，各种形状和颜色的原石大概拳头大小，整齐地摆在架子上。像水一样通透的原石让美绪看呆了：“爷爷，这些石头真好看啊，简直太好看了。”

“别乱看了，赶紧走吧。”爷爷的声音给人一种悲伤的感觉，美绪赶紧跟上。他们走进一个地方，这里原来应该是一楼的第二个房间，用三个屏风做了遮挡，透过缝隙可以看到床垫上铺了被子，盖了一层雪白的床罩。最里面的房间是置物间，一面墙都做了架子，放了很多木箱和纸箱。房间中间放着一个巨大的塑料袋，里面堆着已经染好的黄色、绿色等各色羊毛，简直就是一座五颜六色的棉花糖山。

“这是爷爷染的羊毛吗？”

“是的，这是根据裕子老师的订单染的羊毛。”爷爷拿出了一台小推车，把架子中部的木箱一个一个依次移下来。

“今天就是想让美绪把这些箱子……怎么了？”爷爷停下了手上的活儿，一脸不解。原来美绪被装着各色羊毛的袋子吸引了，她走近袋子想：跳进这堆羊毛会是什么感觉呢？

“我觉得好像棉花糖啊，也像云彩。”

爷爷扑哧一声笑了出来，抱着胳膊在一旁说：“我知道美绪在想什么，其实美绪爸爸还有爷爷小的时候也做过同样的事情。钻到云里去吧，这是最好的放松。”

美绪轻轻地跳进了羊毛山里，一瞬间感觉身体下沉，但是马上又轻飘飘地浮上来了。轻轻摆动手脚，身体就像飘浮在空中一样。睡在云里肯定就是这种感觉吧，美绪翻了个身，从袋子里散落的粉色羊毛轻轻落在脸上，她用手抓住这团羊毛，平时不好意思开口的事情也能说出来了。

“爷爷怎么什么都不问啊？”

“你希望我问，那我就来问问。”

“那不用了，也没什么关系。”

“什么没关系，你对谁说没关系呢？”

美绪没想到爷爷会这么问，她揪着手里的羊毛，像在用花占卜一样。

“我只是这么想而已，没关系，还不算太坏，感觉像口头禅一样。”

“如果真的没关系，就不需要特地说出来了，你心里肯定还有在意的地方。”

美绪朝粉色的羊毛轻轻吹了一口气，羊毛在空气中飞舞，就像飘起一朵朵粉色的云一样。从内心深处自然而然地涌出想说话的欲望：“爷爷，我的笑容是贴在脸上的，就像戴了一个假面具一样。就算不开心，痛苦，也会笑，有些绝不能笑的时候，我也会无意识地傻呵呵地笑，感觉自己脑子有问题。”

“当然不是。是从什么时候开始这样的？”

美绪闭上眼睛，全身放松，任由羊毛落在自己身上，心情变得好多了。

“不知道，大概是小学吧，总觉得人的眼睛很可怕，生气的人很可怕。怕被别人讨厌，便‘always smile’，总是笑呵呵的，这样一来，别人觉得和我说什么都没关系，我都不会生气，就会和我开很过分的玩笑。”

美绪又想到别人叫她汗脚、臭脚，自己也曾鼓起勇气说：“我不喜欢这样的称呼。”大家却笑着说：“你如果真的是臭脚，我们当然不会这么说啦。”

“那些说开玩笑的人就是把我当成‘戏弄对象’，就像娱乐节目里的丑角，但我又不是电视里的人，被戏弄了当然会觉得很痛苦。实话实说的话，肯定会被孤立，所以也只能笑笑，‘always smile’。最近一去学校，路上就会觉得肚子痛，在挤满人的电车里就想上厕所，每天都在担心万一真的忍不住怎么办。”

“确实是痛苦。”爷爷温暖的声音让美绪微微睁开眼睛，觉得自己仿佛躺在舒服的温水里。

“所以美绪就把自己关在家里对吧。但这样也不行的，一味逃避，一直退缩并不能解决任何问题，这可是缩头乌龟。”爷爷慢悠悠地说。

“乌龟有坚硬的龟壳，那缩进去不就行了，既然外面有人拿着棍棒随时准备伤害你，为什么还要探出头来被打呢？”

爷爷推着小推车从架子前面走开。

“等等，爷爷。我来帮你。”美绪从羊毛堆里出来，把手伸向推车。

“我们先喝杯茶再工作吧。”爷爷走进屏风后面的卧室。耳边传来开窗的声音，有香气若有似无地飘过来。

爷爷的烟草和房间一样，也有神秘的香味。

今天要寄出的是大量的勺子，是爷爷这么多年在日本和其他地方搜集来的，材质各式各样，有金属的，也有木质的，一个一个整齐地收纳在盒子里。爷爷一边用布细细擦拭银色的勺子，一边笑着说：“我想有一天带着这些收藏去旅行，在路上铺上毯子，把勺子一字排开叫卖，跟有兴趣的客人讲讲勺子的来历：产地是哪里，怎么入手的，有什么样的魅力。就这样闲聊做生意。”

“需不需要搬货的？我可以一起，我就安静地待在角落里。”

“现在体力已经跟不上了，只能尝试一次过过瘾就好了。”爷爷用布擦着一个木制的勺子，木纹散发出朴素的光泽，用这个来吃冰激凌或者炖菜一定很美味吧。

“我已经给这勺子找了个好去处，有个年轻的朋友开了个料理店，勺子就给她了。她说过要让客人选择自己喜欢的勺子用餐。”

爷爷房间的宝藏还有地毯、面料等很多种类。染坊的内部常年开着空调来调节温度和湿度，简直是收藏馆级别的环境。

“爷爷您为什么要收藏勺子呢？”

“一开始是为了追求好的口感，其次就是平衡感。好的职人做的勺子轻便美观，握在手里的平衡感让人感到愉悦。用这种勺子吃饭会让人觉得很轻松，觉得食物仿佛从天上而来。其实我们做的工作也是一样。”

“勺子和布完全不一样啊。”

爷爷停下手里的活儿，走进了里屋，过了一会抱着一件深蓝色的钢花呢外套出来。

“这是爷爷的外套吗？”

“是的。这是你奶奶做的，你拿起来看看。”

爷爷递过来的外套放在手里比看上去轻便多了。

“欸，真的好轻啊。”

“就比羽绒服重一点点。”爷爷催促着美绪穿上试试。把手臂伸进袖子的一瞬间，美绪不禁发出了感叹：“哇！”手上感觉到的衣服重量，上身后却完全感受不到，肩膀和背部也完全不重，穿着极为轻便，而且有一种被衣服包裹的安心感。

“穿着感觉比拿在手里还轻。”

“因为是手纺手织的线，内部会充满空气，所以衣服轻便又温暖。面料接触身体的触感十分柔软，上身会感觉很轻快。不仅是勺子，优秀职人的工作就是追求和谐与均衡，在音乐里就叫……”

“是叫和声吗？”

“是的，美绪很了解嘛。”

“我从初中开始就一直在合唱团了。”美绪把夹克还给爷爷，爷爷慈爱地抚摸着衣服，问道：“美绪喜欢音乐？”

现在仔细想来，可能也没那么喜欢吧，只是合唱团的人一直盛情邀请，让人觉得很开心，而且大家看起来关系都很好的样子，感觉加入他们会比较安心。

“其实我可能也不是很喜欢合唱团里的活动，感觉还是做不来。”

爷爷把夹克放在一边，又开始打包勺子。

“这段时间你洗了污毛，怎么样，还讨厌羊毛上的粪便吗？”

“我觉得很臭，但是洗干净了又觉得很开心，雪白的羊毛又暄又软，所以觉得污毛也挺好的，挺喜欢的。”

“是吗？”爷爷饶有兴趣地说，“美绪自己也是一样，审视自己是一件好事，但是光看到不好的地方就像盯着污毛上的粪一样。”

美绪不知道该如何回应，停下了打包的手。爷爷拿出一个红色漆器勺子轻轻晃了晃。

“一想到去学校肚子就不舒服，敏感到这种地步，不能以好坏论之，更不能因此否定自己，你只要知道自己是这样的人就行了，仅此而已。与其自责、不接纳这样的自己，不如找个机会认真地思考一下：自己到底是怎样一个人，怎样才能发挥性格里的优势。”

“发挥优势？我觉得我做不到。”

“是吗？我觉得你性格敏感，心思细腻，这样的人能够轻易洞察他人的心理，发现事物中不为人知的细节。如果将这样的个性好好加以利用，说不定会有意想不到的效果。一个凹面，从反面看就是突出的地方。所以不要一味地盯着自己不好的地方，也要学会挖掘自己的优点。”

“我没有优点。”

“回答得这么快？”

“因为真的没有，我对自己太了解了。”

“是吗？”爷爷提高了嗓门。

“真的了解自己？那你喜欢什么呢，比如喜欢什么颜色、什么感觉、什么味道和声音？做什么事的时候你会觉得开心？又是什么事会让你欢呼雀跃？”

“等一下，爷爷，为什么突然问这么多问题？”

“你看，是不是都回答不出来？那讨厌的事情呢，总能列举出几件吧？”

爷爷开玩笑的口吻让美绪非常不开心。

“好了，别不高兴了，你要好好想一下自己到底喜欢什么、能做什么，然后投入全部身心去做这件事。”

“人也不能只做自己喜欢的事情吧，是不是也要做一些不擅长的事情来锻炼自己……”

“那我问你，总是感到痛苦能让人成长吗？本来是为了磨炼自己，实际却只觉得被消耗，这才是你真正的想法吧？只有为了重要的事情忍耐才是磨炼自己，纯粹的痛苦只是在损耗生命。”爷爷指着桌上的勺子说：“你看看这些勺子，有没有喜欢的，挑出来吃东西试试，感受一下好用的勺子将食物送进嘴巴里的感觉。”

美绪逐个看着没有打包的勺子和箱子里的藏品，每一把勺子的颜色和形状都很美。除了外形，肯定还有其他吸引爷爷的地方吧，美绪突然来了兴趣，打开每一个盒子仔细翻看。勺子有各种各样的材质：木质，金属质，还有动物角做成的。美绪打开最后一个盒子：里面装着木质勺子，有的上面涂着红色、黑色或者紫红色的漆，还有原木色，还有一把上面用金箔描绘着纹样，还有的勺子上闪耀着彩虹一样的光泽。美绪一把一把地看过去，最后被一把简单的黑色勺子吸引了，拿在手里仔细观看，勺子整体散发出珍珠般的光泽。

“爷爷，这是漆器吧。”

爷爷点了点头。

“这个好，我喜欢这个，就这把了。”

“美绪原来喜欢这种类型，为什么选这个呢？”

“直觉吧，就是觉得挺好的。”

爷爷的神情舒展起来，他眼睛眯起来的时候看上去十分温和，这一点有点像太一。美绪像受到夸奖一样心怦怦跳。她看着黑色的勺子，突然想起来小时候做的视力检查，便把勺子拿起来遮住右眼。

“视力检查是吧……”爷爷把头转向一边，轻捏拳头捂了一下嘴巴笑了笑。美绪对搞怪的自己感到非常害羞，连忙把握着勺子的手放在腿上。有那么好笑吗？爷爷怎么还眯着眼睛在笑？

第二天，美绪早早出了门，打算提前四十五分钟到展厅。她到开运桥旁租借了自行车，往铊屋町方向骑去，快到展厅附近的时候，突然发现裕子站在路边的大石碑旁边。她有点不好意思，还有点紧张，但还是大声地打招呼：“早上好，裕子老师。”

“美绪，好早啊！”

美绪停下自行车，走近写着“水清慈大”的石碑一看，石碑的背面排列着四层阶梯状的石造水槽，里面有泉水涌出。最上面的水槽上有个牌子写着“饮用水”，第二层的牌子上写着“淘米水”，第三层的写着“蔬菜、餐具清洗用水”，第四层的写着“洗衣水”。美绪弯下腰看向水槽内部：清澈的水中有个漂亮的石雕在摇曳。

“裕子老师，这是什么啊，是井吗，还是以前的水渠？”

“这个现在也在用呢，叫大慈清水，盛冈有很多这样的泉水。”裕子指着放在地下的环保袋说：“这里面有三个瓶子，我正准备打水呢，这里的水烧开很好喝的，你要不要喝一口试试看？”裕子用准备好的舀子盛了清水，美绪用两手一捧，喝了一口：“口感很温润，真好喝。”她想起爷爷家那边的地下水，这里真是清澈的水城啊。

裕子把打好的水放在美绪的车筐里，说道：“美绪，帮我把水运回家可以吗？谢谢。”美绪推着自行车和裕子并排走着，突然想起昨天的事，刚想道歉，裕子拍了拍美绪的背：“今天也要加油哦。”

“好！”美绪握紧了推着自行车的手，在展厅的门口回头一看，岩手山似乎在温柔地俯瞰这座小城。

# 第三章

# 七月　各自的云

美绪用手机发来的近况汇报一向语气冷淡，偶尔打个电话也是说不了几句就挂了，一般就互道一句平安。前几天发来消息说自己在爷爷的工坊开始职人实习，下决心要独立织一块钢花呢，完成之前不会回东京。到底要织到什么时候？美绪到底是怎么想的？广志给父亲打了一个电话，让美绪接听，却被她挂断。

七月初，广志和以前一样，下班回家前会去咖啡厅坐上一个小时消磨时间。最近每天晚上都在为工作的事情烦恼，听说他所在的家电部门要转让给国外厂家，届时肯定要进行大规模裁员。但有传闻说裁员的同时要避免技术人员去其他公司，所以上面草拟了一份白名单，名单上的员工即使提出辞职也会被留下来。八年前现在的公司被业界大型企业收购合并的时候，自己位列这种名单的首位，所以一直以来工作也顺风顺水。这次还能不能进这个白名单就很难说了，即使能进，以后还能做自己喜欢的工作吗？这些事情即使多想也没有答案，但最近总是不由自主地去想。

打开家门，门口放着一双黑色便鞋，屋子里一股进口柔顺剂的浓烈味道。广志知道是横滨的岳母来了，他轻轻地叹了一口气。

“你回来啦。”真纪说了一句，接着岳母从厨房探出头来，“广志，你回来啦，不好意思，又来打扰了。”

“今天又是您做饭吗？”

“真是太感谢了。总是这样麻烦您，真不好意思。”

岳母有这个房子的钥匙仿佛是一件理所当然的事，而且她总是趁自己和真纪不在家时过来帮忙做家务，让人觉得困扰。但是对于双职工家庭来说，育儿又必须有人帮衬，买这个公寓的时候她也出了不少钱，所以自己也不好说什么。

“今天做了很多广志喜欢的芋头炖菜。”

“那真是太好了，谢谢您。”

“妈妈做的炖菜可好吃了，真是帮了我们家大忙。”

广志回卧室换了衣服，轻轻叹了口气。自己固然感激岳母的好意，但是忙了一天回家，还要顾忌妻子的家人，不能随心所欲，想想就觉得很痛苦。尤其是美绪离家之后，岳母就频繁在家里出现。广志向厨房看了一眼，岳母和妻子正坐在单人桌前。

“真纪、妈妈，别挤在小桌子那边了，坐沙发这里多宽敞。”

“不用，不用。”岳母摆摆手说，“我马上就回去了，就是回去之前有个事情要拜托广志。”

“什么事啊，听起来有点吓人。”广志不由得笑了起来，把筷子放到筷架上。

“边吃边听吧。”真纪说。

“真是让人坐立不安。”广志没说出口，又拿起筷子。

岳母落寞地笑了笑：“美绪离家出走，居然不去找我，而是去岩手找从未见面的爷爷，讲实话我很震惊，明明是我一手带大的孩子。为什么不去横滨找外婆，是外婆靠不住吗？”

“这个您要不问下美绪本人吧。”

广志把筷子伸进炖菜里，却觉得食之无味。真纪一边用开水壶给小茶壶添水一边说：“也不是外婆靠不住，我觉得美绪是想去一个我们不能马上把她带回家的地方。”

“那我就直接说了，这说明这个家不能让美绪觉得安心，不仅是真纪，广志也要反省一下自己。”

广志把想说的话和食物一起咽下肚子。

岳母拿出一个信封放在桌子上，继续说道：“广志，我写了一封信，告诉美绪外婆已经严厉批评了妈妈，让她赶紧回来。这是我用心准备的。你带过去给美绪。再这么下去，美绪高中就要留级了。”

“不用了吧，寄过去不就行了。”

“这种东西不直接交给她，她根本就不会看。”

“意思就是你不会帮忙转达给美绪咯？”

“广志，你可不能这么说。”岳母看了一眼桌上的信封，像安慰思虑不周的学生一样，“其实我想说的是，你应该早点把美绪接回来，她不是说要当职人了，连高中也不上了吗？”

“只是见习而已。”

“那打算什么时候回来呢？岩手的爷爷宠爱她当然很好，可还是要有个限度。美绪自己估计也不知道该如何收场，毕竟是她自己先离家出走的，即使她想回家也没法回来吧，所以你们赶紧去接，让她乖乖回来。”

“我想还是让她自己静一静比较好。”广志心想：美绪和自己联系的时候虽然还是比较冷淡，但她发过来的照片里有小小的发现和惊讶，根本不像有想回家的意思。

“你好像在说别人家的事一样。”真纪皱了皱眉头，“我跟妈妈一样，也觉得还是赶紧把她接回来比较好，你对女儿真的也太不关心了。”

“我认为还是先去看下情况比较好。”

“我也这么想。在爷爷那边作为职人见习，万一半途而废，岂不是给山崎工艺舍的其他职人添麻烦？而且真的当了职人，那高中也不用上了。还是赶紧把她带回来吧，这周六我要带学生的社团活动，你能去吗？”

“这样的话，我周末去一趟吧。”确实想看看美绪现在的情况，和她聊一聊。

“周末啊！”岳母探出身来，“周末不行吧？广志，工坊周末休息，我觉得还是营业时间去比较好，这样作为父母也能对照顾美绪的人表达一下感激之情。”

岳母把给美绪的信又拿了出来：“你把这封信带过去，美绪就会明白自己的任性妄为让父母多伤心了，我还写了‘你这么下去可能会留级’。”

广志接过信，放在了茶杯旁边。

“真纪要严厉一些，广志你也要把话说得重一点，外婆就柔和一点吧。”

广志一言不发，继续吃着饭。

“广志，你为什么不说话呢？”岳母看了一眼真纪，一副不知道他在想什么的表情，安静的屋内，咀嚼萝卜的声音显得格外大。

两天后的星期五，上午十一点，广志从盛冈站坐出租车到山崎工艺舍的展厅。当天晚上打算叫上父亲和美绪谈一谈，在此之前要去展厅向川北裕子致意，感谢她照顾美绪。裕子从里面走了出来，穿着一件白色及腰长衬衣，下面搭配蓝色牛仔裤，还围着一条深绿色围裙。

“好久不见啊，小广，昨天真是太惊讶了，突然给我打电话。”

“这段时间美绪真是麻烦了。”

“你先上来吧，是不是久违的感觉啊！”

山崎工艺舍下一任主理人是川北裕子，是广志的表姐，比他大七岁。裕子的妈妈是广志父亲的姐姐，在母亲香代崭露头角之前，是山崎工艺舍最优秀的职人。她经常把年幼的裕子带到山崎工艺舍来，让自己妈妈也就是广志的奶奶帮她带孩子，广志也是由奶奶抚养长大，这样一来，在广志的记忆中，“裕子姐姐”经常在身边。虽然不似亲姐弟那样亲密，但也是一起度过童年时代的人。

广志在常居的桌子旁坐了下来，拿出了在东京站买的蛋糕和特产。收下礼物的裕子笑着说：“都这么周到了，小广真的是大人了，那我也老了吧！”

裕子今年已经五十岁了，有一张小巧的脸蛋，一双大眼睛显得很活泼，所以看起来很年轻。

“裕子你一点都没变。”

“真是乱说，要喝茶吗？”

广志不假思索地用方言答了一句“唔”，又低下了头。

“真是太久不见，疏于问候了。”

“干吗这么客套啊？上次见面是什么时候，是香代老师去世的时候吧？”

“是的呢。”广志又低下了头，“美绪给你们添麻烦了。”

“哪有什么麻烦！”

“但是话说回来，小广你真的要跟老师道歉的，你在守灵夜的举动，我现在想起来都觉得太过分了。”裕子说的是广志在母亲的守灵夜一味责难父亲的事。想到这里，广志低下头来，自己事后追悔莫及，还将这些事作为和父亲疏远的理由，现在讲这些听起来很像借口。

“小广，你对父母还有工坊的事其实一无所知，还在那么多人面前责难老师。香代老师进山的事，还有他们两个打算复婚，你都不知道吧？”

“复婚，居然有这种事！”广志第一次听到这个，语气也变成孩提时代的样子。

“是的呀。”裕子回答得也颇有小时候的样子。

“他们两个人互相把对方骂得狗血淋头，双方都一意孤行，但这种发泄反而让他们俩关系变好了。后来纮治郎老师联系不上香代老师，觉得有点奇怪，才去申请了搜查令去找的。发现香代老师尸体的也是他，那个时候，他非常心痛，也很自责。但是小广你作为儿子，却对他大加责备。你自己本来也不怎么回老家吧？”

“对不起。”

“哈？”裕子把手放在耳边说，“什么？我没听到，你再说一遍。”

“对唔起。”广志不由自主地冒出一句方言，又忍不住后悔起来，如果和父母联系得更频繁一些就好了，这样一来，母亲去采摘植物时失踪，还有父母想要复婚的事也不至于毫不知情。自己总是忙自己的事，根本没有把生活在老家的父母放在心上，广志握紧了放在膝盖上的拳头。到头来，父母妻女都和自己有了隔阂。

“你既然知道是自己的错，为什么还是对老师置之不问？明明有那么可爱的孙女，也不让他看，为什么不让他们见面呢？有什么说不出的苦衷吗？”

“没有，都是我自己的错。”

“真是的，真是和老师一模一样，从来不为自己辩解。”裕子轻轻叹了口气，接着又抬起头来，为难似的说，“感觉倒像是我的错了。小广现在也总是闷不吭声，是不是和美绪都没什么话说啊？”

“美绪这么跟你说了？”

“就算她不说我也能看出来啊。看上去不为自己辩解好像很有男子气概，但有些事情还是要用语言来传达的。”

“知道了。”

“哎呀，我也开始说这种冠冕堂皇的话了。”

裕子环视了一圈展厅：这个被称为常居的地方以前总是堆满西服料子、和服披肩，还有很多用来展示的小物，满满当当。现在这些展示品没有了，只有房间的角落里孤零零地放着一架纺车。

“我最近好像有点能理解香代老师了，我理解她为什么追求自己想做的染织，也理解纮治郎老师为什么不同意，甚至我也有点理解广志的想法了。”

“我的想法指什么？事到如今我还能怎么想呢？”

裕子微笑着，眼睛周围的皱纹聚集在一起，显得很温柔。

“因为纮治郎老师太优秀了，香代老师的才华经常被掩盖，小广也是为母亲着想，如此种种，让我想了很多。而且这期间看到美绪，经常会觉得这孩子和香代老师真像啊。”

“像吗？哪里像？我感觉无论哪方面都不一样吧，美绪完全不像妈妈那样聪明能干。”

“说什么呢！我觉得很像，无论哪方面都很像。”裕子似乎想起来美绪和奶奶相似的种种。

“话说美绪怎么突然开始职人实习了？”

“具体情况我也不是很清楚，不过老师说过很高兴能让孙女了解一下自己还有祖辈曾经从事的工作。”

“那他也不需要让美绪到裕子这里来吧，自己教不就行了。真是抱歉，不仅是美绪，连爸爸都给你添麻烦。”广志深深地低下了头。

裕子摆摆手说：“倒也没有到这种程度，教别人东西本身就是件充满力量的事情。能通过教学让对方感兴趣，我自己也很开心，以后我还要多多摸索适合年轻人的教学方法。”

听到这番话，广志想起真纪说的“给山崎工艺舍的其他职人添麻烦”，顿时觉得脸上无光。

“美绪到底想做什么呢？”

“披肩哦，你没听她说吗？从洗污毛开始到纺线，她要全部自己来做。”

“全部？真是乱来，她到底要做多大的东西？”广志也给自家的工坊打过下手，所以很清楚大部分工序。初学者一来就想做和服披肩，这在技术上几乎不可能，而且也要花大量时间来练习。

“大小？”裕子歪着脑袋反问，“尺寸的话，每个人喜好不同。不过美绪真的很用功，每天很早就过来打扫，没事就看样品册。她看到香代老师和我的母亲，还有祖母，也就是她的曾祖母留下的布头，好像大受震动。”

裕子轻轻擦了擦眼角，不好意思地说：“最近真是太脆弱了，总是掉眼泪。还有一点就是，不只是因为她说钢花呢真的很好，或许她觉得这也是自己可以选择的一条道路？美绪的这种想法让我很开心，我对自己的儿子也说过这个。”

裕子结婚和生孩子时，母亲都让广志送了贺仪，她的孩子大概比美绪大个两三岁。

“你儿子今年多大了？”

“二十岁了，现在大二，平时也会在工坊帮忙，是你高中的学弟呢。”

“是吗？他往后打算继承家业吗？”

“我也不知道。”裕子无力地摇了摇头，“其实我已经有了心理准备，工坊到我这一代可能就要结束了，不过有时候也会想，孩子会不会把工坊继续做下去呢？我们的父母当时可能也是这么想的吧，这孩子到底是怎么想的呢？各种担心。”

“你居然是这样的表情，小广？”裕子笑着伸出手，弹了一下广志的额头。

“什么表情，我自己都不知道。”

裕子又伸手在广志的脸颊上轻轻地弹了一下：“‘被黑

到的小广'，好怀念啊！”所谓的'黑'，在方言里是害怕、胆小鬼的意思。小时候，他们被黑暗或者很大的声音吓到的时候，奶奶就会笑着说这句话。

“小广是不是害怕和美绪讲话，也害怕和纮治郎老师说话？你都不怎么回家的吧？”裕子所说的“家”是指老家，其实在东京的家也是这样。让她说中了，广志顿时语塞。

“确实是有这样的倾向……在某种程度上我承认是这样。”

“还说得这么文绉绉的，真拿你没办法，还是让我来帮你吧。喂，太一。”

“啊……”从二楼传来哈欠连天的声音。

“家里有客人，你给我适可而止，下来。”

“刚刚的声音，是你儿子？”广志惊讶于对方粗声大气的说话声，忍不住问了一句。

“不好意思啊。”裕子有点难为情，“他就是这样，不懂礼貌。美绪现在出门办事了，我拜托她回来的路上帮我买面包，等下让太一开车带你去面包店门口和美绪碰个面，然后一起吃个午饭吧。”

这时，一个高大的年轻人从二楼走下来，大大的眼睛很像裕子，可能是眉毛太浓了，给人一种男性力量的压迫感。这就是之前在盛冈站接父亲回去的那个年轻人。

“啊，您是纮治郎老师的……”太一想到之前见过一次面，低下了头。

“已经认识了吧，这是广志叔叔，是我徒弟美绪的爸爸。”裕子拿出手机，开始打字。

“太一，你把广志叔叔送到美绪要去的面包店的门口，我已经让她在门口等了。”

“不用了，真的不用了，裕子。”

“我刚刚已经发出去了，拜托了太一，到福田面包店。”裕子抬头看了一眼儿子，笑了起来。

太一微微驼背，轻轻地挠了一下后脑勺说：“我中午还有事呢。”

“现在还没到中午呢，拜托啦。”

太一看向广志，二十岁年轻人的朝气真是耀眼到令人目眩。

“我去楼上取车钥匙。”太一礼貌地说了一句，转身去了二楼。

太一的车比想象的稍微大一些，但前面的座位是长条式的，让人觉得有些局促。年轻人用来约会还可以，两个大个子男人并排坐的话，连放个脚都困难。

太一面带歉意地说：“不好意思，实在太窄了。这车不太适合两个大个子坐，叔叔要不坐到后排吧。”

“没关系，也没多远的路。上次去接我父亲的也是你，真是不好意思，经常给你添麻烦。”

“不麻烦。”太一轻轻敲了敲方向盘，“说起来，这还是纮治郎老师的车，之前约好我可以自由使用，但有的时候要给老师当司机。”

“这居然是爸爸的车，感觉不是他的风格啊！”

“是的呢。”太一一边说一边稍稍加速，“纮治郎老师从前年开始身体突然变差了，之前他开的就是普通的汽车，后来说最好换个小型车，就换了这个。但是过了没多久，他就说开车时身体难受，渐渐也就不再开车了。”

“果然还是身体变差了啊。”

广志在电话里听到的父亲的声音，还是和以前一样中气十足，但看来衰老还是在父亲的生活中投下了影子，只是没有让自己这个做儿子的看到而已。

“不过最近老师精神比以前好一些了，可能是因为孙女来了吧，裕子老师也非常开心。”

“裕子老师和美绪合得来吗？”

“合不来。”太一开了句玩笑，笑了起来，“裕子老师夸美绪很纯朴也很认真，现在这样的孩子很难得了。我也这么想，本来以为东京的女高中生可能会比较傲气，结果前阵子我们有客人带着未婚妻过来，美绪看到脸就红了。”

“他们干吗了？”

“没有，没什么特别的，就是那两个人对视一下笑了笑，这样的程度就能羞红脸，如今连漫画上都看不到了吧。”

“太一觉得我女儿是个什么样的人呢？”广志脱口而出

后，又突然疑惑自己为什么要问这种问题。大概是太一的语调里有一种不可思议的韵律感，让自己忍不住问出来了吧。

太一轻轻挠了挠头："作为亲戚，我觉得美绪很正直，也不太可爱。就像裕子老师这样，乍一看十分温顺，但实际上好强，有时候特别暴躁。如果不是亲戚，只是作为普通人来讲，我觉得美绪很可爱，个子小皮肤白，就像绵羊一样。"

"羊？"广志反问了一句，女儿被比作绵羊，即使是形容可爱也会觉得不舒服。"我很久以前养过羊，它们又大又臭，声音也难听，一点都不可爱。"

"我只是说感觉，给人的感觉而已。我也见过污毛，不会觉得羊是洁白无瑕的，我想表达的是感觉她的成长环境很纯粹，类似'无菌培养'。"太一稍微考虑了一下，又低声自言自语道："距离感真是个奇怪的东西。"

"平时觉得她对很多事情就是远远观望，有时候又胆子很大，这一点很像羊。"

"其实也不是'无菌培养'，她是在女校长大的，你就把她当成自己的妹妹吧，拜托了。"

"我妹妹肯定不会像这样，肯定是迷你裕子。"

"要是像裕子，那应该是个会开怀大笑、非常有活力的孩子吧。"

广志忍不住想，太一和裕子之间虽然言语粗暴，却能轻松沟通，为什么自己家的气氛就这么沉闷呢？

“对了，广志叔高中时是不是也经常吃福田面包啊？”

“这家不吃才难呢。”

靠近母校的这家面包店的特色产品是一种纺锤形面包，可以从中间剖开，根据客人的要求放各种各样的馅料。食材从豆沙果酱这种涂抹式甜馅儿到油炸丸子、土豆沙拉、照烧鸡腿肉、意面这种家常菜，应有尽有。客人可以根据自己的喜好随意组合。可能是因为到了午饭时间，店门口的停车场停满了车。

“广志叔，你好不容易来一趟，我们买点东西到风景好的地方吃吧，高松池之类的，可以开车过去，然后你们再把车开到老师家里。”

“那太一你怎么办？”

“这后面有租借自行车的地方，我就骑车回去吧，广志叔要在这里住多久？”

“明天早上回去。”

“那车子你开吧，明天我们在盛冈站会合怎么样？碰面的时候，你把车子、钥匙和停车券给我就行了。”

广志同意了，告诉太一等确定归期后和他联系。在停车场等待的车辆缓缓前行。美绪正站在福田面包店入口旁等他们，脸色不太好。她穿着一件蓝白竖条纹的连衣裙，围着一条淡粉色围巾，看起来有点大人的样子了。可能是长高了，整个人都显得苗条起来，头发稍微长长了一些，披在肩上，低头时侧脸看起来像在做梦一样。

“太一君，高松池怎么走啊？”

“你用导航就行了。”

“方便的话，一起去吧，请你吃午饭。”

“我昨天和前天都是吃的这家。”

“这样啊。”广志说了一句，就像叹息一样。

“广志叔，你和纮治郎老师简直一模一样啊。”太一趴在方向盘上笑了笑说。

“什么地方这么像？有这么好笑吗？”

太一忍住笑，把车子稍微往前开了一点，前面的车已经进了停车场。

“纮治郎老师经常这么看着我，比如他和裕子老师发生争执，对话无法进行下去的时候。气氛不好时希望我留下来缓和一下，就是这样的表情，我猜对了吗？”

“八成吧。”

“八成的话，差不多就是正确答案了。啊，羊子妹妹也是一样的表情。”

美绪可能看到了太一的车子，朝他们的方向看过来，眉尖耷拉着，很不高兴的样子。

“真是烦，是爸爸，他居然真的来了，真希望还有其他人一起，但这个人如果是太一就更烦人了。”太一小声嘀咕道。美绪低着头，轻轻地踮着脚。太一看着她这个样子，接着说道：“但还是希望他能留下来啊。”

“你还真是很懂啊。”

太一这番话配合着美绪的动作，听起来就像电视剧里的独白，把美绪的心事都说出来了。太一把车子开出停车场，找了个空地停了下来。

“真是拿你们俩没办法，那午饭就你们请了，我开车送你们去高松池，这样可以吗？”

广志点头表示答应，然后下了车。站在店门口的美绪走进店里，广志也跟着进了店。这家店还和从前一样，收银台对面整整齐齐摆放了很多容器，里面装着各种各样的食材。

高松池离盛冈站车程大概十五分钟，大得几乎可以称作湖了，周边还有公园：春天可以赏樱花，夏天可以在水边纳凉，秋天可以赏枫叶，冬天可以看到白鸟迁徙。车子停好后，广志和美绪并排坐在水边的长凳上。太一从白色绣球花丛旁边走了出来，手里拿着三瓶瓶装茶。在东京六月份盛开的绣球花，在这里七月份才会迎来盛放期，一个多月前美绪离家的时候，自家公寓的盆栽绣球已经开花了。

太一把瓶装茶递给广志，广志才回过神来。

“啊，谢谢，刚刚走神了。”

“冰的可以吗？”

“当然可以，是吧，美绪？”

坐在右边的美绪默默点了点头，接过茶。

“我坐哪儿好呢，广志叔？”

广志指着左边，太一挠挠头坐下了。

“吃吧。”广志对二人说。

“美绪的面包里夹了什么啊？”

“草莓牛奶酱和淡奶油。”

“肯定很好吃。”太一说着把一大块面包塞进嘴里。

“太一吃的是什么口味的？”

“我吃的咸牛肉罐头和番茄沙拉。”

“听上去很美味。”

“是的，这个也不错。”太一答了一句，美绪不说话了。

周围安静得可以听到鸟的叫声，水边黄色和粉色的野花在风中摇曳。广志喝了一口茶，看看周围，想说些什么，却又不知道怎么开口。他又四处看了一下，池子旁边的树木映入眼帘。

“这里是著名赏樱胜地吧，太一？”

太一反应很快，连忙回答道：“对，这里的樱花超美。”

“欸，那是……”

“岩手山。”美绪低声说了一句。

“啊，你知道啊，是老师告诉你的吗？”

美绪点了点头，问太一：“你爬过吗？”

“啊？哦，爬过呢。”

“爸爸呢？”

“我也爬过，初中的时候。”

“裕子老师也爬过吧？”

“是的。”太一一边回答，一边擦掉沾在嘴边的番茄沙拉，“她每年夏天都会去爬岩手山。”

“爷爷也这么说。”美绪嘴里嚼着面包，偷偷笑了笑。

“听说岩手县的人一辈子一定要爬一次岩手山。”

“是的，有时候学校远足也会爬岩手山。”

“那‘驾驾驾’用在这个时候合适吗？”

“什么合适？”

美绪又低下了头。

太一用胳膊肘轻触广志：“‘驾驾驾’的使用方法呢，广志叔，有点可爱，但是我觉得用得不对。”

美绪一脸疑惑，好像对于可爱这样的说法很吃惊似的。

“太一君的这个说法很罕见，虽然是我个人的感觉，但是我们东北男人[①]很少说女孩子可爱之类的，感觉有点轻浮。”

“广志叔，你在这儿的时候得是多少年前了？”

“二十四五年前吧。”

“早就进化了好吧，那期间出生的孩子现在都有选举权了。”太一这个口气在广志看来和父亲很像，带着一点叹息的感觉。

“我感觉像在跟自己父亲讲话一样。”

“纮治郎老师吗？可能会有点像，纮治郎老师对我而言

① 岩手县位于日本东北部。

一直有点像父亲的角色。”太一把面包塞进嘴里，吃完后站了起来。

“我差不多该走了。”

美绪看着快步离开的太一小声问道：“太一的爸爸呢？”

“好像在他很小的时候就去世了，具体情况我也不太清楚。”

“不知道？”美绪小声说了一句，露出不安的表情，“太一好像生气了。”

“不是生气，我们家的男人都这样，喝了酒才会活跃起来，平时都不说话。”

“是这样啊。”

“其实美绪也是一样。”

“我？”

广志点了点头。

“你给我发过一张粥碗的照片，可是就只写了‘咖啡碗’三个字。还有一张藤蔓的照片，就写了一句‘早上好’。之前又给我发了羊毛毡小羊的照片，只写了‘第三只’。话真的是很少，但我还是觉得很有意思。”

“有这么有意思吗？”美绪喝着茶，有些别扭。

“有意思是因为知道了美绪感兴趣的原来是这些啊，觉得很开心，在上班路上看到这样的图片就会思考：这是什么啊？”

美绪又开始喝茶，接着怯生生地说："其实爷爷不是那种沉默寡言的人，他话很多的。他和我说了很多话，但是他一开始用'我'开头讨论自己的事时，我很惊讶，总觉得这是成人之间的谈话，虽然我也快成年了……"

"爷爷以前就是这样。他是个很有意思的人，很有艺术家的气质，是个不同寻常的人。"

受到大正时期民艺运动的影响，盛冈的钢花呢自面世以来就受到很多知识分子的喜爱。广志的父亲作为工坊的主理人，同时还是个收藏家，喜欢收集来自世界各地美丽的纺织品和工艺品，他和东京、京都很多知识分子，还有一些艺术造诣相当高的人都来往密切。"纮牌钢花呢"制成的夹克受到知识分子的喜爱，山崎工艺舍至今还给人这样的品牌印象。

美绪一边嚼着面包一边看着岩手山说："对了，爸爸，之前爷爷说过你是太一的高中学长。"

"爷爷自己也是这个学校的。"

"工坊的奶奶们说，这个高中都是聪明孩子才能去的。"

"美绪在小升初的时候考得也很好啊。"

"但是小学入学考试一塌糊涂，现在连学校都……"美绪说着又低下了头，机械地把面包送进嘴里。河对岸的高中传来了上课铃的声音，美绪抬起头来远眺学校。

刚刚在福田面包店门口看到女儿时，还觉得她已经像个大人了，现在看来依然是个小孩子。为了不让女儿害怕自己，总要斟酌着说话，结果反倒不知道说什么好了。

“巧克力花生酱……”美绪突然一脸震惊地指着广志的面包。

广志解释道：“这家店的面包在高中的小卖部其实也能买到，但是巧克力和花生酱的组合必须去本店才有，所以那个时候一到午饭时间，爸爸就借朋友的自行车飞奔去店里买。”

美绪微微笑了笑。

“真是令人怀念啊，所以今天又点了这个口味，你要不要尝尝？”广志掰下一块面包递给美绪，美绪顺从地塞进嘴里。

“啊，真好吃。”美绪用手指擦去沾在嘴角的巧克力酱，笑了笑。她这副模样让广志感到很安心，他已经很久没看到女儿笑得这么天真了。美绪也把自己的面包掰了一块递给广志：“爸爸，你也尝一点我的。”

“我就不吃了，美绪你好不容易来一趟，自己吃吧。怎么啦？”

美绪一直盯着面包掰开的口子，继而抬起头说：“没什么。”

“为什么这么盯着面包啊？”

美绪有点不好意思，把面包放进嘴里。

“我觉得奶油真的好好吃啊。”

“因为好吃所以被吸引了？”

“嗯。之前清洗污毛的时候，看到洗过的羊毛就像奶油一样雪白蓬松，就觉得这可真好啊。”

冰冷的茶水润过喉头，广志吸了一口气。拂过水面的风吹向脸颊，他抬起头，看到岩手山山顶飘着的白云。

“爸爸小时候觉得羊毛就像白云一样，那时候染过的羊毛会放在库房。”

“就是工坊一楼最里面？”

“你知道的还挺多的嘛。跳进羊毛的感觉就像在云里一样，那时候就觉得我们家的工作就是织云。”旁边的美绪也拼命点头。看到女儿赞同自己，广志也非常开心，这样一来对话就能进行下去了。

“那个时候，美绪的曾爷爷、裕子老师的妈妈，还有美绪的爷爷奶奶，一家人全都做染织工作，工坊可热闹了。”

“那爸爸呢？”美绪稍稍迟疑了一下，还是问出了这句话。

“爸爸对染织都不擅长，所以很早就明白自己不会从事这个工作。”

“如果擅长的话，会不会考虑继承家业？”

“怎么说呢，因为不擅长，所以从来都没有想过。”本来想用这种无关痛痒的话转移话题，却突然看到美绪正看着自己。她丝毫没有转移视线的意思，而是一直盯着自己。看到这样的眼神，本不打算说的话也脱口而出：“其实，也有一次，我是打算继承工坊的。”

“啊，什么时候，是我出生的时候吗？”

“还没呢，那时候我还没有结婚，刚刚毕业工作，实在无法适应职场，每天都很痛苦。但是呢，爸爸其实还是很喜欢制造业的，所以进入这家公司对我来说依然是最合适的选择。”

“爸爸没有逃避。”

“说到这个，其实选择不继承工坊也是一种逃避，美绪知道山崎工艺舍的信条吗？”

“还有这种东西？从来没听说过。”

“其实也不是什么信条，就是你曾爷爷以前经常挂在嘴边的话，‘要认真对待工作’，‘要制作对生活有用的东西’。虽然爸爸后来没有做织云的工作，但也继承了家族这种类似信条一样的精神。”

美绪重复着这两句话，让广志心生一种奇妙的感觉：小时候在爷爷膝下听到的话又传承给了自己的女儿。

“爸爸工作后设计生产的冰箱洗衣机也被称为‘白色家电’，知道为什么吗？因为对爸爸来说，织云里的云就是白色家电。”把心里话告诉女儿后，广志有点不好意思，最后半开玩笑地对美绪说：“这些话对你爷爷还有你妈妈都保密的哦。”

美绪并没有笑，而是又低下头来，用蚊子一样细的声音说：“妈妈有没有说什么，关于我的事？”一说到真纪，美绪就变了一个人，这让广志不知如何是好。

应该怎么说呢？经过考虑后，广志慎重地开口说：“妈妈希望你第二学期回到学校，当然，这也是爸爸的期望。”

“我在网上看到妈妈学校类似公告栏一样的东西，因为我一直逃学，妈妈在自己学校的立场也很尴尬了。”

“你不要看那种东西。”广志之前也看到过，但没有告诉真纪。他很惊讶女儿居然也看过，如今这个时代的孩子真是对各种工具都运用自如啊。广志想说没有关系，然而这种一时安慰的话怎么也说不出口。他不知道如何回应，只好远眺河面，风稍稍大了些，河面被吹起一圈一圈波纹。稍作考虑后，他问美绪：“美绪暂时还是想留在盛冈吧？”

“想留在这里，或者说想学到更多的东西。”

美绪好像下了很大的决心似的，抬起头说：“爷爷之前问我是不是真的了解自己，喜欢什么样的颜色、什么样的音乐、什么样的触感和味道，有什么事情是能让自己觉得开心的。但是我一个都回答不出来，而讨厌的东西倒是能马上想出来。”

她又接着说：“我还问了爷爷，一个人只做自己喜欢的事情也不行吧？但是他跟我说，一直自责就能进步吗？爷爷让我好好考虑，一去学校就肚子痛的这种敏感的性格，不要去改变它，而是去好好利用。那么，不改正也可以吗？我听了爷爷的话，有点无所适从……但是，怎么说呢，所以……”

美绪像说梦话一样一直说个不停，却又突然沉默了。

“怎么了？”

美绪又低下头，默默地开始吃面包。广志又问了一遍：“怎么了？”她也只是一个劲儿地摇头。广志只好坐在一脸黯然的女儿旁边默默吃面包。

最后，午餐就在女儿毫无理由的沉默中结束了。

广志把美绪送回展厅之后，开车驶向泷泽的老家。之前来东北出差时路过盛冈，给母亲扫过墓，但是上一次回家已经是十六年前了。太久没回来了，故乡已经完全变了模样，以前的牧场如今成了旱田，周围杂草丛生。已经分不清哪里是农田、哪里是杂草地了。仿照英国牧羊场的矮篱笆是由野山楂和悬钩子所制，已经很久没有修剪，任其生长成荆棘丛生的草丛了。淡蓝色绣球花的前面就是令人怀念的老家了。

广志打开门，说了一句：“我回来了。”

父亲走了出来，和之前见到的样子不一样，似乎矮小了很多。广志一时语塞，只是盯着父亲看，父亲也盯着他，表情温和了很多。

“你终于回来了。”

父亲轻轻地拍了拍他的后背，催他赶紧进去。

“广志，欢迎回家。”

广志闻到了墙壁和地板上羊毛洗剂的香味，已经浸润了这个家的这种甜香，是记忆中母亲的味道。

父亲以前经常说山崎工艺舍到自己这一代就结束，儿子不继承家业也没关系。然而，他心里或许也曾期待在东京读大学的儿子能够回来接手。

晚上十点，洗完澡的广志披着浴巾来到走廊下。

他在电器厂工作的第二年，父亲就缩小了山崎工艺舍的规模，将包含操作间在内的很多功能性场所都转移到了盛冈市区的展厅。空荡荡的大屋子就变成了收藏和待客的地方，而母亲的操作间经过了大的改造，孩提时期的房间布局已经荡然无存。

广志正要去二楼的客房，父亲用推车推着大箱子走了过来。他穿着一件白色长衬衣，外面罩着一件长袍一样的夏季和服。

“刚好，我来弄吧。”广志从父亲手中接过推车，推进一楼的一个房间。这以前也是工坊的一部分，进门第一个房间还设有煤炉，父亲以前常在这个煤炉旁和朋友们烤年糕或者温酒，一边谈论艺术。父亲很享受和那些著名知识分子唇枪舌剑，也很得意，同时却也明白自己是怎么也比不上这些人的。这几年来，父亲这些朋友的讣闻陆续见报。

父亲的脚步沉稳有力，刚回家在玄关见面的时候看起来很虚弱，现在看来也没有老很多。

“爸爸，这个放哪里？”

“就放这附近吧，把里面的东西拿出来。”父亲一边指着放着矿物的那个架子的前面，一边熟练地在温莎椅上坐了下来。广志把箱子从推车上拿下来，接着把里面的东西取出来。

他想给父亲道歉，为自己这么多年都没有回家、为自己在母亲丧礼上的言行道歉。但是从白天见面开始，父亲对他一切照旧，仿佛什么都没有发生过。自己反而不知道怎么开口了。

“爸爸。”广志叫了一声。

父亲转过身来，披着的袍子一样的和服单衣发出微弱的彩色光泽，配上当睡衣穿的长和服衬衣，这样的无国籍式穿搭，让他看起来宛如神话电影里的贤者。

“怎么了，干吗摆出这种奇怪的表情？”

“我在更衣室看到我们公司的洗衣机了，谢谢爸爸。”

“你们的洗衣机很好用。”

“我们很用心设计的，美绪会用吗，洗衣机？在东京的时候，都是她妈妈在操作。”

“我们各洗各的。美绪来了之后，现在都不需要晾衣服了，按个按钮就能烘干，就更轻松了。她在睡前把开关设置好，早上再把洗好的衣服收回来。你现在在做什么产品？”

“冰箱门，可能说了你也不太明白，这个很难解释。”

父亲从和服袖兜里拿出香烟：“也就是说，现在做的是关于冰箱的工作啊。”

广志从父亲搬过来的箱子里拿出来的是母亲用过的纺

车，纺车脚上还有自己小时候贴上去的《仙魔大战》[1]巧克力贴纸。

“这是妈妈的吧，现在拿出来干吗？”

“拿出来给美绪练习用的。最近还没怎么用，也就没怎么做保养。和美绪聊过了吗？”

“关键部分还一句都没提。”

美绪六点多从展厅回到家里，闷闷不乐的样子。之后她出门取了爷爷定的寿司，三人一起吃了晚饭，但还是没说什么话。吃完饭，美绪赶紧洗了澡，就进自己房间了。

“她一进房间就很难说上话了，真是搞不懂女孩子。”

“是啊。”父亲从椅子上起来往屋里走。

“爸爸和美绪好像很聊得来啊。”

“美绪和你还有太一这些男孩不一样，有时候上一秒她还做着可爱的动作，开心地笑着，下一秒就突然沉默，一句话不讲。”

“对，有时候什么也不说，叫人怎么也想不通究竟是为什么。”

父亲从屋子里走出来，手里拿着一瓶纺车润滑油。

“你来涂吧，还记得保养方法吗？”

广志开始清理纺车，父亲坐在旁边，给丁香味的烟草点上火。一阵噼噼啪啪的声音中，充满热带风情的花香味

① 于1987年至1989年播出的一部电视动画。

弥漫开来。

“前阵子我把收藏的东西送了一些给别人。”

“哪些收藏？唱片、陶器，还是地毯？”

“勺子，美绪看得津津有味，我问她喜欢哪个就送给她。她选了净法寺的漆器勺子[①]。”

“你有没有告诉她那是岩手县的漆器？”

“没有，我什么都没说。我问她为什么选这个，她说她自己也不知道原因，就是喜欢。”

“还真是可爱。”父亲低声说了一句。

“她总是活得不开心，看着真是让人难过。这孩子经常说没关系。我问她为什么这么说，她就说这是口头禅，习惯了。”父亲接着说道。

“确实经常这么说呢。”广志说道。

“这算什么口头禅。”父亲叹了一口气，慢慢吐出烟圈。

“‘没关系，还能忍受’，怀着这样的想法，那活着真是苦行。人活着不是为了受苦啊，我为游戏来生此[②]，人活着应该是为了享受的。这孩子每天那么辛苦，会不会哪天想着干脆消失算了。只是离家出走算好的了，起码还活在这个世上。”

“你不要说这些有的没的。”

---

① 净法寺漆是日本国产的最高品质树漆，十分珍贵。

② 出自后白河法皇（1127—1192）编撰的歌谣集《梁尘秘抄》，原文为“我为游戏来生此？我为痴戏来生此？倾听游戏孩童声，我身竟亦不能动”。

“失去了再去珍惜就太迟了。被生活逼迫的人眼界是很窄的，只有至亲的人才能把他们带到安全的地方。”父亲从袖兜里拿出便携烟灰缸，灭了烟头。

“广志，”父亲突然郑重地说道，“不要再重蹈我的覆辙了。”他摸了一下褪色的贴纸，“现在的你就是以前的我，总是回避和家人好好沟通，结果怎么样，你是最清楚的吧？”

父亲把手从贴纸上移开，与广志对视了一下，脸上是前所未见的温情。接着，父亲又点了一根烟，起身打开了窗户。广志给纺车上了油，踩着踏板，在丁香的甜香中，纺车又转了起来。

第二天早上，把纺车交给美绪时，她眼前一亮，兴奋地不停踩着踏板。

美绪听爷爷说是爸爸为自己准备了纺车，欢欣地说了谢谢，眼神里甚至带着敬意，广志每次回想起都会窃喜不已。

广志帮父亲做完家里剩下的力气活，午饭后开车去采购了洗剂和厕纸等体积较大的日用品，这样美绪和父亲在一段时间里就不需要为日用品烦心了。之后，二人送他到了盛冈站。

虽然并没有和美绪彻底谈过，但是看到她收到纺车后开心的样子，广志也就不打算说服她回东京了。他考虑了很久，岳母的信到底也没有交给美绪。

广志到了车站便直奔和太一约好的检票口，离约好的时间还有半个多小时，但是太一不一会儿就到了。

“真早啊。”广志快步朝太一走过去。

“难道广志叔也是那种必须提前半个小时以上的人？”

“路况比预计好得多。”

“是吗？我还挺着急的，担心怎么能让长辈等我呢。”

广志表达了谢意后，把车钥匙和停车券交给太一。太一把东西放进上衣口袋，看了一眼手表：“现在要去站台吗？时间还早呢。”

“要不去喝杯咖啡吧。”

“那要不我们去下面吃炸炸面吧，东京应该很难吃到吧。”

“不是很难，是几乎没有。”

“那太好了，附近刚好开了白龙的分店。”

开在岩手县厅附近樱山神社的鸟居前面的白龙，是第一家做炸炸面的店，广志在高中时代经常光顾。于是他果断答应了：“走吧。”

走向通往车站一楼的扶梯时，他感叹道：“真是很多年没来了。”

“回味一下不是挺好的吗？”太一笑着说道，“要不要喝点啤酒？我等下要开车喝不了，广志叔坐新干线还是可以喝的。”

“好啊。”广志马上答道。

炸炸面是盛冈的一种冷面，和碗子荞麦面都是当地的地方菜，是以中国的炸酱面为基础，根据当地的口味改良而来，所以名字也变成了“炸炸面”。

广志和太一走进店里，点了啤酒和中碗面。啤酒上来后，太一马上拿起瓶子帮广志倒酒。

“谢谢，你可真是周到啊。”

“因为我有所图谋啊。”

“你能有什么企图啊？”

“想和前辈你请教一下。明年我就大三了，我是该找工作呢，还是一心准备教师录用考试？拿不定主意啊。”

“你不打算步裕子老师后尘继承家业吗？”

“广志叔也讲这种话吗？我也在烦这个呢。”

“我找工作的时候就完全没有这种烦恼，如果有太一君这样的儿子，我爸爸肯定觉得很安心。”

“以后会怎么样，我也不知道。”微笑的太一突然认真地说，“有时候老师会把我名字搞错，管我叫‘广志’。老师虽然平时总是漫不经心的样子，其实可能将对您和孙女的期待加在了我的身上。”

广志拿起玻璃杯啜饮，啤酒的苦味在嘴里散发开来。

“突然用了敬语呢。”

太一笑了笑，将筷子伸进小菜碟子里。

“看到广志叔站在检票口的样子，突然想到你是我的学长啊。现在果然已经变成了一个东京人呢。在大城市磨炼过感觉就是不太一样，我觉得自己优哉游哉的。”

“也不是这样，现在东京和地方的差异已经越来越小了。”

“从东京回来的人也这么说呢。去了东京以后感觉怎么样？是不是还是离开家比较好？叔叔有没有过想回来的时候？”

“这种事即使想了也没什么用，所以从来没有考虑过。”

太一轻轻地垂下头来，把手支在脖子上。

“为什么老师和广志叔对家人一点都不亲近呢？我从来都没有离开过这里，大学和高中都在附近，有时候也会想要不要离开岩手去外面看看。”

“如果有必要，可以出去试试，但是没有这个必要的话，也不用特地离开家乡。”

“真是的。”太一苦笑着往玻璃杯里倒酒，“你就不打算对亲戚家的孩子说点亲近的话嘛！”

“比起要不要回老家，其实我想过要不要做别的工作，但是想来想去也没什么办法，好比洗污毛的时候，污渍要比想象中更顽固，那也只能考虑接下来该怎么办。”

“这个比喻倒是简单易懂。”

“那你有没有觉得稍微亲近一些了呢？”

太一笑了起来，说道：“羊子，不对，美绪如果和你多聊聊，说不定会发现自己爸爸比想象中更有意思呢！或者，她是不是怕人啊？‘容易被黑到的美绪’。”

“这句方言好熟悉啊！”广志不禁感叹了一声。

太一有点不好意思：“这应该是哪里的方言吧，虽然没怎么听过，但是小时候妈妈会说‘太一容易被黑到’，应该是害怕的意思吧。”

“我也知道。看来美绪和你都容易被黑到。”

炸炸面来了，打断了他们的对话。

乌冬面上堆满了黄瓜丝和味噌，旁边还佐以姜丝。把所有配菜都和面条混合在一起，白色面条沾上了味噌，吃上一口，融合了味噌的面条滑进嘴里，黄瓜丝的清爽口感让人不禁食指大动，吃上几口后再加上辣油和醋继续拌一拌。广志把手伸向蒜泥酱的瓶子，但又想到等下还要坐新干线，只能把手缩回来，然后又加了很多姜丝。

“广志叔，你放了好多醋啊。”

“辣油也是越多越好。”

“闻起来也是越来越辣。话说广志叔为什么去电器厂工作啊？”

“就是因为面试通过了吧。”

“各方面准备得也不错吧。”

广志想起昨天晚上父亲夸他们的洗衣机的事。记得在就职面试的时候谈到选择这个职业的动机，自己讲了小时候家里发生的关于洗衣机的故事。可能以此为契机，成为社会人后的第一个项目就是洗衣机。

“为什么是洗衣机呢？”

广志喝了口啤酒，喘了口气，可能是累了，好像有点醉的感觉。

“小学的时候，我们家洗衣机坏了，来家里修洗衣机的人说：‘我们的产品给你们添麻烦了。’然后就把它修好了。很奇怪，这件事给我留下了很深的印象。我希望自己能制造出对别人有用的产品，怀着一颗负责的心去销售，日本经济就是由这种踏踏实实的实业支撑起来的。”

“欸，那面试的时候可以说这个啊。”

“在面试中确实也聊到了这些，还提到老家工坊的一些事。面试官说其实那家的产品质量很好，意思就是坏掉的产品不是自家的。”

“要是去小时候遇到的那个厂家工作就好了。”

“我的教官[①]推荐了我，所以就不好去别家公司了。”

“广志叔还是很优秀的啊！”

太一也往自己的面里加足了辣油。

“倒也不是。我第一个公司被其他公司合并了，如果更优秀一些，应该可以留在保留公司名字的地方，而且现在我所在的部门传闻又要被卖掉了。”

“我在雅虎上看到过相关报道呢，是不是中国的公司啊？”

“现在还没定下来，正在讨论呢。”广志又在面条上加

① 指日本从事教育或者研究工作的国家公务员。

了很多辣油拌了拌，“公司内也有传闻说收购方是国外的公司，但是最终结果没出来之前，我们这种基层什么确切的消息都不知道。”

太一剩了一些面条，他伸手拿起桌上的生鸡蛋，广志也跟着拿起鸡蛋敲开拌进面里搅拌。

“叔叔，给你做碗 Chitan。”像是为了打破沉闷的气息，太一把装着生鸡蛋的碟子递给店员，店员加了新的味噌和葱还有热水端了回来，鸡蛋在热水中凝固，就变成了一碗轻柔的鸡蛋汤。所谓 Chitan，其实是“鸡蛋汤”的缩略发音。把剩下的面条沾上味噌和调味料放进汤里，再放盐调味，尝了一口，身体变得暖和起来，人好像也变得积极了。

“唉，现在说这种丧气话也没用，只能尽人事听天命了。”

太一喝了些汤，擦了擦鼻子上的汗说：“有些事情其实坐下来好好说就行了，为什么广志叔一开始那么生分呢？”

“我和你们年轻人不一样，比较老派，在寒冷地区长大的人总是沉默寡言。”

“才不是呢。”太一拿着酒瓶又往广志的杯子里倒酒，“老师也是一样，喝多了话就特别多。”

“喝了酒就不冷啦。”

太一也不由得笑了起来，表情松弛了许多。

这次回家一定要和真纪好好沟通，广志这么想着，将啤酒一饮而尽，把剩下的汤也倒进小碟子里喝完了。

久违的故乡味道让广志觉得自己重生了。

“所以最后你没把信给美绪？”真纪坐在餐桌前，还穿着外出的衣服。

晚上八点，七月的东京比六小时前所在的盛冈要闷热很多。梅雨只是暂停了一阵子，晚上又开始下起来了。

“真纪，你先去换上家居服放松一下。”

“我想先听一下美绪的事。”

广志从盛冈回到家，真纪还没回来，但餐桌上摆满了什锦寿司等很多美绪爱吃的食物。肯定是真纪上班的时候，岳母过来帮忙准备的。广志在新干线上跟真纪打电话说没有把美绪带回来，真纪非常生气地抱怨“你干吗不早说”，想必也是因为这个。

虽然让岳母白准备了一桌子食物，但是自己之前也没说一定会把美绪带回来吧。

没办法，广志拿出起泡酒，用微波炉热了芋头炖菜当小菜，开始喝了起来。当他开第二罐的时候，真纪回来了。衣服都没换，她就开始问盛冈的事，像审讯一样。

“真纪，我没和你早点说清楚，这个确实很抱歉。但是美绪的事情还需要时机，不是一天两天能带回来的事。”

“那妈妈的信呢，为什么不交给美绪？最起码让她知道自己可以没有负担地回家吧。妈妈费了那么多心思写的那封信。你说了学校的事情吧？说了美绪一直逃学的事吗？

你肯定是对爸爸和美绪都摆出一副老好人的样子，重要的事情一个字也没提吧？”

广志无可辩驳，只能闷头喝酒。空气立刻安静了下来。

真纪脱下亚麻外套，靠在椅子上。

广志站起来，打算去拿第三罐酒。他打开冰箱门问：“你喝吗？”

真纪摇了摇头。

“回到老家后，我也想了很多，我觉得我们以前沟通太少了，边喝酒边聊聊吧。”

广志拿出瓶装茶，给真纪倒了一杯。

“事到如今你这又是干吗？”真纪低声抱怨着，“真搞不懂你在想什么，说得那么轻松。你对家里的事总是装作一副不知道的样子。”

“不是装作不知道，我以前确实太忙了……美绪现在精神多了。虽然她不去上学我也很头疼，但是她实习非常认真，时不时还能看到她的笑容。这些就是我这次去盛冈最大的收获，所以我就没有提让她回来的事。”

“那你为什么不和我商量一下呢？自己一个人就决定了？之前我们和妈妈三个人开家庭会议的时候不是说好的吗？要接她回来。”

“确实是这样，”广志把起泡酒的罐子放在一旁，“从今以后，这样的事情我们两个人商量就行了，不需要马上通知岳母。我们家的事情我们自己解决。”

"妈妈不是家人吗?"

真纪看着桌上摆着的豪华料理。摆盘非常精致，都是母亲精心制作，他们只要用微波炉加热就能吃了。

"妈妈今天一大早就过来，做好饭菜等着，都是为了美绪。知道美绪没有回来，考虑到你的心情，她就回去了，现在自己一个人在吃饭。最近妈妈一过来，你就一脸不高兴。"

"因为我觉得很累。你妈妈当然也是我们重要的家人，但是在此之前，我们是夫妻。"

"夫妻，我们已经不是夫妻很久了。"真纪喃喃道。

"欸?"广志一时不明白真纪是什么意思，只能怔怔地看着她。

"这是……什么意思……?"真纪怎么突然提到性方面的话题，广志感到莫名其妙。他不假思索地说:"那我们做不就行了。"

"真差劲!"

真纪双手交叉放在桌上，将脸趴在手上。

"我不是这个意思。"广志意识到刚刚太轻率了，于是嘴唇紧闭。

真纪还是趴在桌上。

"真纪，你到底在说什么?我不知道你想干吗。这种事情在我们这个年代不是很普遍吗?我本来每天下班就很累了，再说美绪还在隔壁房间。而且你偏离话题了吧，不是在说美绪的事情吗？”

“偏离话题的是你。”真纪抬起头来，“我这几年自主神经功能紊乱，头疼得厉害，怕晕倒在车站，有阵子想打车上下班，那个时候你说了什么？你问的是要花多少钱！”

“我确实讲过这样的话，但我确实只是想知道要多少费用而已。”

真纪的嘴唇微微颤动了一下：“你都不问问我身体有多难受吗，就只关心钱？女儿只是带着哭腔说了几句，你就要每天车接车送。对女儿饱含深情，对妻子漠不关心，就是这个样子吧。”

“刚刚还说什么，‘做不就行了’？”真纪又淡淡地说了一句。

“你在说什么啊！事到如今确实也没那个必要。我也觉得自己刚刚说得不对，根本就不是这个问题，你完全就偏离话题了，所以其实是你自己厌烦了我，也厌烦了美绪吧！”

真纪无力地站起来向卧室走去，打开衣橱将工作服从衣架上拿下来，放在床上。

“你这是干吗，要离家出走？”

“我以后住在美绪的房间，不想和你睡一张床了。”

“你等等，我说得确实过分，但是你也没有好到哪里去吧！你就那么讨厌我？女儿现在叛逆期也就算了，连你也这样？那我们干吗还要住一起？”

真纪把摊在床上的衣服拿到美绪的房间。

“等等，真纪。”广志抓住真纪的肩膀，真纪却马上挣脱了。

“你不要碰我，洗衣打扫还是和以前一样，但是我们分房。如果你那么不喜欢妈妈过来，那也别吃饭了，但是起码和她打个招呼。”

“你的意思是同屋分居？”

“我在心里已经和你分居很久了。”

“既然到了这个地步，干吗还在一起？”

“你的意思是要分手咯？”

真纪回过头，睁大的眼睛眨也不眨，让人觉得可怕。

“这样啊。”她回答了一句，但是声音低了很多。

“既然已经到这种地步，不如索性考虑离婚算了。”

“那美绪就没有地方去了。”

“所以你是为了女儿一直忍耐，即使丈夫让你无法忍受也不得不一起生活吗？”

“你不也是一样吗？”真纪小声地说道，“你又到底在忍什么呢？那么讨厌回家？你说啊！为什么每天下班不直接回家，要在车站旁边的咖啡厅打发时间？”

真纪出其不意的问题倒让他不知该怎么回答了。

“你是不是觉得我不知道啊？”真纪打开美绪的衣橱，把挂着的衣服挪到一边去。

“我是丢垃圾的时候发现的，里面经常有扔掉的

Doutor咖啡厅的小票。看了一下结账的时间，几乎都是同一时间点，都是晚上。你不也是不想回家？所以才在外面消磨时间。”

“那是因为……”

“美绪也是一样，根本不想回这个家。”

“家人对你来说到底算什么？你为什么待在这里？”真纪将额头靠在衣橱的门上。

离出梅还有一段时间，雨滴拍打在女儿房间的窗户上，但是女儿却不在身边。

## 第四章

# 八月　美丽的线

纺车嘎啦嘎啦的声音让人忘了时间。

八月的一个星期六，美绪在爷爷家的二楼用羊毛纺线。三周前，她用积攒的压岁钱拜托爷爷帮忙买了羊毛，开始练习纺线。最近大致能控制左右手的力道，纺出粗细均匀的毛线了。但是今天线的粗细又乱了，而且总是断，肯定是因为自己有心事。

昨天爸爸来电话了。下周末开始就是盂兰盆会假期，他会和妈妈一起到盛冈来，问自己到时候要不要一起回东京，说是之后无论是继续进行职人见习，还是回到东京的学校，都要一起回东京商量一下。

美绪从七月底开始在铊屋町的展厅学习织布，所以并不想回东京，而是想留在这里继续练习。虽然这么想，但是电话那头爸爸的声音过于消沉，她终究还是没有说出口。

这时，耳边传来一阵克制的敲门声，接着是爷爷的声音。

"美绪，等下有时间的话，去帮我买个东西吧。"

美绪停下纺线的手，打开了房门。

"当然可以，我现在就去。"

"不急，你忙完手里的事再说吧。"

爷爷的目光停留在床边放着的纺车上，他说道："在纺线啊？"

"是的，我喜欢纺线，可以一直做下去。"

"那就好，刚好拿了个织布机出来，之后也能在家练习织布了。"

"真的啊，家里有织布机？我能看看吗？"

"当然。"爷爷说着走出房间，美绪也跟了出去。他们经过一楼的染场，进入里屋。美绪第一次进入这个被爷爷称为藏品屋的房间时，里面放着各色线和地毯，最近爷爷频繁将自己的藏品送人，房间也变得清爽开阔起来。

经过装满线的架子，美绪眼前突然一亮：以前放桌椅的地方已经整理过了，角落里放着一架木质的机器，和铊屋町展厅的那个一样，是可以织布匹的大型织布机。

爷爷摸着织布机的木纹说："这是美绪奶奶以前用的织布机。"

"我的披肩也是用这个织的吗？"

"是的呢，没想到它还能重见天日。我们先架上窗帘布用的线。"

"欸，窗帘布啊。"

羊毛纺的线很容易断，所以工坊一般用棉线来学习基本操作。从八月开始，美绪已经能织一些花瓶垫之类的小件了。做完这些，裕子认定合格了。这次要织自己房间的窗帘，这是她第一次织大型布匹。

在此之前，要在爷爷的指导下给棉线染色，使用的染料来自介壳虫的干燥物。灰紫色的虫子磨碎后会得到鲜红色的染料。这种变化很有意思，美绪目不转睛地盯着整个染色的过程。结果最后染出来的却是非常华丽的粉红色，这种颜色平时自己是绝对不会碰的。“嗯，爷爷，我是想织个窗帘试试……”

看着织布机的爷爷转向美绪。美绪有些支支吾吾说不出口，爷爷也不着急，耐心地等着。

“嗯……粉红色嘛，我不太喜欢。我觉得这么华丽的颜色做窗帘挂在屋子里有点浮夸。”

“你不喜欢这个颜色？”

“也不是不喜欢，那……就这个颜色吧。”

爷爷突然笑出声来。

“我应该一开始就问问你的喜好的。这个颜色很适合展示染色过程，而且也很好看，我觉得还不错，但你不喜欢的话，我们再染个你喜欢的窗帘颜色。”

“那线不就浪费了，好不容易才染好的。”

“这个当然要用来织布，就用来做点钱袋子、靠枕套之类的吧。窗帘你喜欢什么颜色的？”

美绪虽然不太喜欢粉色，但是一时也想不出到底想要什么颜色的窗帘。

“我一时想不起来。”

“你看看这个屋子里有没有喜欢的颜色。书上、照片上、矿物标本的颜色都可以，看中了拿给我就行。”

爷爷走到沿着墙壁放置的书架前，这个房间的两面墙都放置了大量的书、笔记本还有文件夹，在藏品里不是那么耀眼。美绪在放置画册和绘本的架子前停了下来，盯着一排书脊。她被一本画着粉色和淡蓝色玫瑰的书脊吸引，拿出了这本画册。封面上画着一位少女，穿着淡蓝色的连衣裙，手里拿着蔷薇色的扇子在看着自己，少女头上装饰着蓝色和白色的羽毛，在光线的明暗变动下，深蓝色部分闪烁着光芒。

“爷爷，这本书亮闪闪的。”

“这本书装帧很精致，里面嵌了箔片。”

“乔琪·巴……巴比？这是书的名字吗？”

“乔治·巴比尔[1]，这是人的名字，这个人画了很多时尚插画。”

“我好喜欢这个封面，淡蓝色和粉色搭配在一起很可爱。”

“你决定要淡蓝色的窗帘吗？”

---

① 乔治·巴比尔（George Barbier，1882—1932），20世纪早期最伟大的插画家之一。

“欸，那没有。我还没有决定。”

美绪又往书柜下面看去，发现了《纳尼亚传奇》和《野蔷薇村的故事》。

“这两套书我都有，当然不是这么豪华的版本，妈妈还有英文版的。”

“那你喜欢这两个故事吗？”

“嗯……不太喜欢。”比起妈妈推荐的书，美绪还是更喜欢动画片《强袭魔女》，圣诞节的时候她跟圣诞老人祈祷要这个动画片的绘本，却收到了风格完全不同的绘本，所以特别失望。

美绪又看到一本书的书脊上写着《十二个跳舞的公主》，她拿出这本书。

“这个绘本，我有几乎一模一样的。”美绪说着翻开封面，映入眼帘的是森林的风景，十二个公主快乐地走进金色森林、银色森林和钻石森林。

“总觉得这个和我印象中读过的不一样，这个插图好美，我以前读的插图都很可怕，一点都不喜欢。”

爷爷走近旁边书架：“这个绘本取材自《格林童话》，是埃罗尔·勒·凯恩画的，德国人编纂。英国人也出过类似的绘本，是凯·尼尔森画的插图。”爷爷取出一本书走过来，这本的名字是用汉字写的《十二个跳舞的公主》。

“啊，”美绪再次大声叫了起来，“这本我也有，是收到的生日礼物。”

“是吗？”爷爷有些吃惊，提高了音量说道，“这个版本很难买，肯定花了很多功夫。”

美绪听了这话有点内疚。这是一本童话集，里面有四个故事。考上初中后，自己想把这本书和小升初的试题集一起处理掉，被外婆发现后拿回横滨的家里了。这本书的插图也画了十二个穿过森林的公主，线条细腻，显得十分神秘。

“没想到这本居然也这么漂亮。”

“日本的绘本也很不错呢。看这个，我其实暗自觉得这个故事是不是就发生在我们这儿。”

爷爷又拿出另一本绘本，是宫泽贤治作、黑井健画的《水仙月四日》。打开封面，美绪就被覆盖着皑皑白雪的大山吸引了，山的形状似曾相识，这几个月日日见到，早已十分熟悉。

“这个，该不会是岩手山吧？”

“宫泽贤治就是在花卷和盛冈长大的。”

美绪翻开书，看到一幅画，画着一个孩子从头到脚裹着一条红色的毯子，行走在冰雪覆盖的原野上。

“这个孩子的毯子和我那条披肩好像啊。”

“是吧。”爷爷神色和蔼地指着文章说，“虽然写的是‘红色毛毯’，但我觉得这个孩子身上的就是红色的钢花呢。这块红色的布吸引了雪童子，守护了孩子的生命[1]。这样的布应该是孩子妈妈精心织的，而不是乡下人[2]的代称，这样的想法可能更加浪漫一些。当然了，这些都是爷爷我自说自话了。”

“不会啊，爷爷，继续说吧。”

爷爷张开手轻轻摸了一下美绪的头，却又迅速将手缩回去，接着便向里面的书架走去。一瞬间，美绪突然意识到爷爷刚刚摸了自己的头，有点不好意思，又有点开心，也跟着爷爷走进去。

“爷爷，我能拿一些书架上的书去自己房间吗？”

“你说一声就行了，随便拿。”

爷爷在最里面的书架前停住了脚步，这里面塞满了厚得都鼓起来的笔记本。爷爷拿出一本翻看，左边那一页贴着一张折叠好的贴画，是刚刚看到的《水仙月四日》中的一页。右边贴着一些毛线样本，颜色几乎和画里所用的颜色一模一样，再往后翻一页，记录了很多化学符号和数值。

“画里用到的所有颜色染成线了吗？”

“是的，凯·尼尔森和勒·凯恩画的绘本上的线也有。”

---

① 本书讲述的是在水仙月四日这天，可怕的雪婆子从遥远的西天飞了过来，顿时四下里变得白茫茫一片，一个裹着红毯的孩子被暴风雪吹倒，陷在雪地里出不来了。这时，雪之精灵雪童子冲了过来，用雪把那个孩子严严实实地护了起来。

② 红毛毯在日语中有乡下人的意思。

爷爷又拿出另一本笔记，打开就看到刚刚那本《十二个跳舞的公主》的插图就贴在左边，是钻石森林的场景，右边和《水仙月四日》的那本笔记一样，贴着插图中用到的各色的线。

“要用这些线织布，再现绘本中的场景吗？”

“用织布再现场景是很难的，刺绣的效果会更好一些。”

“那用这些线做了什么东西呢，能让我看看吗？”

“什么都没有做，就是用来试试想要的颜色如何染出来，然后记录数据。这些笔记从我父亲的时候就开始记录了，从数值上来看，并不是完美无缺的，就是类似于路标一样的东西。”下面架子上的笔记都已经很旧了，爷爷从中取出一本，纸张已经变成了茶色，上面用铅笔密密麻麻写着字，字迹棱角分明，和爷爷的字很不一样。

“这是不是曾爷爷的字迹啊？”

爷爷点了点头，又从中间一层拿出一本：“大概从这个号码的笔记开始，我也参与染色，那个时候我是父亲的助手。”

美绪看着笔记上棱角分明的字和爷爷流畅的字夹杂在一起，强烈地感受到曾爷爷的存在，不由得摸了摸本子上的字。虽然无法想象他的样子和姿态，但是可以感受到数十年前曾爷爷在笔记本上写下了文字。

“爸爸之前说过，曾爷爷的口头禅是‘要认真对待工作’，‘要制作对生活有用的东西’。”

“广志居然记得这样的老话。”爷爷一边微笑着，一边用羽毛帚给架子除尘。

“爷爷，爸爸没有继承家业，你有没有失望呢？”

“没有失望。”爷爷虽然脱口而出，却没再说话。沉默了一会儿，他小声地说：“只是有的时候感到落寞罢了，但是得知你爸爸给你取名美绪，我才明白其实他对家业也有过认真的思考，所以觉得这样也挺好。”

“欸，是吗？我从来没听说过啊，我的名字有什么特殊含义吗？”

爷爷的目光落到曾爷爷写的笔记上。

“美这个字是由羊和大组成，绪是线的意思，也是生命的意思。美绪的意思就是美丽的线，美丽的生命。”

“美丽的线。”爷爷继续低声说道，“美绪这个名字里有大写的羊和线，包含了我们家做的事业，所以你爸爸虽然没有继承家业，但是将美丽的生命线延续下去了。”

美绪盯着眼前大量的笔记，这是曾爷爷和爷爷收集的数据积蓄，如果熟练使用这些笔记，自己是不是也能染出想要的羊毛和毛线？而刚刚轻轻抚摸着自己头的那只手就拥有这样的技术。

“爷爷，我也想试着染线。”

爷爷将笔记放回书架。

“染色是大人的工作，因为太热了，所以有危险，而且力气活做多了会腰痛。染色的工序之前在染胭脂红的时候已经学过了，现在这些对你来说就足够了。”

“热也没事的，危险的地方我也会注意的。”

“事故不是发生在你注意的时候，几乎都是突发的，这个时候就需要处理事件的决断力。我现在年龄大了，在这方面已经迟钝了不少，而且这不算是美绪擅长的吧。”

“但是……”

“披肩的颜色定下来了吗？你要找到自己喜欢的颜色和寄托的意义。”

“还没有呢，我还在纠结。”

“不仅是披肩的颜色，房间窗帘的颜色也没有定下来。”

爷爷虽然语气平淡，但其实是指出自己缺乏决断力，美绪不禁低下了头。

“不要紧张。”说着，爷爷从口袋里拿出一张纸条，“颜色慢慢考虑，现在该去买东西了。你爸爸妈妈下周就来了，我们要做招待他们的准备了。”

“好的。”美绪小声地回答道，并接过纸条。不仅仅是披肩的颜色，是要回一趟东京，还是整个夏天都在爷爷家，这些都没有下定决心怎么和爸爸说。

美绪从爷爷的收藏中拿了一些画册和绘本回到自己房间，往平常盛汤的不锈钢水壶里装满水，就动身去盛冈的街上了。她先去停车的地方取了裕子借给她的车，再骑到北上川上的旭桥。第一个要去的地方是福田面包房斜对面的中央黄油商会，这是一家贩售烘焙材料的公司，美绪购买了清单上的山葡萄原液和树莓酱。

正准备去下一家店，又觉得不能路过福田面包房而不入，于是她进去给自己买了小点心，之后还要去本町通的一家咖啡馆。爷爷很喜欢这家在住宅街上的叫“机屋”的老店，店里富有年代感的木质收银台和桌椅给人沉静的感觉，收银台后面的架子上摆着很多美丽的咖啡杯做装饰，十分引人注目。美绪在店里出售咖啡豆的地方给爷爷买了混合咖啡豆，咖啡散发的香气让她觉得有点饿了，突然想吃刚刚买的小点心，于是骑车向电影院那条路驶去，打算去北上川公园。

北上川和中津川交汇的地方有一段河岸，公园就建在这里，里面有个小小的运动场和草地，风景十分美丽，和美绪用作手机屏保的山崎工艺舍的牧场很像，所以她经常过来。美绪从御厩桥下穿过，停好自行车，走下阶梯来到公园。柔软的草地上铺设了通往河流上游的小路，小路两旁有淡粉色和黄色的小花在风中摇曳生姿。美绪一边听着轻柔的水声和鸟叫声，一边散步到北上川的岸边。丰沛的河水流过绿色的草木间，对岸有高大茂密的树木，鲜嫩的叶子随风摇摆，对面还有某个JR[①]的高架桥上行驶着淡绿色的东北新干线。美绪闻着夏季青

① Japan Rail的缩写，即日本铁路公司。

草的香气，心想要不披肩就选绿色吧，用这个颜色的话，应该有什么样的寓意呢？“像绿色一样自然地生活之类的……”总觉得哪里不对劲。美绪抬头仰望天空，清澈的蓝天一望无际。像天空一样的披肩应该也很好看，就像这样干净清爽的蓝色，天蓝色，寓意就是“天空一样的爽朗”，怎么样？

美绪坐在台阶上，大口嚼着刚刚买来的面包。这次选了巧克力和花生酱的组合，简直太合自己的胃口了。无法想象高中时的爸爸是什么样子，但至少能够理解他为何如此钟爱这个味道了。

吃完面包，美绪掸了掸裙子上的灰尘，伸了一个大大的懒腰后，又骑上了自行车。接着要顺着中津川逆流而上，去平船精肉店买烤鸡肉，然后去爷爷喜欢的和果子店买核桃柚饼，这趟出门的任务就完成了。

买完所有的东西，全身洋溢着一种充实的感觉。美绪要穿过中津川上的大桥回到车站，这时白云悠然地飘在河流上空，她停下自行车，手搭在栏杆上仰望着夏日的天空。未经染色的羊毛，直接纺线织布应该也很美吧。白色是云彩的颜色，它可以成为任何颜色，也是冬日给这座山城上妆的雪的颜色。白色的披肩怎么样呢？想到这里突然意识到很久没有和爸爸联系了。美绪把包上挂着的茶色小羊玩偶放在栏杆上，用手机拍了一张照片。

进入山崎工艺舍成为学徒的时候，展厅的桌子上放着一只羊毛毡小羊，旁边还附了一张卡片写着“欢迎”，一开始只有一只，第二周又来了一只。美绪以为是每天早上来展厅的老奶奶们做的，但是最近小羊的出场方式变得精致起来：有时是用关口果子屋的八色烧酒糖围起来，或者用电话线捆起来。昨天出现的小羊身体是茶色的，但头和脚是白色的，背上还背着一块松尾巧克力，实在太可爱了。美绪吃完巧克力，给小羊缝上丝带挂在包上做挂件，这是第五只小羊，美绪就给它取名为May（五月）。美绪正准备变换角度再给小羊拍一张照片，耳边突然响起一个男声：“你在干什么啊？”

美绪回头一看，原来是太一。

“啊……我……我在拍照。”

“喂喂！”太一指着栏杆，小羊消失了。

美绪扶着栏杆往下张望，茶色小羊已经掉进河里了。

“啊，我的小羊，May，May!”

掉进水里的小羊顺着流水漂走，眼看着就消失了踪影。

美绪一声叹息。“不好意思。”身后传来一句道歉。

“真是不巧啊，居然就这么掉下去了，是叫Mey吗？”

“是May，May。”

“以后再给你做吧。”

“欸？”美绪惊讶极了，看向站在旁边的太一，“这是太一你做的啊？”

“对啊。”太一有点不好意思，“你居然这么喜欢，也真是没想到。”

“我还以为是奶奶们给我做的呢。”

“一开始确实是奶奶教我做的，小学的时候。”

美绪抬头看了一眼太一的浓眉。他体格健壮，很有男子气概，简直无法想象他做手工的样子。

“这么意外？也没什么奇怪的吧。手工活我都很擅长，所以才用钢花呢做小东西在网上售卖。”

太一指着中津川沿河的一家杂货铺说：“刚刚就是去那家杂货铺交货，做了一批手机包。你怎么也在这里？还把羊放在栏杆上。”

“我出来帮爷爷买东西。”

太一看了一眼车篮里的东西，对她说：“我们去那家店喝杯咖啡吧。”

美绪摇了摇头。

太一笑着说：“就喝一杯嘛。”夏日阳光的照射下，他明亮的笑容十分耀眼。

“今天这个天气最适合喝冰咖啡。盛冈无论哪家店的咖啡都很好喝，东京来的游客都这么说。”

“我进除了快餐店以外的店都会莫名紧张。”

“真是的。”太一笑了起来，“走吧，给羊子补充一些水分。”

“不用了，我自己带水了。”

美绪对羊子这个称呼还是很抵触，没好气地回了一句。

太一轻轻地蹬了一下车，推着美绪的自行车开始往前走。

“就在那边，马上就看到了。”他指着河岸边的一棵柳树说。美绪望向树荫下的店，不由自主地跟在太一后面向前走去。

太一推荐的是一家叫“深草”的沿河咖啡店。这家店的整个外墙都被爬山虎覆盖，就像店名所描述的那样，是隐藏在深深草丛里的房子。梅雨季节，美绪有次出来办事时从这家店门口经过，当时正好是日暮时分，店里小小的窗户里透出暖暖的光芒，洒落在石板路上。美绪盯着这光看得入迷了，继续往前走过桥，昏暗中闻到一阵花香，循着香味去找，原来岩手银行红砖馆①里有个小小的蔷薇园。湿漉漉的蔷薇花香和静静流过的水声让美绪在过桥时忍不住一再回首眺望店里的灯光。她从那个时候就很想进店看看。

美绪有些兴奋地坐了下来，但是坐在对面的太一又让她觉得不太自在，感觉看向哪里都不对。她不好意思直面太一，只好喝着冰咖啡一直盯着外面看，窗户旁边布满爬山虎，从室内往外看去，外面的景色宛如画框中的风景。夏草茂盛的散步道上，妈妈带着孩子和小狗悠

① 岩手银行红砖大厦是位于日本岩手县盛冈市的前银行大厦。该建筑是日本明治时期西式建筑的典范，被列为重要文化财产，现在被用作博物馆。

闲地走着，小小的孩子和白色的小狗在水边嬉闹，那景象让人觉得神清气爽。美绪出神地看着窗外的风景，太一突然说了一句："这条河到了秋天会有鲑鱼溯流。"

"鲑鱼，是那个鲑鱼吗？"

"啊，是的啊。"太一一脸迷惑地点点头，"不是喝醉酒的那个酒[①]，是鱼的名字哦。"

美绪在电视里看过鲑鱼为了产卵逆流而上的景象，但那发生在阿拉斯加。

太一用吸管指了一下桥的方向："从那座桥的方向就能看到，到了秋天会有很多人来观赏。"接着他把吸管收回来，"有那么惊讶吗？"

"因为这个地方不大嘛。"

这家店的河对面就是电视台，从那边再稍微走一会儿就是岩手县公署和法院。盛冈和仙台是东北地区具有代表性的城市。

"鲑鱼有这么稀奇吗？那我把这个也加上吧。"太一从卡其色的背包里拿出一张折成蛇腹形的纸。

"这是什么啊？"

"盛冈游玩地图，现在正在制作中。"太一在桌上把纸摊开，眼前是一张报纸大小的盛冈地图，市内各个地方都做了标记，贴了标签。

---

① 在日文中，"酒"和"鲑鱼"发音一样。

“展厅也放了这个地图吗？”

“也会放的，不过打算先放在山崎工艺舍的主页。”太一在手机上打开了山崎工艺舍的网站主页，“这是我们的主页，做成英文版的话，可以吸引国外游客来体验织布。通过海外旅行网站的宣传，现在来日本感受传统町家文化和体验织布的外国人增加了很多。”

“确实，上个月来了两位荷兰女性，在裕子的指导下织了两枚杯垫，这个月末也有德国客人的预约。”

“对体验手作感兴趣的外国人一般游历丰富，其中不少人都是来了很多次日本。好不容易来一趟，就很有可能沿着河骑行或者喝个咖啡之类的，顺便去一下日本的手工制品店，希望能在那里放松一点。如果体验完织布马上就坐新干线回去，那也太没意思了。”

“这个网站是太一做的吗？”

“文章基本都是纮治郎老师写的，你有兴趣的话可以看看。”

太一把手机递给美绪，美绪看着山崎工艺舍的英文网站，想到这些文章都是爷爷写的，不禁感到自豪起来。

“英语我有些看不懂，但照片拍得可真好。”

“那就好。”太一说着拿起咖啡喝了一口，“现在好像精神起来了？刚刚来交货的时候就看到你站在桥上，从店里出来看到你居然还在，感觉好像是在为什么事情发愁似的，是想回东京了吗？”

这个问题让美绪很意外，她不由得盯着太一的脸。他的眉毛虽浓，但是眉尾略微向下，这样看起来和善多了，也没那么可怕了。

“怎么说呢，我妈妈这个人并不好相处，她是那种对事业很热血的人，如果你实在受不了她，也不用勉强，回去吧。”

“不是因为这个……”回东京的家才烦人。美绪想着，但终究还是没说出来。

“不是就好。”

“太一平时会叫裕子老师妈妈吗？”

“有时候叫老妈，在工坊的时候就叫裕子老师。不会特意去想该怎么叫她，当然也不会很在意这个。不说这个了，这种事情无所谓吧。”

“对不起。”

“这用不着道歉吧。”

太一不明所以地端起了咖啡，美绪也跟着喝了一口。

“嗯，我刚刚考虑了一下颜色的事，在桥上的时候。”

“颜色？”太一反问了一句，玻璃杯里的冰块发出清脆的声音。

“就是我自己要做的披肩的颜色，然后还得决定窗帘的颜色。”

“那你有没有想好披肩的备选颜色？”

“蓝色或者绿色吧，或者棕色，刚刚觉得白色也很不错款。”

“啊，感觉这几个颜色都太素了，不太适合你吧，淡粉色明明就很好啊。”

“为什么大家都要说粉色？”

“啊，生气啦？你是不是觉得那几种颜色才适合自己？”

美绪被说中了心事，又一直盯着太一看。

“是吧，被我说中了吧？”太一一边喝着冰咖啡一边笑，下垂的眉毛上扬起来，看起来很开心，“纮治郎老师不会也推荐粉色吧？”

“是的，窗帘还是推荐的那种特别艳丽的粉色。”

太一又笑了起来，开始在手机上操作起来。

“那个颜色确实不太适合你，是介壳虫染出的颜色。其实老师也不是专门给你推荐粉色，我第一次染色也是这个颜色。”太一把手机递过去让美绪看照片，照片上沙发罩的颜色也是粉色，比自己染的更加艳丽。

“这是太一的房间吗？”

“不，不，这是送给别人的。”

太一做的布肯定很好吧，美绪想着又看了一下照片，做成沙发罩铺在沙发上，感觉是个可爱女孩子的房间。

太一把手机拿回去放进了口袋。

“太一是什么时候开始学染色的啊？”

“初一的时候吧。”

“我也想让爷爷教我染色，可他说那是大人的工作，不肯教我。”

“你可以说我已经是大人了啊。”

“我没想到嘛，不过我当时也有隐约的冲动想说出来。”太一初中的时候就开始学了，为什么爷爷不肯教自己呢?

太一又要了一杯冰咖啡。

“我也觉得染色还是交给纮治郎老师比较好。裕子老师在创作个人作品时也会自己染色，但是‘纮牌钢花呢’还是要纮治郎老师亲自来染色。”太一看着窗外的风景，快乐的母子和小狗已经走了，只剩下河水静静流淌在绿草之间。

“纮治郎老师也要退休了，羊子那条披肩应该是最后的作品了，‘纮牌钢花呢’以后可能就消失了。”

“裕子老师不是要接手吗?”

“确实会接手工坊。”太一回答道，回过头来直视着美绪，这次美绪觉得跟他对视好像也没那么可怕。

“纮治郎老师对色彩的感觉，还有染色的技巧，都是一流的，只有老师在，才有‘纮牌钢花呢’。如果老师退休了，肯定会有一些老客户就不再光顾了，裕子老师对此也十分清楚，也没提出让我继承。”

“但是我总觉得太一对所有工序流程都很精通。”

太一的目光落在摊开的盛冈地图上。

“一般人能做的事情，我都能做到，但是怎么说呢，就是缺少类似冲动一样的东西。纮治郎老师说过创作需要冲动，需要像暴力一样强烈的冲动，我没有这样的东西。我也没有特别想制作一样东西的强烈愿望。”

“你不是制作了手机包吗？”

“只是想把布头利用起来而已，家里的本行，面料和披肩，我从来没有涉及过，也没想好要不要把这个作为自己的工作。”

太一在便签上写下“鲑鱼溯流”，然后贴在地图上。

“讲实话，制作这种地图还有家里的网站之类的工作，我还是挺喜欢的，参观其他工坊也很有意思。我们这条街上有很多工坊，做的东西都很考究，比如铁器、漆器、印染品、薄脆饼干、点心、咖啡、面包、芝士蛋糕之类的。春假或暑假的时候，可以搞个一条街手账打卡活动，全部打卡成功的人奖励一份特产，你觉得怎么样？但是实施起来其实很困难。客人蜂拥而来，肯定会影响职人们的注意力。就算想试试看，也不知道游客会不会来。所以暂时我只把游览地图放在了我们网站……”

一边在地图上写着什么一边讲话的太一突然停住了手，有点难为情地说：“不好意思，我真是说得入迷了。”

美绪笑了笑表示没关系，将手里的咖啡送到嘴边。

上个月在高松池边，自己跟爸爸在一起的时候，也是这样一个劲儿自顾自地说，然而心里想说的话到了嘴边就四处散落，结果自己也不知道自己说了些什么。美绪盯着太一，心想，他这种一打开话匣子就没完的性格和自己很像，但不同的是，他讲的话很好理解，不像自己总让人觉得云里雾里的。这就很让人羡慕了。

“唉，我为什么说这种奇怪的话题！”

“完全不会啊。”

“嗯，好了。”太一叠好了地图，“除了鲑鱼溯流还有什么其他喜欢的，也可以告诉我，东京的女孩喜欢什么呢？虽然不能好好感谢你，但还是希望你能帮我想想。”

“感谢之类的就不需要了。”

太一慢悠悠地喝着第二杯咖啡，美绪看他很放松的样子，终于问了一直想问的问题。

“太一之前是不是让裕子老师看了工坊作业流程的价目表？”

“那个啊，被纮治郎老师批评了呢。”

“那个流程表里提到的各种工序，下次能不能教我？”作为裕子老师的助手，美绪已经很熟悉各项独立操作了，但是在制作钢花呢的整个过程中，自己做的这些事情到底处于哪个环节，有时候还是不太清楚。后来在手机里看到了太一拍的价目表，里面罗列了制作钢花呢的每一个步骤。

“好啊。”太一一口答应了，“我本来是想以那个作为基础制作体验清单的，后面有时间了我详细和你说。那我们的网站制作后面也拜托你帮忙多提建议。”

“我会加油的。”

美绪书包里的手机响了起来，拿起一看，原来是爷爷打来的。

“爷爷给我打电话了。”

太一轻轻点了下头。美绪跑到店门外，电话里爷爷的声音有点阴沉。

“你听了不要太惊讶，我觉得还是事先和你说一下更好。”

“怎么了，发生什么事了，爷爷？”美绪被爷爷沉重的语气吓到了，不觉提高了音调。

“美绪的妈妈来这里了。”

“欸，为什么啊，怎么这个时候来？”本来说好了妈妈下周和爸爸一起过来，怎么现在她一个人来了？

河面上的风变大了，吹得柳枝在头上沙沙作响。

美绪回到爷爷家，看见妈妈在院子的田里，正在把刚洗好的毛巾被和床单挂到旁边的晾衣竿上。傍晚爸爸也会过来，今天晚上他们两个人会在这里过夜。

美绪边帮妈妈晾衣服边问：“怎么今天就过来了？”

妈妈低声说：“突然就有了假期。”

爷爷背着一个很大的篮子走了过来，穿过晾衣竿旁来到田地最里面，从篮子里拿出两个黑色的网袋放进溪水里，然后走进杂物间，换上了干农活穿的深蓝色衬衫，胳膊上挎着三个竹篓。

“美绪，做完手上的活，把这些给你妈妈。”爷爷递过来的两个竹篓里放着棉布手套和采摘用的剪刀，说让妈妈帮忙摘蔬菜。

“不好意思。”爷爷递给妈妈一个草帽，“如果下周来还能招待你们，结果突然过来，我们还什么都没准备，而且农作物不等人，不及时摘就会烂在地里。”

“那我摘什么呢？”

“茄子，美绪摘小番茄，有不明白的地方问美绪就行了。”

爷爷从杂物间拿出一个小收音机，摁下播放键，轻快的钢琴曲和电视剧的声音回响在安静的田地里。妈妈不满地蹲在田埂右边拿着剪刀收茄子。美绪在旁边的田垄收小番茄，时不时看向爷爷和妈妈。爷爷在收田地最里面的玉米。其实妈妈身后那块地里的毛豆更急着收，他故意离那么远，就是想让自己和妈妈单独说话吧。

妈妈站了起来，伸了个懒腰活动筋骨，嘟囔道：“你爷爷可真怪，干农活还穿那么好的衬衫。”也不知道她是自言自语还是在和自己说话，美绪默默地继续干自己的活。

“美绪不用剪刀吗？”

“小番茄的话，我还是喜欢用手摘。”说完，美绪又沉默了，妈妈想说的恐怕不止这些吧。

活动了筋骨后，妈妈又开始收茄子，但是用剪刀的声音渐渐变小了。美绪听着有气无力般的声音，越过小番茄的枝叶跟妈妈说："爷爷的衬衫是防虫用的，而那个音乐是为了防熊。"

"这里有熊？"妈妈又站起来，轻轻地捶着腰。

"有啊，不过我也没看到过。衬衫是用蓝染[①]的，所以可以防虫。我第一次看到爷爷的时候，他穿着风衣外套和雨靴在这里消毒。"

"真是个怪人。"

"你别这么说嘛。"

美绪觉得妈妈这样说爷爷不好，站起来想说些什么，但看到她瘦削的背影，又开不了口，只好在小番茄枝叶间蹲了下来。之前在来爷爷家的电车里，美绪曾用手机搜索了妈妈学校的内网，上面有个帖子写了妈妈暴瘦，点评说很奇怪，还给她取了非常难听的外号。这时，玉米田的另一头响起了爷爷的声音："你们俩结束了吗？"

妈妈站起来，朝着玉米地大喊："大太阳下面干活太消耗体力了。"

"那是肯定的，我也觉得累了，一起过来补充一些水分吧。"爷爷说着和太一一样的话，走到杂物间前面一个做仓库的小屋子里，拿出一张折叠桌和一把椅子，把它们放到水渠附近的树荫下面。

---

① 指用蓼蓝进行染色，蓼蓝具有抗菌、除虫、防臭的效果。

“美绪，我再去拿两把椅子过来，你把水槽里的网袋拿过来。”

美绪按照爷爷的吩咐去水槽拿了网袋，发现里面装了三瓶起泡水，一直浸在冰凉的地下水里，变得十分清凉。妈妈把爷爷拿来的白色折叠桌椅摊开来，爷爷两只手各抱着一把椅子走了过来。

“爷爷，我去拿开瓶器和杯子。”

“那个篮子里就有，你们俩都坐下吧。”

爷爷从篮子里拿出开瓶器和玻璃杯，还有美绪刚在中央黄油商会买的山葡萄原液，放在了桌子上。妈妈一脸稀奇地看着山葡萄原液。

“山葡萄原液？这个名字之前听说过，但是没有见过。”

“那边就是葡萄藤。”爷爷指着用来当篱笆的灌木丛说，“这里栽有野山楂和山莓，进入八月以后就会结很多红色、黑色、紫色的果实。”

美绪顺着爷爷指的地方看过去，灌木丛上缠绕着绿色的藤蔓。

“山葡萄汁对东京人来说可能比较罕见，不过我们这里最好喝的其实是这个水渠里的地下水。当然了，一听到水，可能会觉得这有什么好喝的。”

“妈妈，这里的水真的特别好喝。”

“我先尝一下山葡萄吧。”

爷爷把玻璃杯放在桌子上，倒入大概两厘米高度的山葡萄汁，再把起泡水倒进去。淡紫红色的气泡从杯底一个个冒出来又渐渐消失。

“爷爷，这个颜色真好看啊。”

“山葡萄对身体很好的，尤其对贫血有疗效，一直以来都是健康饮料。”

妈妈喝了一口，轻声说：“真好喝呀。”她看向灌木丛，“那个黑色的果实是黑莓吧。”

“没错。”爷爷指着灌木丛回答道，“圆形的红色小果实是野山楂，上面有很多小疙瘩的是山莓，也就是覆盆子吧。”

“这里的小河还有灌木丛，真的很像 Brambly Hedge 啊。”妈妈低声说道。

“但是这里的老鼠可没那么可爱。”

妈妈看着灌木丛，惊讶地问爷爷：“您也知道那个故事？”

“何止是知道，这个矮树篱笆就是仿英式树篱，只不过没怎么打理，就变成这样的灌木丛了。”

“原来是这样啊。”妈妈的声音有点雀跃。

“那你记得吗？”妈妈脸上闪过一丝兴奋，兴冲冲地问美绪。

但是美绪摇摇头，说什么都不记得了。

“哎呀，美绪你也读过吧，吉尔·巴克莲的《野蔷薇村的故事》，原著的标题就是 *Brambly Hedge*，就是‘木莓篱笆’的意思。”

“哦，是那个老鼠的故事啊。”

《野蔷薇村的故事》和《彼得兔》还有《小熊维尼》一样，是将动物拟人化的故事。出场的老鼠们都穿着可爱的衣服，随着季节变换去野餐，开派对，玩冒险游戏之类的。妈妈特别喜欢这个绘本，她还有很多英语版本的。

妈妈离开自己的座位，靠近灌木丛后指着野山楂说：“你看这周围，和《果实的季节》那册简直一模一样。”她摘下一个野山楂尝了一口，皱着眉头说：“好酸啊，不过很有野生的感觉。”

“你们母女还真像，美绪说话和你一模一样。”

爷爷从背着的篮子里取出漆器点心盘。

“那个绘本里出现的‘织布工’做的不就是我们家的家业吗？‘织布工’是怎么翻译来的？我忘了。”

“是‘织布鼠’，莉莉和弗莱克是织布鼠。”妈妈来了兴致。

爷爷看着这样的妈妈笑了笑。

“那个莉莉做的工作，就是用线车纺线。现在美绪也很擅长的，和绘本里的一模一样。美绪，快让你妈妈看看。”

“欸，不要啦。”话题突然转移到自己身上，美绪连忙摆摆手。

妈妈回到桌前，脸上浮现出欣慰的神情，说道：“美绪居然会做这样的工作了。”

爷爷和妈妈说的绘本里织布的画面，美绪一点印象都没有，但看到妈妈这么开心，她也很高兴。她喝了一口紫红色的饮料，喉咙里咕嘟着碳酸气泡，一种隐秘的喜悦在心中翻涌着。

爷爷打开点心盒的盖子：“过来吃点茶点吧，不是什么高级点心。这个是核桃柚饼，上面的黑糖能消除疲劳。”红色的漆器盒子里放着四块长方形的点心，表面撒着白色粉末。这种夹着核桃，带着酱油和黑糖味的牛皮糖是爷爷最喜欢的点心。妈妈尝了一口，用两只手捂住嘴巴：“哇，土耳其软糖！”

爷爷笑着看了妈妈一眼，拿了一块点心说：“确实，这两种点心很像，柚饼是用米粉做的，那个是用玉米淀粉，虽然原料不一样，但都是用淀粉做的，所以味道很像。”妈妈打开点心盒子看了一眼，怀念地说道：“我小时候读过一本书，里面的翻译是‘布丁’，但其实就是‘土耳其软糖’，字面意思是‘土耳其的喜悦’。我第一次知道这种点心时就特别向往，这到底是什么样的点心呢？但是那个时候没有网络，也没有智能手机。”

“是《纳尼亚传奇》吧。”

“对对对，就是那本。”妈妈突然发觉自己声音有点大，不好意思地垂下双眼。

爷爷把核桃柚饼切成两半，可以看到白色粉末下褐色的牛皮糖。

“这可以看出翻译的用心了，纳尼亚女王拿出来的点心如果翻译成‘牛皮糖’的话，那我们读者根本无法理解英国的孩子们为什么能狼吞虎咽这种东西。”

“是的呢。”妈妈也点头表示同意，“我小时候就觉得应该没有比那个更好吃的东西了吧，就一直想到底是什么样子的呢。大学二年级的夏天，我去英国旅行时终于吃到了这种点心。上面有雪白的糖粉，切开来软软的，颜色五彩斑斓，有粉色、黄色、绿色，像宝石一样，那时候的我可真是孩子气啊。”

爷爷摇了摇头，让妈妈再吃一块柚饼。

“我也觉得很像宝石，粉色的是蔷薇辉石[①]，黄色是黄水晶，绿色是绿玉髓，如果是宫泽贤治的话，可能会这样形容吧。”

妈妈目不转睛地盯着手掌里的点心，说道：“这是盛冈的喜悦，不，这应该是理想国[②]的喜悦吧。”

“说得很好。”爷爷用美绪从来没听过的深沉的语调说道。

“但如果是盛冈的喜悦，理想国的喜悦，那盛冈和理想国就变成所有格了，不知道怎样进行词形变换。”

“根据世界语来。”

① 出自宫泽贤治的《挫败少年之歌》。

② 原文为“イーハトーブ”，是宫泽贤治自创的词，以他的出生地岩手之名变形而来。

妈妈和爷爷说的虽然都是日语，美绪却一句都听不懂，只是突然觉得爷爷和自己的距离远了。她拿着汽水瓶离开座位，背对着谈兴正浓的两个人，到水渠边把瓶子洗干净、装满水，打算等下让妈妈尝尝这里的水。这片田地里最好喝的，莫过于这经过岩手山层层过滤的水了。

美绪把瓶子装满水后站了起来，清风吹过头发，她迎着风向转过头，看到了欲与玉米试比高的向日葵，就种在结着红色果实的野蔷薇丛旁边，根系汲取着土地的养分，开出了太阳一般的花儿。灌木丛里有红色黑色的果实，向日葵是明黄色，草地上还开着淡粉色和淡黄色的小野花。美绪注意到长满五颜六色小花的土地，用指尖轻轻挖了一下，中间泥土的颜色比表层要稍微深一些，是和核桃柚饼很像的深褐色，看上去让人觉得很安心。披肩用这个颜色怎么样呢？寓意就是像泥土一样扎实地生活。这个颜色可能有点暗，但不起眼的同时又很沉静，借用太一的话就是“适合你的性格”。

美绪回到桌前，把打好的水静静地放在妈妈的杯子旁边。爷爷和妈妈的话题已经重新回到了土耳其的喜悦。妈妈微笑着，脸上有一些红晕，声音也稍微大了一些：“您对英国文学也很熟悉啊。”

“也不是熟悉，毕竟我们家做的毛纺品也是来源于英国。”

美绪已经很久没有看到妈妈笑了，这下有一种如释重负的感觉。她低头看了一眼，脚下是深褐色的土地。

做完农活后，三人把采摘的蔬果运了回去，美绪爸爸乘坐的出租车已经开到门口了。

爸爸和爷爷寒暄一会后，马上去了妈妈住的客房，两个人一直聊了很久。美绪打扫完浴室（浴室是她和爷爷轮流打扫），去厨房看到爷爷正在给裕子打电话。打完电话，爷爷跟爸爸说："广志，太一把车子借给我们了，晚饭的话，他开车来的路上顺便会把订的寿司外卖拿过来。"

"好啊。"爸爸一边回答，一边从冰箱拿出了麦茶。

"有车的话，我们一起出去吃也可以吧。"

"出去吃太麻烦了，不够吃的话，我来做油炸和沙拉。"平时很少开火的爷爷罕见地站在炉子前，拿出惯用的大锅倒入足够多的油。

正在往杯子里倒麦茶的爸爸一脸怀念地说："炸什锦啊，太好了，小时候经常吃。不过不用做那么多吧，寿司差不多也够吃了。"

"是吗，你以前不是经常说不够吃吗？"

"那是学生时期了，我现在都四十多岁了，吃不了那么多炸物啦。"

"是吗？"爷爷嘟囔了一句，停住了倒油的手。

三十分钟后，美绪和爷爷一起把做好的菜端到桌上。爸爸妈妈神情严肃地走了进来，妈妈手里拿着一个长方形的纸袋，看到桌上摆着的菜，急忙说要帮忙。爷爷拦住道："不用了，还没到需要帮忙的地步，寿司马上就来了，我们先吃点现成的。广志，啤酒和寿司一起到，你就再等等吧。"

"我喝茶也可以的，美绪也坐下。"爸爸示意美绪坐在妈妈对面，美绪便坐到了爷爷的旁边。

"这次来没有及时联系，真是不好意思。不过我这边也是突发状况，我是从出差的地方赶过来的。"

妈妈接着说："我和广志没有沟通好，真是抱歉。本来想早一点过来拜访，但是和广志之间一直没有达成共识，美绪在这里也给您添麻烦了。在此期间，我妈妈给美绪写了一封信，我这次过来带给她。"妈妈递给美绪一个雪白的信封，上面什么装饰也没有，只写着"给美绪"三个字。

"这是外婆给你写的信，你离家出走让她觉得很受伤，她说无论如何也想和你谈谈。横滨的盂兰盆节七月底就结束了，你这次和我们一起回去，还能赶上给外公扫墓。"

"爸爸的……我想给岩手的奶奶扫墓，可以吗？我还从来没去过呢。"

妈妈不说话了，爸爸过来打圆场道："奶奶的墓，爸爸会去扫的，出差顺便会过去。"

"为什么？只有爸爸一个人去吗？"

“这件事我们等会儿再讨论，先说美绪的事。美绪在这里的生活，刚刚在田里我已经大概了解了，但是学校的功课怎么样呢？”

“基本没有做功课。”

妈妈拿起放在脚边的纸袋，里面是数学和英语的试题集，还有一沓复印的资料。

“这个资料是学校发的，数学和英语试题集是暑假作业，之前爸爸总不让我带过来，所以就算了，但是之后你有时间的话，还是必须追一下学校的功课。这个暑假必须把课补完，妈妈和外婆也会帮你，你自己也要努力，好吧。”

妈妈把试题集递了过去，美绪没有接，妈妈叹了口气，放在桌上。

“美绪，说点儿什么吧。”

看到试题集和资料就想到了班上同学的脸，自己都觉得惊讶，真的一个同学都不想见到。一旦回到那个地方，就要看别人的脸色，继续戴着微笑的面具度过每一天。自己还没有坚强到选择被孤立，但是也非常讨厌为了融入大家而被“欺负”。

“好了好了。”爸爸边安慰妈妈，边把炸物放进嘴里，外层发出脆脆的声音，“怎么了，大家怎么不吃啊？来，美绪……”

“美绪。”妈妈打断了爸爸的话，“不要一直这样，说点什么好吗？从到这里来开始，就一直是妈妈在说话，美绪你自己到底是怎么想的？把你的想法说出来，让我们听听看。要是你就这样什么都不想，稀里糊涂的，就要留级了。”

美绪想开口说些什么，却又不知道说什么好。

“吱啊吱啊……”外面响起了蝉鸣声，窗外暗了下来，黄昏慢慢笼罩了四周。

随着蝉鸣停止，家里也一片寂静，妈妈轻轻地叹了口气。

“还是默不作声，父女俩真是一模一样。美绪和广志都是这样，遇到重要的事就只会沉默。”

爷爷从衬衫的口袋里掏出香烟，开口道：“如果想知道对方真正的想法，那还是要做出一些让步的，否则无论谁都不会开口，因为说了也没什么用。”

妈妈语气中带着控诉：“我说了什么不对的吗？大家都这么一言不发，那交谈怎么继续下去呢？”

“这么勉强的话，现在这个情况，不如不沟通比较好。”

“爸爸和真纪都冷静一点。”

妈妈和爷爷相互看了一眼，爸爸把筷子伸向炸物，说道：“多好吃啊，这个，炸玉米和大葱。”

“广志，你这个时候还真是吃得下去呢。”

爸爸用力把筷子放到桌上，发出一声巨响，窗外的蝉又开始叫了起来。

妈妈把额前的头发往上拢了拢。

“说实话，妈妈的工作现在有很大的麻烦，爸爸的公司也情况不妙。但是爸爸妈妈都不会逃避，希望美绪也能一起加油。”

“你的意思就是自己不会逃避，所以美绪也不能逃避，这太残酷了。你们的立场不一样，有时候人确实是要为自己的行为负责，但美绪还是个孩子，比起因为受不了而崩溃，那还是逃避更好吧。”

“爸爸。”爸爸不满地看着爷爷。

“怎么了？”爷爷反问道，“广志你有什么意见吗？你们是自己选择了自己的工作吧？”

妈妈突然插话道：“就像您说的，美绪的学校也是她自己选的，学校里的状况也不全是别人的错吧，也有一部分自身的原因，这样的现实难道不应该去面对吗？”

“就是因为要面对现实，所以美绪才来了这里啊。你们让她继续留在学校是出于什么目的呢，为了学习？学习的话，在岩手也可以。没什么明确的目的，让孩子一直在学校忍受痛苦，难道不是冷酷无情吗？你们自己想逃避也不是不可以。”

“我们选择逃避的话，从明天开始我们靠什么生活呢？”爸爸语调平淡地说了一句。

妈妈看了爸爸一眼，但又迅速转向美绪。

“美绪，你也说点什么吧。”

“欸，嗯……”

说到明确的目的，爸爸叹了一口气，摇了摇头。

“我问过美绪将来想做什么，她什么都没说，这孩子什么都没想好，是吧，美绪？”

美绪好像被爸爸的气势吓到了，连忙点头。

妈妈夹了一些沙拉放进嘴里，语气温和了一些，问道：“美绪现在在工坊做哪些工作呢？这个总可以说吧。”

“会帮忙跑腿还有洗羊毛，还有纺线和织布练习，最近织了花瓶垫，下面准备织窗帘。”

“那大概能拿多少薪水呢，作为打工的话？”

“没有薪水的。”爷爷回答道。

听到这个，妈妈微微睁大了眼睛。

“就是免费帮工？”

“见习的时候都是这样。这里还是工坊的时候，学徒会做饭，可以提供午餐。”

“真是难以置信。”妈妈低声说道，“也就是说，从事制作钢花呢的工作的话，开始一段时间内是无偿劳动，没有收入的？”

“我们是这样，会给予指导让他们尽快独当一面，但见习的时候是不付薪水的。”

“确实是这样。”爸爸接着爷爷的话说，“其实本来应该收费指导的，但是职人培养都是这样，无偿教学。”

“那也很奇怪吧，学徒明明也很努力工作啊。”

“这个和公司是不一样的。”爸爸没好气地说。

“就算是这样，也让人难以置信。所以美绪就算这样在工坊工作，在很长一段时间内也不能自食其力吧。”

爷爷叹了口气，伸手去拿放在桌上的烟草，摸到盒子后又想了一下，最终将手放进口袋。

“打个比方，这就像棒球队员一样，在高中和大学时是无法自食其力的，只有进入专业球队后才能靠这个吃饭。不过呢，我们这一行每况愈下，就算学成之后也很难找到合适的工作。”

“美绪是想当制作钢花呢的职人吗，你有这样的决心吗？”

突然听到决心这种词，美绪一愣，还没来得及回答，妈妈又追问道：“比如说，你从学校退学开始工作，但是工坊的工作也没有收入，你可能还要在其他地方兼职，在这种情况下，美绪能够下决心成为专业的职人吗？”

“真纪，不要逼她。”

“你不要说话。”妈妈瞪了爸爸一眼，“暑假也快过半，如果再不挽回，基本不可能升入新的年级。宠爱女儿是没什么问题，但归根结底是美绪自己要为此付出代价。美绪为什么事关自己也什么都不说呢？”

一时间听了一大堆话，美绪觉得脑子很乱。妈妈说的如果打工也没法赚钱，然后自食其力、下决心，还有……背后突然就冒汗了，放在膝盖上的手也不由得握紧了。第二学期要不要回到学校，要为了上学回东京吗？每个人的话都在美绪脑中盘旋，根本不知道从哪里开始考虑。无论怎么样，先要用这双手做出属于自己颜色的披肩，先要选定属于自己的颜色。这样的话还没有对爷爷说过。

“美绪，虽然跟你说得有点晚，但是那条披肩，其实妈妈并没有扔掉。”爸爸从房间里出来，手里拿着一个包袱。他打开包袱，拿出了红色披肩。“妈妈只是很担心你，因为你一直用披肩盖着自己，躲在里面。”爸爸把披肩放在试题集上面，突然出现的披肩让美绪心里更乱了。

“这是怎么回事？妈妈之前是把它藏起来了吗？为什么呢？”

妈妈拿出手帕擦了一下鼻翼上的汗。

“其实没有藏起来，也没有扔掉，我都是为了你，希望你能毕业，但是没想到你竟然下决心离家出走。之前担心你过于恋物，现在发现虽然你还是不怎么说话，但是已经不会封闭自己了，所以就还给你吧。”

美绪呆呆地看着眼前的披肩，两个月没有见到的红色披肩像鲜血一样鲜艳。

爸爸把披肩递给美绪：“美绪是想织布来取代这条披肩是不是？既然现在这条披肩已经回来了，你是不是不需要再织新的了？”

美绪并没有接过披肩，妈妈开始不安起来。爸爸收回手，把披肩放到了试题集上。美绪终于吐出两个字：“随便。”

“随便是什么意思？”妈妈怒目而视，“妈妈确实有很多不对的地方，工作也好，家里的事情也好，没有那么周到，我很抱歉。但是这次的事，妈妈真的觉得很受伤。你说随便？什么随便？你就这样打发家人？你给爷爷还有工坊的人都添麻烦了，你知道自己在做什么吗？”

爷爷将麦茶倒进杯子，开口道：“我这边你们不用操心，工坊那边也没什么麻烦的。”

“这个时候您就别说这种话了！”

妈妈站起来抓过披肩说：“你拿着，为什么不要？”

鲜艳的红色让美绪突然有点激动：“我不要了！”

“不要，什么意思？”

“你想扔掉就扔掉吧！”

“你说什么，美绪？”妈妈转过头来，目不转睛地盯着美绪。美绪觉得很可怕，但还是歇斯底里地大喊道：“你总是这样，把我喜欢的东西全部夺走，为什么我就不能依赖这条披肩了？你就是觉得我碍事吧，我知道你在网上是怎么被学生说的。”

“美绪，别说了，你坐下。”爸爸走了过来，用手扶着美绪的肩膀。

美绪挣脱了爸爸的双手，机枪一样地大喊起来：“你根本就不是为了我，你是为了你自己。因为我逃学离家出走，所以你在网上被学生议论吧。还说什么是为了我，为了我着想，不要再说谎了，你要是真的这么想，就不要管我。你把我的东西随随便便拿走，现在又随随便便拿出来还给我，处境不妙了就想接我回去，怪不得被学生那么讲……”

妈妈狠狠给了美绪一个耳光，冲击力让美绪一个踉跄，脚下没站稳跪在了地板上。妈妈一把夺过披肩扔在地板上：“你在说什么，你什么都不知道！”

美绪反射性地抓起披肩把自己从头到脚包裹起来。

“真纪，你没必要打她吧。”

“美绪，没事吧。”

美绪大哭起来，眼泪往外涌，身体微微颤抖，她感觉到爷爷跑到了自己旁边。

“我就是讨厌你这一点！”妈妈走过来数落道，“你就只知道哭，一哭爸爸就依着你，一直都是这样，用眼泪博取同情。这次也是一样，刚刚打你也没用什么力气，你至于跪到地板上吗？还哭得这么夸张，我真的特别讨厌你这样。”

“真纪，你冷静点，要想办法。”

“想办法？我吗？美绪自己呢？总是我行我素，不想去学校就不去，一边让爸爸送自己上学，一边连教室都无法忍受马上就回了家。离家出走后，爷爷和爸爸就无底线地宠爱放任，说她几句就哭，做出一副楚楚可怜的样子，你为什么总是这样装柔弱？之前也是如此，话题不围着你转，就马上离席闹别扭，去踢泥土什么的。”

“根本就不是，不是这样的！”

我是想让妈妈喝那个水，尝尝山里的地下水。想说出来，却说不出口。

“不是你想的那样……妈妈，妈妈……”

妈妈把披肩拽了下来，说道：“你给我出来！”

“住手，你没看到她不愿意吗？”

听到爷爷的话，妈妈松开了拽披肩的手。美绪把盖在身上的披肩又往里掖了掖，把自己裹成一团。原来妈妈一直这么讨厌自己，明明一点都不冷，美绪却觉得自己在发抖。

“真纪，你冷静点，求求你了。”

“我就是受不了你们这种态度。妈妈无论多么拼命让孩子听到自己的声音，每次都被无视，而爸爸和爷爷总说她就是不善言辞，这么放任。你真的太有心机了，以自己是女孩作为武器躲在别人背后，为什么就不能靠自己做点什么呢？你给我站起来！”

美绪想站起来，却觉得双脚没有力气。她把头伸出披肩，映入眼帘的是妈妈的拖鞋。妈妈抱着胳膊，低着头，因为背光，整张脸阴沉沉的。

“妈妈……是不是讨厌我？”

妈妈脸上的表情一下全都消失了，不带任何感情地叹了一口气。

“真纪。”爸爸喊妈妈的时候，玄关的门铃响了。

门打开了，接着传来一阵爽朗的男性的声音。

“久等了，寿司到了，啤酒也到了。欸，怎么没人啊？那我放在门口了啊。”

“晚上好。”接着又传来裕子的声音。

“怎么回事啊，还是别放这里了，放冰箱吧，还有啤酒呢。”接着又传来他们上楼的脚步声。

“呃！”太一喊了一声。

“裕子，不好意思。”

“啊，哦，寿司……放这里了。对了，太一，还有车呢。”

“车钥匙我放这儿了，广志叔，随便用。”

太一和裕子慌慌张张地出去了，但是过一会又听到他们回头的声音。

“没事吧，羊子，刚刚好像哭过了？”

美绪不想让太一看到自己这个样子，便蜷缩在披肩里。一阵响亮的脚步声后，太一隔着披肩戳着她的头说：“哎哎，你肚子不饿吗，今天吃寿司就够了吗，要不我们出去吃吧？”

美绪拼命摇头，但太一继续不紧不慢地说：“你是在说吃吗？不过你这么盖着一条披肩在头上，出门也不方便吧。”

太一轻轻抓起披肩，小心地拽了一下。

“好啦，我们出去吃点什么吧，让裕子老师请客。冷面怎么样，裕子老师？”

美绪觉得头上瞬间空了一些。

“冷面啊，可以啊，烤肉也行，你们点自己爱吃的就行。”

太一开始有节奏地拽着披肩。

“好啦，你到玄关去穿鞋子，这个布拽了容易变形，赶紧把手拿开。”

听到会变形，美绪不再用力，太一随即轻轻地把裹在她身上的披肩拿了下来。美绪觉得自己好像突然光着身体一样，连忙把身体缩了又缩。

“嗯，好了，我们年轻人出去吃好吃的啦。裕子老师一加入，平均年龄真是飙升。”

“是吗？我本来打算点特级五花肉，那就不给你们点了。”

“啊，那不行。好了，赶紧走。”太一抓住美绪后颈的领子把她往上拽。美绪挣脱他的手，站了起来，脚下摇摇晃晃的，但又不想让太一看到自己的脸，快步跑到了洗手间。

此刻，天已经完全黑了，从小窗户吹来阵阵微风。

美绪和裕子他们出门了。

真纪神色疲惫地问：“他们是谁？”

"我表姐裕子和她的儿子太一，两个人都是工坊的。"

父亲叠着红色披肩，叹了口气："总之先坐下吧，广志，你准备一下寿司。"

真纪瘫倒一般坐了下来，父亲看了她一眼，一言不发地坐到自己的位置上。广志在水池边一边打开寿司包装的薄膜，一边观察父亲和真纪。真纪沮丧地低着头。

七月底，两个人提到离婚后，真纪在美绪房间住了一阵子。八月之后，她把之前作为储物间的小房间整理了一下，搬了过去。面对这种惨淡的光景，广志也曾试图修复夫妻关系，可彼此再也无法推心置腹，自然也无法回到从前。两人吵吵闹闹地谈了几次，但美绪的事情不解决，关于离婚的讨论肯定没法进行下去。因此，每天下班回家之后还是和以前一样，真纪做饭，吃完后各自将餐具放进洗碗机，按之前的规定，谁最后吃完就由谁操作洗碗机，所以也没什么大的变化。

洗衣服就像美绪和她爷爷之间的规定一样，自己洗自己的。真纪都是洗完晾干，广志却是选择烘干。电费噌噌上涨，真纪的脸色不太好看，于是广志说自己付账，她也就无话可说了。

同屋分居意外地让广志觉得很舒心。十多年来终于有了自己的房间，住得很舒服，因此他现在一下班就赶紧回家。

广志把盛着寿司的大盘子端到桌上，然后用小盘子分发。真纪盯着桌子上的某个点，一动不动。

真纪在自己做班主任的班级处理了校园霸凌，进入八月后突然就瘦了很多，有时走路都摇摇晃晃。她的上司很担心，便劝她回家休息一段时间，所以真纪从昨天开始提早放暑假。

昨夜广志被热醒，起来喝水时，看到真纪的房门虚掩，无意中弯腰往里一看，看到了电脑屏幕上的网页内容，然后她又说起要不要回岩手接美绪这样的话，差不多就猜中了七成。

父亲把寿司配的甜醋姜的袋子撕开，把酱油倒在小碟子里，然后默默地坐到座位上。广志目不转睛地盯着父亲的手。

“为什么都不说话呢？”旁边的真纪突然出声，广志被她激动的语气吓了一跳，侧目看着她。

“您不说点什么吗？”真纪抬起头，期待地看着父亲。

父亲把盛了酱油的小碟子放在了真纪的面前。

“你自己是不是有什么想说的？”

“您是说道歉吗？”

“跟谁？”父亲温和地低声说道。

真纪将麦茶一饮而尽，似乎浑身无力。

“我真的已经筋疲力尽……身心俱疲了，这一切我都搞不懂。”

父亲依然不说话，往真纪的玻璃杯里又倒了麦茶。

真纪继续淡淡地说：“无论说什么都是沉默的丈夫……

总是用沉默让我就范。还有无论问什么都是沉默的女儿。有什么想说的就说好了，但对方就是不开口，用这种方式让我妥协，我真的累了……什么都不想管了。”

“真纪，你的想法真的太……”

父亲一言不发地用眼神制止了广志。但是真纪已经知道他想说什么了，她无力地说道：“别扭是吗？也许吧。连自己女儿都教不好的老师，在学校谈何教导学生。”

“我不是这个意思，你要把家庭和工作分开。”

也许是太累了，真纪不再说话。

广志无法忍耐这样的沉默，望向窗外，凉风从纱窗吹进屋里。这个地方四处都是森林，一到晚上便有风穿过树丛吹过来。

父亲低声说道：“虽不言，但相思。”

“什么意思？”

广志代替父亲回答道：“这是一首和歌的下句。”

“意思就是对无法倾诉思念的人的想念。”

“岩手县的名字就是从那首和歌里来的，高中的时候学过。说陆奥国[①]磐手[②]郡进献的鹰叫‘磐手’那首。[③]”

父亲取过红色披肩，轻轻地抚摸着，开口说道：“对于

---

① 陆奥国，日本古代的令制国之一，又称奥州。就一般概念（即为时最久的镰仓时代至1868年的领域）而言，其领域大约包含现在的福岛县、宫城县、岩手县、青森县、秋田县东北的鹿角市与小坂町。

② 磐手，即“岩手”的古称。

③ 相关典故出自《大和物语》第152段。

美绪而言，沉默并不是她让对方屈服的武器，她只是无法很好地用语言将自己的心情表达出来。也就是说，和别人对话对她来说是件痛苦的事，什么都说不出来，仅此而已。我们对她耐心一点，好好关心她，她自然会开口。”

“那什么时候才能开口？这才是我最担心的，爸爸。”

“你把披肩给她并不能解决什么问题，这是她离家出走的一个契机，但绝对不是理由。”父亲离开了房间，马上又回来了。他把桌上的饭菜推到一边，将三个花瓶垫放在上面：有白色、粉色、淡绿色，还有一些用羊毛纺成的粗细不一的毛线。

“这些是美绪一开始织的布和纺的线，摸一下试试。”

广志摸了一下淡绿色的花瓶垫。真纪低着头，广志把粉色的花瓶垫推到她面前。真纪小心地伸手抓过花瓶垫。

“言不由衷的话，说多少都可以。外表可以伪装，假装听到也可以。可触摸的感觉是无法伪装的，和心脏连接着的脉搏的速度，还有肌肤的温度，都是无法隐藏的。”

真纪左手拿着花瓶垫，轻轻抚摸着白色花瓶垫的一端。父亲对她说：“再好好感受一下。”

“孩子因为害怕而哭泣，我们对孩子说你别哭了，并不会让她停止哭泣。把她抱起来拍拍她的背，她才会不哭。人与人之间的抚摸、接触能够传达心意，所以为了不让那孩子害怕，我们要试着去碰触她的内心。”

真纪仔细抚摸着放在餐桌上的花瓶垫。

“你觉得怎么样?”父亲看向广志。

“啊，问我吗?我觉得做得很不错了，作为初学者。”

旁边的真纪也赞同地点点头:“我知道她已经很努力了。”

“这块布从开始到一半的部分收边都很整齐，织得都非常漂亮，但是从这边开始直到结束都有点凹凸不平，美绪注意到了这个问题。你看她织的第二个。”

父亲将白色的花瓶垫给广志看，这个收边就非常干净。

“她后来特别小心，织的时候收边非常整齐。这孩子很专注，刚开始教她纺线的时候，她就很痴迷，根本都不休息，一直练习。”

“她一直以来都是这样，有时甚至痴迷到让父母担心的地步。比如说，她有一阵子很喜欢看玻璃吊坠，不过我们没想到其实这也是她注意力集中的体现。”

旁边的真纪也点了点头，俩人心照不宣地感受到了夫妻之间的默契。

“玻璃到底是为什么让她痴迷呢?”

“这个也只有美绪自己才懂吧。”父亲立刻回答道，“这孩子有这么强的决心，只要给她定好方向，就能激发她的无限潜能，她这种品质很适合做手艺人。”

“但是，爸爸，这种工作也很需要天分吧，需要多方涉猎，开阔自己的眼界，我觉得美绪不具备这样的天分。”

“在某种程度上，那种东西只要学习就能掌握，最主要的还是得对美的东西具有感知力，要有一颗真诚朴素的心。”父亲说着，把三枚花瓶垫摆在一起仔细观察着。

“粉色、白色、淡绿色，三枚叠在一起像不像女儿节的菱形年糕？”

“您的意思是做得……不太好吗？”真纪小声说道。

父亲继续说：“美绪从我的收藏里拿了一部分书到自己房间去了，有吉尔·巴克莲、埃罗尔·勒·凯恩、凯·尼尔森等。”

真纪来了兴致，抬起头看着父亲。

“在看到小时候读过的绘本时，美绪一直不停地说‘真美啊’。她也很希望自己能通过阅读这些书获得一些什么。拥有一颗能够感知美的心是很难得的。你以前种下的种子，现在已经开始发芽长大了。失败？你说什么呢！我觉得非常好。”

“你把美绪教育得很好。”

真纪的嘴唇微微颤了一下，为了掩饰，她把头慢慢低了下去。广志将纸巾递给真纪，真纪接过纸巾，捂住了双眼。

“还有，后面的事……你们也不用担心，美绪肯定要回东京的，因为我自己也打算从这个房子搬出去。”

“欸，搬到哪里去啊？”

父亲看了看天花板说：“搬到适合老人住的老年公寓吧。等这边的事情处理好，学徒们都出师了，我就搬走。”

“啊，我怎么没听你说过这些？”

“当然没有，这是我第一次说。”父亲恋恋不舍地看着家里的柱子和墙壁，“身体总是出毛病，连外出都提不起精神来。老是麻烦裕子他们也不是个事，所以美绪也不可能一直住在这里。她织完披肩之前，差不多也能做出决定了吧。”

“什么时候才能织好呢？”

“我也不知道。”父亲抱着胳膊说。

“不是我催您，确实不能再拖下去了。是升级还是留级，或者转学、休学，她自己得好好考虑一下今后的道路。”

父亲把美绪做的花瓶垫和纺的线放在真纪面前，对她说道：“美绪并不是每天什么都不干的，她也在努力探寻属于自己的道路。”

接着，父亲端正了坐姿，低下头来说道：“后面就让我再照顾美绪一阵子吧。”

第二天午后，夫妻俩决定回东京。父亲说要送他们到车站，但可能由于身体原因，他一直坐在车子后排闭目养神。

美绪昨天晚上住在裕子家里，没有回来，不过父亲告诉了她新干线出发的时间，因此她和裕子已经早早在检票口等着了。

无论是美绪、真纪还是父亲，大家话都很少。裕子也不太讲话，拿到车钥匙和停车券就离开了。父亲催促美绪赶紧插入站台票，跟着广志和真纪一起进站。新干线还有一段时间才来，真纪可能觉得气氛尴尬，推说要补妆，去了洗手间。美绪不动声色地迟疑了一下，慢吞吞地追着妈妈过去了。

“我们先走吧。”父亲说完上了扶梯。两人站在月台上，父亲小声说了一句：“昨天还真是把我吓了一跳。”

“真是对不住。”

“不过，哪家没有这样的事呢。你小时候，我也对你动过手，印象最深的是羊圈那次。”广志四岁的时候在羊圈玩火，把火警都招来了，火势大得蔓延到了他爷爷奶奶家，工坊的职人们全体出动才灭了火。

“那个时候，我一打你，你就蹲在地下哭，和现在的美绪一样。”

“是吗？我已经不记得了。”

“已经不记得了啊。”父亲轻声笑了笑。

“我一让你站起来，香代就上前搂着你说‘就原谅他吧’，然后跟着你一起哭起来。”

父亲本来拿着手帕擦汗的手捂住了眼睛。广志将目光从父亲身上移开，问起了在意的事情。

“爸爸，你身体哪里不舒服？”

父亲将手帕放进口袋，开口道：“我腰和脚都不太好，健忘也比以前严重了。明明准备关门的，结果还是忘了，计划做的事也会忘得一干二净。和你爷爷那个时候一模一样。现在倒也没什么，但是发展到他那个程度也就只是时间问题了。”

平成[①]初期去世的爷爷年迈时老年痴呆症越来越严重，到了最后连自己的儿子都不认识了。广志父亲在照顾自己父亲的时候，也学习了不少这方面的知识，他可能早已意识到自己这方面的问题了吧。

“是吗？这样啊。”

“迟早会慢慢发展的，也没有办法。”为了不让广志担心，父亲故作轻松地说道。

这样的情形让广志心中满是愧疚，他不禁低下头，想到了父亲做的炸物。那是父亲的拿手好菜，以前家里来客人时他总是会露一手。但是父亲说因为忘记放进冰箱，昨天晚上做的炸物已经全部扔掉了。全都是用自己小时候喜欢的食材做的，可自己几乎没动筷子。早知道就该好好品尝，多吃一些。这些炸物，这些自己喜欢的食材，父亲可能也会慢慢忘记吧，就像爷爷当初那样，有一天父亲也可能不记得美绪和自己了。

这时，身边走过一群高中生，穿着制服、背着大包，可能是参加社团活动。父亲和自己都是这个高中毕业的。

看着这群欢快的高中生，父亲感慨道：“和孩子生活在一起的时光真是意外地短暂，你离开家乡去东京已经有十八年了。美绪也高二了，在你身边的时间没多少了，一

---

① 平成是日本第125代天皇明仁的年号，使用时间为1989年1月8日—2019年4月30日。

家三口的生活也快结束了。你们也快到离开父母、离开子女的时期了。”

新干线快到站了，大批乘客涌入站台。

广志想起那句令人难以忘怀的诗句，故乡的夏天又浮上心头。

“虽不言，但相思。”

穿着制服的高中生笑着经过。十八岁的夏天，自己也穿着这身衣服，那是和父母度过的最后一个夏天。汗水流进了眼里，眼泪顺势也掉了下来，广志擦了一把脸。真纪正坐扶梯上来，美绪低着头跟在后面。绿色的东北新干线“游隼号”驶入月台，后面跟着红色的秋田新干线“小町号”。这两条新干线在这里和盛冈连接起来，都能通往东京。

“爸爸……”广志想问他要不要来东京，最终还是没有开口。东京也有适合高龄者的老年公寓，但自己无论工作还是家庭，甚至连栖身之地都无法定下来。更何况父亲也不愿意离开家乡吧。

车站广播开始催促乘客上车，广志和真纪一起上了车，一回头看到美绪站在车门口。

“美绪，妈妈我……”真纪喊了一声，怯生生地把手伸向美绪的脸颊。美绪惊讶地身体一颤，猛烈地退后了几步，这时，发车铃响了起来。

车门关闭，车子开动了。

真纪一直盯着自己被美绪拒绝的手。广志想把手伸向真纪瘦削的肩膀，犹豫了一会，还是缩回来了。他们之间，比陌生人亲近，作为家人却又十分疏离。在这种微妙的距离中，新干线离开了家乡。

“总是用哭来解决问题，总是以自己女孩子的身份作为武器，被爷爷和爸爸宠坏了，我讨厌你这一点。”

一想到妈妈的这些话，美绪总觉得十分恍惚。在盛冈站送别父母后，她把自己关在爷爷家的二楼，在床上蜷成一团。闭上眼睛，心中又浮现出裕子那架挂着线的织布机。

昨天吃完饭后，裕子邀请美绪去工作室看看。

裕子在展厅附近有个公寓，用来放置创作个人作品的工具和资料。这个公寓以前是山崎工艺舍的宿舍。太一住在这个木结构公寓的二楼。好不容易离开家，结果和在家里也差不多，每次被妈妈差遣做事的时候，他总会自嘲一下。

裕子在这里织的披肩是由未经染色的羊毛制成的。羊毛并非只有白色，根据羊的品种和生长环境不同，还有灰色和茶色。现在织的这条披肩就是比较明快的灰色，被称为“银灰色”。这种颜色一点浊气都没有，美绪在

《十二个跳舞的公主》这本书上见过，这个颜色还让人想起三个森林之一的“银色森林”。

裕子说要继续织一些，于是美绪也坐在一旁观看：裕子踩动织布机的踏板，紧绷的经纱分为上下两部分，中间放置用来卷纬纱的梭子，裕子从左往右移动梭子，让经纱穿梭于纬纱之中，羊毛纤细脆弱，所有操作都必须十分小心，打纬的声音也很安静。织布的声音十分规律地循环往复，美绪听着听着就有了睡意。

第二天醒来的时候，发现裕子的织布机迎着朝阳，好像在等着主人一样。看到这样的情景，美绪突然希望自己也能早日织这样的大型布料。

纺织羊毛的工作真是不可思议。一想到织布的事情，妈妈对自己讲过的话就在脑海里烟消云散了。

美绪微微睁开眼睛，将手伸向红色披肩。

昨夜的裕子让美绪想到了奶奶。

将纬线穿过排列整齐的经线，温柔地拍打纬线。奶奶的面容现在都记不太清楚了，但她一定是带着温柔与慈爱织出了这条披肩吧。美绪用指尖触摸着披肩，感受到传达出的阵阵暖意。

“好喜欢啊。”这样的感觉突然喷涌而出。

美绪喜欢关于羊毛的工作，这样的话却无法对妈妈说出口。即使妈妈说了工坊和见习工作的不好，自己也只能低着头。妈妈还问自己有没有下决心做一个职人。

“决心……”美绪想到这个词，就用披肩把头包了起来。虽然很喜欢，但是还没有到下定决心的程度。

风从打开的窗户吹进来，这个房子白天虽然很热，晚上却很凉爽。美绪感到一阵凉意，起身准备关窗，却发现外面意外地很明亮。皎洁的月光洒在树丛里，森林白得发光。如果说昨天晚上在裕子的织布机上看到的是“银色森林”，那么眼前的就是“钻石森林”的光泽了。月光下隐隐约约可以看到岩手山的剪影，这样的情景让美绪想到了《水仙月四日》中裹着红色毯子在大雪里摔倒的孩子。雪童子被命令去索取孩子的性命，但他却故意将孩子撞倒，用红色的毯子将孩子包好藏在自己的雪里来保护他。

美绪打开灯，站在镜子前。镜子里的自己被红色披肩完全包裹住，只露出一双眼睛，披肩绽放出夺目的光芒，好像在守护一个没什么自信的孩子。美绪将披肩从头上拿下来挂在肩膀上，将右边垂下的布往上折到左肩，鲜艳的红色面料缠绕着身体，在脖子周围形成一圈优雅的褶皱。

从未见过这样的自己，美绪又上前一步，仔细端详着镜中的自己：披肩缠绕在肩膀上，自己显得很精神，挺直了背，连脸色都变得开朗起来。这样的变化让自己浑身充满力量，觉得自己并不是被保护着，而是背后有一股力量在推着自己向前走。这就是颜色的力量，不，这是色彩和布的力量。

美绪凝视着织眼，做工十分精致，布头处理得干净平整到令人惊讶的地步。美绪现在才明白，自己一直带在身边的这块布是用多么高超的技术制作而成。

红色就很好，美绪突然生出一种强烈的愿望。

就红色吧。

美绪思绪翻涌，又往前走了几步，触摸着镜子。

做一条一模一样的红色披肩怎么样呢？自己能做出这种富有力量感的布吗？

美绪走出房间，心里涌出一股想马上动手的冲动。走廊上笼罩着一股异样的热气，台阶下面传来爷爷的脚步声。

“爷爷，我等下去一下你的房间可以吗？”

“现在就行啊，去干吗呢？”

“披肩的颜色我已经决定了。我想一会儿过去，先等下。”

“怎么了？”

“总觉得走廊里好热啊。”

美绪闻到一股鱼肉腐烂的味道，在走廊里一边走一边左看看右看看。她打开厨房的门，一股热气猛地拍打在脸上。美绪刚要大叫，却发不出声音来，身体像凝固了一样。

“啊，着……着火了！”

炉子上的铁锅里冒出巨大的火焰，沿着墙壁瞬间蹿到了天花板上。火灾报警器响起了尖锐的报警声，“有火灾，有火灾”。

“爷……爷爷……火、火、水、水！”

美绪拿起水槽下面的大碗，但是火焰的热气实在太强了，根本无法接近水龙头。好不容易拧开水龙头，耳边响起爷爷的声音：“美绪，不要浇水！太危险了，你赶紧下来。”

急忙冲进来的爷爷猛地从背后撞倒了美绪，自己也摔了个趔趄。爷爷背对美绪站着，脱下身上的黑色和服外套向火焰走了过去。美绪突然想起什么，急忙站起来跑去走廊拿灭火器，然后双手抱着又回到厨房，正看到爷爷猛烈咳嗽着将外套盖在铁锅上想灭火。

可火焰实在太大了，连外套都烧着了。

“爷爷，往后退，灭火器！”美绪拽着爷爷的和服腰带让爷爷退到后面去。爷爷伸手指向灭火器：“给我。”

“爷爷往后退！”美绪拔出灭火器的保险销，将喷头对准火焰，药剂的效力很强，锅里的火焰瞬间就熄灭了。美绪马上又将喷头对准墙壁和天花板，火焰好像被喷出来的药剂泡沫压制住一样，消失得无影无踪。

“火灭了，火灭了，爷爷！”

爷爷抬起头来，看了看烧焦的天花板，双手捂着脸蹲在地板上。

“美绪……”爷爷的声音有点嘶哑，“快退后，太危险了。”

灭火器沉甸甸地压着手臂，为了减轻重量，美绪又将喷头向天花板喷去。

“爷爷……已经安全啦。”

“不中用了……”爷爷蹲在地板上，幽幽地说了一句。

“什么不中用了？”

“爷爷……已经不中用了。”爷爷的声音几乎低到听不见。

火灾发生前，爷爷正开着火做天妇罗，然后接到美绪爸爸的电话，顺便下楼去了一楼的染坊。打完电话，他就在那边继续做事了，完全忘了锅还在火上。

裕子听说了火灾的事，和太一马上驱车赶来。三人紧急处理了一下遍布灰烬的墙壁。原来油锅起火的时候，浇水不仅不能灭火，还会让火苗飞溅，很可能造成严重烫伤。

原来这几年来，爷爷的健忘越发严重，有时候甚至会给生活带来困难。

“我是一点也没有察觉，不过爷爷也不想让美绪知道吧。”裕子一脸落寞地说。

一直到第二天晚上，爷爷始终把自己关在屋子里。

美绪拿了热的熏鸡三明治，还搭配了精心制作的咖啡，一起放在托盘上。她打了声招呼，爷爷闻声从屏风后面走了出来。他身着作为睡衣的白色浴衣，看起来仙风道骨。披上一件灰色和服后，他坐到书桌前，问美绪有没有选好颜色。

美绪正想回答红色，但又犹豫了，昨夜红色的火焰似乎还历历在目。

“还是没想好，爷爷。”

“你说给我听听。”爷爷没有去拿食物，只是静静地说了一句，“你其实已经决定好了吧，是什么颜色？想表达什么呢？”

美绪站在爷爷面前，大声说道：“红色。”

爷爷垂下了眼。

抑制住自己的胆怯，美绪继续说道：“我想表达的是‘希望自己变得强大’。”

“美绪一点都不软弱。”

“不过……”

我希望自己有勇气对喜欢的东西说喜欢——

美绪深深呼吸了一下，调整了姿势，认真地看着爷爷的眼睛说：“爷爷，请教我染布，我想自己完成新披肩的全部工序。”

“为什么想学染布？”

“我就想知道现在的自己能做到什么程度。”

爷爷闭上了眼睛说道："你奶奶以前说过几乎一模一样的话，然后就离开了我。"

"我知道了。"爷爷勉强挤出这句话，"你试试吧。不过，不能轻易放弃。"

三天后，爷爷带着美绪来到了染场。美绪系上一条新围裙，据说能够很好地阻挡染剂的飞沫。爷爷看了一眼角落里的一口大锅，这口锅从曾爷爷的时代就开始使用了，但是现在订单量大不如前，它也就没有了出场的机会。

爷爷穿上胶靴，走到下面的土间。

"我开始染布见习的时候，我的父亲曾经说过，大概要染上一千次才能培养出染色的感觉。实际也是如此，所谓千次，如果周末不休息，从早到晚练习，大概需要三年的时间，如果一周练习五天，大概需要四年，三天的话，大概需要七年。不仅是染，无论哪个领域，想要独当一面，都要花费大量时间。美绪……"

爷爷走到放染料的架子前，对美绪说："我不可能陪你到千次练习结束的那一天，所以从现在开始要尽全力教你。"

"明白了，老师。"

爷爷惊讶地回头。

"在这里的时候，我就叫您'老师'吧。"

"好。"爷爷微笑着点了点头，又很快收起表情。

“那我们就开始，这里的颜色、声音、味道、手的感觉要全部装进脑袋里，不仅仅是通过语言，要全身心投入。”

美绪点点头，将吸汗的布手巾牢牢系在额头上。

很久很久以前，爷爷也是这样跟曾爷爷学染色的。

这时，从小树林深处传来了蝉鸣声。

# 第五章

# 十月　职人的觉悟

山崎工艺舍一直以来分工十分明确：男人染色，女人织布。因为这个原因，即使有时父亲会让母亲做一些色彩设计的工作，染色也还是由他自己来。到了晚年，母亲离开父亲到花卷创办自己的工坊，也是想用自己的双手完成所有工序。

父亲虽然具有艺术家的气质，但是继承的家业要求他必须成为一个职人，而不是染织作家。与此相反，以前作为职人的母亲在跟着父亲手作的过程中，突破了自己的可能性，立志成为一名染织作家。

最近广志一直在思考工作到底是什么，手作又到底是什么。这两个问题关系到父母为何失和，也关系到自己以后如何安身立命，但思来想去还是不得要领。

十月中旬的一个傍晚，广志顺路去家附近的市政厅领了离婚申请书。在如今的社会，很多申请书都能从网上下载，为什么离婚申请书却必须到居住地申领？

服务窗口虽然紧闭，不过去保安室也能拿到文件。来访的人很多，广志开口说要离婚，对方马上递过来一个装着文件的信封。他脱下立领外套，和信封一起拿在手里。外套虽然薄，但现在穿还是为时过早。他这才意识到以前每天都是真纪看天气预报，给自己准备上衣和伞。自从美绪去了老家，家里就没有了这种细致的照料，自己也经常搞错该穿什么衣服。

广志擦了擦额头沁出的汗珠，经过车站附近的时候，在一家花店前停住了脚步。店里售卖的大波斯菊旁边有个玻璃花瓶，和老家的一个花瓶很像。那个花瓶造型别致，看起来像几个试管连在一起一样，所以印象深刻。他突然想到真纪最近在物色花瓶，便拿在手中看了一番，价格比预想的要便宜得多，于是他买了一个三联试管花瓶和五百日元一束的大波斯菊。结账的时候，一束红玫瑰映入眼帘。

八月，广志的公司正式宣布各部门解散、出售。听说自己所属的家电部门被卖给了亚洲一家企业。

听说这个消息的当晚，老家的父亲说美绪决定做一条红色的披肩，和她满月参拜神社时那条一样，而且染色、纺线、织布全部要自己完成。听太一说，父亲也暂时取消了去老年公寓的计划，着了魔似的全身心地教授美绪染色技术。整个十一月，他都在泷泽的家里教美绪染色。据说后面会像往年一样，搬到铊屋町展厅的二楼，但只要美绪愿意，父亲还会持续指导她。

美绪学习热情很高，进步很快，可学校那边因为她到校时间太少，已经给了她留级处分。对此太一轻松地说："这没什么关系，能教授高中课程的老师应有尽有，但是能教授'纮治郎老师的工作'的只有他本人。老师现在时间和体力都很有限了。"在美绪的学习上，父亲也确实竭尽所能。一想到父亲买的最高级的羊毛在美绪手里变成大量做工稚拙的毛线，广志就觉得很心痛。

上周，美绪的纺线工作终于告一段落，之后就要上织布机织布了。与此同时，广志也被上司叫去谈话，告知他明年春天开始可能安排他去海外工作，根据情况也许要转岗去销售部门或者工厂。广志问具体情况，对方也没有给出明确的回复，这其实就是迂回的劝退。公司在此之前进行了两次提前退休志愿者的募集，之后退休的话，退休金在原有的基础上将不再追加。转行或决定提早退休的同事的工位已经被盖了起来。

"您好，请拿好。"店员爽朗的声音将广志拉回了现实。店员从面前的玫瑰花中抽出一枝："您喜欢的话就带一枝吧。"

"不用不用，这怎么……"广志得知一枝玫瑰要三百九十日元，昂贵得令人咋舌，连连摆手。

店员迅速将玫瑰花包好放进装花瓶的袋子里。"这枝玫瑰已经全开了，免费送您。这个香味很好闻的，我已经切短了，请您回去插进这个花瓶吧。"店员笑吟吟地将袋子递过来，广志无法拒绝这样的好意。离开花店后，他往袋子里看了一眼，一股桃子般鲜嫩的香气弥散开来。

他将离婚申请书也放进这个袋子，脸上简直汗如浆出，连忙拿出手帕来擦汗，但这块手帕也是好几天前放进口袋的。离家越近，出汗越多，手帕快湿透了，微微发出难闻的味道，这时也终于到家了。

到了家里，走廊上透出了真纪房间的灯光。

“我回来了。”

从门缝中瞥见真纪的脸，她用黑色发绳把头发扎了起来，脸上有点出汗。

真纪从八月开始休长假。一开始她一直卧床不起，但是九月回归职场后，她开始整理家里，清理旧物和不能用的东西，从十月一直持续到现在，每两周扔一次不可燃物。广志每次看她去扔垃圾，总觉得扔掉的是过去的生活，便会感到很心痛。但是厨房和起居室也因此变得清清爽爽，家里住起来也更加舒服。

“你回来啦。”真纪说着用运动服的袖子擦了擦鼻子上的汗。

“今晚有点闷。”

真纪背后堆着两个纸箱，周围放着一些衣服和绘本。

“又要扔东西吗？”

“这是寄给美绪的，正准备打包。”真纪回头看了一眼箱子，“昨天收到爷爷给我写的信了，说岩手现在变冷了。”

“还说了什么吗？”

“也没什么特别的，就是讲讲近况吧。”

真纪把门稍微开大了一些，房间里飘出类似森林一样清新的香气，应该是书架上的香熏的味道。她蹲在箱子旁边说道：“听说美绪的披肩制作越来越顺利，爷爷还说有事要带美绪来一趟东京，他和你说了吗？”

“那我还不知道。这两个箱子都是寄给美绪的吗？”

“厚衣服很占空间的。”真纪把一件白色羽绒外套叠好放进箱子里。

“基本上都是衣服，还有一些书和点心，你有没有什么要寄的？一起寄走吧。”

“没什么，书是参考书吗？”

“不是的，你进来吧。”

进入真纪的房间，首先看到的是公寓里常用的那种高架床，就是类似高低床，床铺在上面，下面可以根据自己的需求放书桌、沙发、衣柜等家具，这种床一般是面向青少年和独居者。真纪在网上买了这张床和置物架，虽然也有安装服务，但是安装师傅的手艺实在是不怎么样，自己看不下去，帮了个忙。当时真纪心里好像松动了一些，从那以后两个人也会聊聊天。

“这张床怎么样，睡上去会摇晃吗？”

“不会，非常结实，多亏你了。”

白色的高架床下面放了一张细长的桌子，材质和床一样，桌子上面放了一个漂亮的台灯，一些书，还有一个茶盆，上面放了茶器。广志觉得招待自己的仿佛不是妻子，而是一位女性朋友。看来真纪和自己一样，这么多年以来，终于能够享受到拥有自己独立空间的快乐了。

真纪从桌子前的椅子上取下一个橘色的薄垫递过来说："垫上吧，地板硬。"

"不用了，挺好的。"

真纪把茶壶里的茶倒入茶杯。

"书架上有个折叠桌，你帮我打开吧。"

广志把小折叠桌打开放在地板上，真纪把茶放在上面。

"这是做什么用的？这桌子好低。"

"这是床上用折叠桌，可以用它在床上喝茶、写点东西什么的，但是我嫌拿上拿下太麻烦，就放在地板上用了。"

广志喝着焙茶，打量了一圈屋内，窗户上原本挂着的遮光帘换成了秀气的白色绣花窗帘。广志记得他们决定结婚时去了一趟真纪家，她的房间就挂了这样的窗帘。

广志以前在补习班打工教数学，在东京上女子大学的真纪则是英语老师。一开始他们并无交集，有一天突然下雨，广志将放在置物柜的伞借给真纪，以此为契机，两个人才慢慢有了交流。明明就是随处可见的透明塑料伞，不知道真纪为什么会对自己这样的男人有兴趣。非说有什么可取之处，就是自己当时上的大学理科很出名吧。

突然，一阵类似桃子的香味飘进来。

"对了，我找到了花瓶。"

从盛冈回东京时，父亲将美绪做的花瓶垫和一部分线交给了他们。希望能经常看到美绪好不容易做出的作品，真纪就想把它们垫在玻璃器下面。

广志从纸袋里拿出花瓶盒子和一小束大波斯菊放在地板上，接着又递过一枝红色的玫瑰。真纪一瞬间惊呆了，但又马上微笑着把脸凑近玫瑰说："谢谢你，在这种平常的日子里收到花，这是第一次。"随即打开盒子，拿出三支连在一起的试管花瓶，"啊，真好看，很有法式的感觉。"

"和岩手老家的那个很像。"

真纪把花瓶放在地板上，站了起来："我想着是美绪第一次做出来的作品，是不是装饰起来会更好些。妈妈提议说放在相框里像照片一样保存。不过我还在考虑。"真纪说着拿出了一个白色的相框，底纸是奶油色，四个角用线打成蝴蝶结装饰。线粗细不均，是美绪一开始的作品。

"欸，放进画框，感觉就很像纪念品了。"

"我想着把花瓶垫放在相框中间。"

那应该挂在哪呢？真纪看了看花瓶，又看了看相框，应该是真的很喜欢这个花瓶，脸颊有一些红晕，声音也变得雀跃起来。

"这个相框我做了大小不一的三个，一个挂在你的房间，还有两个就都放在玄关做装饰吧。"

"这是岳母的主意，也送她一个吧。这可是美绪的纪念品。也可以请她常来家里，还是和以前一样。"

“妈妈最近在忙合唱比赛，不过还是谢谢你，下次我邀请她过来。”真纪又把红玫瑰拿在手上闻了闻。

“岩手的爷爷品味真好，家里的家具、灯具，铺的垫子地毯都很好看。感觉家里是以民艺风格家具为基础，又搭配了北欧和英伦风。”

“我对这些完全不懂，不过爸爸从以前开始就是很执着的人，所以一直也很辛苦。”这种执着，其实广志在面对自己的工作时也是一样。自己和父亲是一样的人，虽然从事不同的工作，但是身上都有职人气质。像自己这样的人在国外、换一个岗位能行得通吗？可要是直接离职，大环境这么不景气，还能找到和这个差不多的工作吗？而且父亲还取消了去养老机构的计划，即使他已经预见自己未来的情况，但以后如果他需要看护，那真纪和自己在一起真的对她有百害而无一利。想到这里，广志取出从市政厅拿回的信封放在地板上。真纪转过头来，一脸不解。

“这是什么？”

“我们之间的事，我本来打算等美绪想好自己的出路之后说的……”

真纪把拿着花的手放在膝盖上，看向地板上的信封。

“最近听说我们公司要卖掉了，虽然现在还不确定，但是我有可能被调到亚洲某个国家。”

“那也有可能留在日本是不是？”

“就算这样，岗位也要调动。而且即使去了海外，也是做和现在完全不同的工作。简单地说，也就是劝退，借口而已。美绪的抚养权、抚养费，还有房贷之类的，等我的退职金出来再谈吧。”

真纪一动不动地盯着市政厅的信封，脸上的红晕也消失了，表情眼看着变得失落起来。

“我父亲在不久的将来肯定需要看护。看美绪以后选择怎样的生计，我也考虑过是不是要回老家生活。无论是留在现在的公司还是选择其他生活方式，目前的生活在未来肯定是无法继续了。”

真纪把玫瑰放在地板上，打开信封看到了离婚申请书。

“你的名字怎么没写？”

“真纪先写吧，是我提出离婚申请的。”

“你可真是狡猾。”真纪的声音像是从嘴唇中漏出来的似的，“你签好字再给我。”

“对不起，我是真的狡猾又懦弱。我没有勇气写，虽然我知道，为了真纪的幸福考虑，我们必须离婚。公司没了，家庭也毁了。虽然自己一直努力，但是不知道为什么，一切都从自己手中滑走了。”

“最近总觉得自己无法直面生活，做出决断，真的觉得很累。真纪在夏天的时候也说过这样的话，我现在理解了，因为我也觉得很疲惫。”

“做了二十年的夫妻，我们互相给出的结论居然是‘疲惫’，我们到底都干了什么？”

“对不起。”

“你不要道歉，这样搞得我好像是恶人一样。”

真纪拿起装着美绪纺的线的相框，低下头说：“你知道送一朵红玫瑰是什么意思吗？”

“不知道，花的数量、代表的含义，我都不太清楚。”

真纪的眼泪掉在了放在膝盖上的相框上，地板上的玫瑰散发出浓烈的香气。

骑车的时候，风拍打在脸上，冷飕飕的，骑的速度太快，耳朵还会有点痛。随着气温降低，空气也清冽澄澈，远山和大楼的轮廓愈发清晰，街景的色彩也变得鲜明起来。美绪去山崎工艺舍的织工那里取织围巾用的毛线，经过了岩手县厅门口。她将脖子上系的淡蓝色围巾拉到嘴边，这样脸颊也变得暖暖的。法院和县厅并列的中央大道是一条四车道的大路，路边栽种着很多高大的七叶树，需要仰头才能看到树冠，枝繁叶茂的大树使得人行道树影婆娑。仔细听，似乎能听到树叶窸窸窣窣的声音。到了十月底，树叶变黄，整体像染上了金褐色，比起夏天的绿色更显华丽。

美绪从自行车上下来，从口袋里取出一只粉色的羊毛毡小羊。从她实习开始，太一在她桌上悄悄放下这种针线活计，每增加一只，美绪就用月份的英文给它命名。第五只就叫 May，但是八月时 May 从桥的栏杆上掉进了河里。这第六只小羊是美绪请教了太一，用自己染的羊毛做的。这是一只彩色的小羊：身体是粉色的，四肢和脸是薄荷绿的。本来打算给它取名June，但是太一叫它“六号五月”，索性就这么定下名字了。

太一经常带着这只小羊和盛冈景区、美食一起拍照，还配上文字说明，登载在“盛冈游玩地图”上，在他的朋友圈里很受欢迎。从上个月开始，山崎工艺舍的脸书以“今天的五月小姐”作为主题记录日常，并用英语翻译出来。最近国外网友的留言也渐渐增多，还有一些钢花呢的询单。这些宣传对山崎工艺舍产生的积极影响让美绪很开心，但自从自己学会了小羊的制作方法，太一就再没有给她做过了，这让美绪有点落寞。

美绪左手拿着小羊，右手操作手机，拍了很多行道树的照片。拍到想要的角度后，美绪再次蹬上自行车。

横跨中津川的大桥叫与字桥，美绪正准备穿过大桥，却看到桥中央有几个人在眺望水面，再往下游看，中桥上也有两三个人在眺望江面。中津川开始鲑鱼溯游了吧。美绪从自行车上下来盯着水面：透明的水面上，两只体长二三十厘米的鲑鱼几乎紧挨着一起，朝着上游游去，头是静止的，只有尾巴轻轻晃动。美绪正要从口袋里掏出粉色小羊拍照，突然停住了手。靠近河岸的淤水处，有一条鲑鱼已经肚子漂上了。

这是一具尸体。

美绪放下拿着手机的手，盯着浮在水面上的白色鱼腹。

到了第二学期，她依然没有回东京，因为一次也没去学校，高中只能留级了。爸爸说大学还有退学的呢，不用在意。但是换妈妈接电话时，她叹了口气说："也没办法了。"然后让自己注意身体，就搪塞着挂了电话。

隔周就收到了妈妈寄来的两个大箱子。打开一个，里面是短羽绒服和毛衣，另一个箱子的面单上也写着衣物，想着等天冷再打开吧，就放在房间的角落里了。美绪在 line 上和妈妈说包裹已经收到了，妈妈的反应也非常冷淡，这让她觉得妈妈真的已经放弃自己了。

昨天突然降温，美绪这才把第二个箱子打开，最上面的是一个白色包裹，上面还有蓝色丝带蝴蝶结装饰。打开一看，是一个磅蛋糕，上面撒着洁白的糖衣，装饰着鲜红的糖渍樱桃，因为一直放在箱子里，糖衣上已经长出了黑色的霉菌。蛋糕下面有一本书，书名叫《美味的英国故事》，大概杂志大小，上面记录了《纳尼亚传奇》等儿童文学中出现的料理的图片和食谱。

美绪一翻开书就被里面的图片吸引了：在风景优美的户外，桌子上铺着条纹和格子桌布，上面放着料理和点心，还有花和餐具，使用的盘子和玻璃杯非常可爱，有一种在庭院中享用英式下午茶的感觉。

美绪立刻趴在床上读起这本书来。她注意到书里夹着一张书签，这页讲的是《纳尼亚传奇》里出现的点心，插图上画着半羊人图姆纳斯招待主人公之一喝下午茶，里面的点心就是装饰着樱桃和白色糖衣的磅蛋糕，妈妈寄来的蛋糕就是复刻了这个。妈妈平时书写比较快，可书签上的“我做了一下试试看”的文字以及箭头却是一笔一画写出来的。看到这里，想起被自己扔进垃圾箱的蛋糕，美绪突然坐立难安。

从明天开始要和爷爷去东京办事，得待上五天，其中一天要回家里和父母商量之后的出路问题。

以往每年下雪的时候，爷爷都会到铊屋町的展厅的二楼住一阵子，今年打算下个月，也就是十一月中旬搬过去。如果那个时候自己继续实习，就要决定常住的地方了。爷爷让美绪按照自己的喜好来规划未来的路。是回到东京的高中还是转学，转学的话是转去东京的其他学校还是转到盛冈。妈妈寄来的箱子里还有函授高中的宣传册。

一听让自己去学校，美绪就忍不住反感，但是让自己按照喜好选择，又不知道该怎么办。

美绪凝视着中津川，两条鲑鱼紧紧挨着往上流洄游。她将双手从栏杆上拿开，重新骑车离开。她穿过与字桥，一抬头，绀屋町番屋的望火楼映入眼帘，看着红色的屋顶，心情也好了很多。她一整个夏天都在制作红毛线，现在毛线终于挂上了织布机。

美绪回到展厅。玄关的土间放着爷爷的鞋子，旁边还摆着六双皮鞋和一双黑色浅口鞋。今天爷爷要到展厅来看一下东京裁缝店拿过来的夹克面料，但是并没听说要来这么多客人。难道是来体验织围巾和花瓶垫的客人？从土间进去就是大概十个榻榻米大小的体验教室，里面摆放着小型织布机，但教室里也没人。美绪蹑手蹑脚地走到体验教室前面中庭的大卧室旁，往里看了看。从天窗照射下来的光线像聚光灯一样照亮了榻榻米，里面依旧没人。

二楼的房间是围着常居设计的，从那里面传来了脚步声，客人们好像在二楼。美绪走进空无一人的常居，抚摸着角落里放着的织布机。在爷爷家里练习用的织布机能织比较大的披肩，为了能跟裕子学习，就用轻型卡车把织布机运到这里来了。

美绪坐在织布机前，看着鲜红的经线整齐地排列着。真想早一点动手啊。光是看着线绷在织布机上的样子就让人心潮澎湃，她出神地抚摸着挂得笔直的毛线。这时二楼传来了大笑声，她回过神来。

她从织布机前站了起来，今天裕子让她做一下纺线前的大致准备。爷爷和裕子正在里间的和室商量事情，等他们结束后她就可以开始工作。

美绪将光滑的布铺在膝盖上，各色羊毛放在旁边。根据色彩设计图，染出必要数量的羊毛后，要集中起来进行梳毛处理，拉松纤维，这样处理后的羊毛会易于纺织。以前梳毛是用“羊毛梳”一点点手工梳开，现在都使用梳毛机，染后的羊毛团块在使用梳毛机之前要先理开，这也是他们今天的工作。

美绪想着赶紧上手，但开始理羊毛时又停住了手。自己染的羊毛触感真的是完全不一样。染色做得好，毛就不会打结，理羊毛的时候也会更轻松一点，要染多少次才能达到这样的水准？头顶传来了下楼的脚步声，伴随着一个男性的声音：

“欸，这孩子就是小羊吧？”

“喂，小一，‘六号五月’就是那孩子做的吧？”

一阵乱哄哄的脚步声，几个穿着深蓝色西装的男生站在自己面前，看起来像是高中生，但是穿的西装和制服却完全不一样。

“好了好了，你们不要挤在一起。”

太一不耐烦地说着，和两个男生一起下了楼梯。他们也穿着深色的西装，可能是因为块头很大，所以看起来不像高中生，但是也不太像社会人，真是不可思议。接着一个穿着深蓝色西装的女孩从二楼走下来。正红色的口红很适合她。

“小一，我还以为你最近情路不顺，居然藏了个这么可爱的女朋友。”

“不是啦。”太一一边说一边挠后背，“这是我妹妹。”

"小一的妹妹怎么可能这么可爱！"

"你还真是若无其事地损我父母呢。"

大家都笑了起来，欢乐的笑声在平时一直很安静的常居里回响着。

一个戴眼镜的男生蹲在美绪的面前，伸手摸了摸羊毛说："真是好软，为什么要这么多种颜色啊？"

"欸？这是因为……"

眼镜男目不转睛地看着美绪，眼镜后面有一双和善的眼睛。

"好了好了，你们两个干吗这么深情对望？你可别趁乱打我们家孩子的主意。"太一将双手插进眼镜男的腋下，强行将他拽起来，"答案就是，这些颜色全部混合到一起就是深蓝色了，明白了吗？"

"太一君，要不要……"

美绪想着给太一的朋友们泡个茶，就站了起来。这时，那个打扮华丽的女生"哇哦"了一声。

"'太一君'这个称呼好甜啊，简直甜掉牙。"

"掉你个头，你赶紧回去吧。"太一挥挥手做出驱赶的动作。女生笑着走出玄关，男生们也一窝蜂跟着出门了。

"再见，小一，下次还是老地方。"

"先走了。"

"好的。"太一随意地挥了挥手。一群人走后，他松了松领带走进厨房。

“哎呀，真是太痛苦了，一整天绑着这个，真讨厌。”接着传来打开冰箱、喝水的声音。

听着这些声音，美绪想起了那个女生的话。她说太一最近情路不顺，是不是因为太一要帮着爷爷指导自己学染色呢?

每周一、周三的傍晚，还有周六的下午，爷爷会教美绪染色。太一经常在这个时候开车过来，运送平时所需的食材和日用品，然后将爷爷的指导录成视频，有时在重要的地方还加以解说。爷爷的讲解有时非常难懂，但是经过太一的解说后，那些知识就像羊毛着色一样牢牢地印在了美绪的脑子里。太一每次来辅助指导的时候，都说录视频是用于山崎工艺舍的操作指南，但这只是表面的理由。很明显，他是不放心爷爷的身体和没有力气的自己。

美绪很希望自己能继续染色和织布的学习。然而，目前这种被爷爷和太一特殊照顾的状态，是不是就是妈妈之前所说的“以自己是女孩作为武器”呢? 一想到这些，美绪就更不知道以后该怎么办了。

“喂！来一杯吧。”

太一在厨房脱了外套，穿着白T恤出来了。手中的盘子里放着咖啡壶和杯子，还有一个圆形的芝士蛋糕。

“家里有点心，是小岩井农场的什锦混装，一起吃吧。”

“谢谢……那裕子老师和爷爷呢?”

"我们先吃吧。"

咖啡令人放松的醇香诱着美绪站起来离开小桌子。

太一又回厨房拿了牛奶、砂糖和小盘子过来。

"不好意思，刚刚有没有被吓到？"

"是大学同学吗？"

"是同好会的同期还有后辈。"

之前太一说过不用恭恭敬敬地说话，所以美绪最近也不怎么用敬语了，但又不知道如何拿捏分寸，反而觉得还是用敬语轻松。

太一往杯子里倒着咖啡。

"刚刚那个女生负责帮我们翻译和修改脸书上的文案。"

"英语好厉害。"

"她在初中前都是在国外生活的。"

美绪无意中看到太一露出的手臂上戴着黑色表盘的手表。风格粗犷的手表很适合他这个大块头，但也让他看起来有点陌生。

"来，你的咖啡，羊子。"

"我叫美绪，不要再叫我羊子了。"

太一扑哧一声笑了出来，将杯子放在她面前。

"好的，美绪，咖啡。"

太一明明按照自己的期望叫了美绪，自己却又无所适从。

“那个……我觉得还是叫羊子吧。”

“你可真是麻烦。好了，咖啡，小羊，赶紧喝吧。”

“真够麻烦的……”太一看了一眼展厅里的和室，“说起来可真是不多见，明天老师竟然真的要去东京了。那边交货一般都是用快递……哦，我知道了。”

太一盯着美绪的脸，点了点头。

“明白了，你有可能要回家了。”

美绪默默点点头，将方糖和牛奶加进咖啡。在这里体会到了咖啡的美味，但美绪还是喜欢放很多牛奶。

“干吗一脸不开心？来，这块大的给你。”太一把蛋糕切开，把最大的一块放进盘子里。

美绪从口袋里拿出小羊玩偶，放在盘子旁边。

“哦，又到了‘五月小姐’日常放送时间了，‘今天的五月小姐’就拍这个吧？写好文案就发。”

美绪拍了粉色小羊和蛋糕的照片，迅速写好了文案。

“太一君，已经发好了。”

“好快。”

太一把手机拿出来看了一下。

“嗯，‘今天的点心是附近小岩井农场的芝士蛋糕’。虽然在霞石，说近也算近吧。‘小岩石农场，我以前一直以为在北海道呢’。其实呀，是在岩手，就在我们隔壁，是我们的邻居呢。”

“我这段时间才发现。”

“应该早点发现呀。”

“爸爸已经评论了一句‘真不错’。”

“广志叔上班可真认真。”

最近，“今天的五月小姐”好像变成了近况汇报，爸爸经常浏览山崎工艺舍的脸书，他说妈妈其实也看的，可妈妈却什么痕迹都没有留下。明天回家，就必须和妈妈见面了。

美绪低落地吃起半熟芝士蛋糕，奶油芝士的味道就像微甜的薄雪轻轻融化了一般。

太一翻了一下脸书上以前发的状态：“之前那个洋红色靠枕套的反响很不错，很多人都说颜色很好看，也有说靠枕看起来很舒服，还有说设计好的。”

这差不多是全部评论了吧，美绪一边想一边喝着咖啡。

本来是织来做窗帘的布，后来用来做靠枕套了。原本只是想做素色的，和太一商量了一下，他说一起做网店的朋友可以帮忙给靠枕套画图案，深粉色的面料搭配黑色的图案。粉色本来给人以可爱的感觉，用少量黑色点缀一下，就显得成熟多了。太一之前拿过去的黑色样品布上画了淡蓝色的叶子和白色的小花，还有朱红色的风铃草，整体洋溢着一种神秘的气息，有点像威廉·莫里斯[①]的代表作《黑刺李》。

① 威廉·莫里斯（William Morris，1834—1896），英国设计师、诗人、早期社会主义活动家、自学成才的工匠。

织的布刚好可以做七个靠枕套，送给设计师一个，裁缝一个，再给太一一个。当时美绪听到可以免费制作就开心地答应了。一周后，美绪收到了成品，发现四角比设计图上多了流苏穗子，令整个作品显得更加精致了。自己第一次织出的布，做成了这么美的成品，真是从没有想过的事，美绪一时间都觉得有点不真实。太一对这个作品也非常满意，发脸书的照片时也费了一番心思，是以五月作为背景，在山崎工艺舍拍的。

“真好啊，第一次织成的布能留作纪念。顺便说下，设计这个靠枕套的就是刚刚那个戴眼镜的男生。”太一一边感慨，一边在手机上操作着。

“之前好像听说太一君第一次织的布做成了沙发套。”

太一抬起头，歪着脑袋说：“那个沙发套啊，现在不知道怎么样了，送给以前的女朋友了，可能已经弄丢了吧。”

“她现在……”

“她已经搬去大阪了，异地恋，所以就分手了。”

“那你让她还给你不就行了。”

太一笑了笑没说话，表情似乎在说果然还是个孩子。

美绪觉得有点烦躁，又往杯子里倒了一杯咖啡。正要取第二块蛋糕的时候，靠在柱子上的太一饶有兴致地看着她：“哟，开始喝美式了啊，有大人的样子了嘛。蛋糕也吃了好多。你心里是不是在想：‘太一真是烦死了。’”

每一字都说中了美绪的心事，她不觉停住了手。

“还有啊，你是不是觉得还是说敬语比较轻松？我让你说话不要那么恭敬，你反而不知道怎么讲话了吧。”

心事全被看穿了，她怔怔地看着太一。

“为什么……”

“为什么知道得这么清楚？”

太一放下手臂，望着美绪说：“你是那种特别在乎别人眼光的人，很怕人。所以才会拼命让自己不要被周围人讨厌，不要让父母失望。”

美绪有点震惊，两手握拳放在膝盖上，觉得自己完全被太一看透了，真是太可怕了。

“你的共情能力太强，能捕捉到对方非常细微的表情，对方对自己略有不满就能马上察觉。然后你就拼命想消除这种不满，日积月累，自己会受不了的。我小时候也有这种时期，不太出门。所以我就猜你是不是和我那时的情况很像。”

“但是你现在……”

“我现在已经好啦。”

“是怎么好的呢？”

“锻炼身体，练习柔道。”太一轻声说道，喝了口咖啡，“不管被讨厌也好，被愚弄也好，万一有个什么紧要情况就绞杀[①]。一直这样想，我也就没那么在乎别人的看法

---

① 即柔道中的绞技，指两人倒在垫子上，用手臂或柔道衣勒绞对方的颈部使之窒息而认输（以拍击垫子示意）。

了。”

“好像没什么参考价值。”太一笑着说。

没想到太一也有这种时期，美绪感到很意外，一直盯着他看。

“我不骗你，你不要这么盯着我，脸上要被你看出个洞来了。”

“对不起……”

“不是不是，你别这么说，我又没生气。只是有点担心你鼻毛都要露出来了。”太一又笑了起来，美绪看着他大大的眼睛中平静的眼神，也跟着松弛了下来。

她松了一口气似的抬起头，光线从天窗照射进来，透过玻璃看到的蓝色天空中洁白的云朵像晕开了似的，就像从水底看天一样。

“咕拉姆崩哈哈大笑。[①]”

美绪想起了教科书里读到的《山梨》中的一句。

太一疑惑地看着天花板。

“怎么了，有老鼠吗？”

“你看，天上的云好像晕开了，就像我们在河底一样。”

“这天窗用的是过去的玻璃，手工吹制的，所以厚度不均匀。”太一也仰头看着天花板，一束柔和的光照在他

① 出自宫泽贤治的《山梨》。“咕拉姆崩”是宫泽贤治杜撰出来的词，有观点认为是指水泡。

的脸上，美绪循着光源又抬头看去。

“我想到了‘咕拉姆崩哈哈大笑’。”

“我们还真是像那两只螃蟹。”

太一回过头说：“盛冈有很多咖啡店，不过纮治郎老师考虑工作上的事情时，喜欢去本町通的‘机屋’，想一个人待着的时候，会去绀屋町的‘咕拉姆崩’。如果在这种时候看到他，就让他一个人待着。”

“太一也有这样的店吗？”

“我？当然有。对了，裕子老师的是在大通路的‘TIROL’，每次吵架之后她气到不行直接消失时，基本就是到那里大吃一顿芝士蛋糕。”

太一的私藏店在哪里呢？之前帮裕子出门办事，回家的路上，在樱山神社附近看到过太一，是在白龙炸炸面所在的街道，然后他就走进了一条小巷子。美绪本来想过去看看，但是太一的身影像梦幻一般消失了。

“对了，我可不是拿蛋糕来骗你玩儿的，今天有事情和你商量。”太一说着把一个红色的钢花呢小袋子放在桌子上。

“这是新品手机包，里衬很考究，两面都可以用。”

太一把袋子翻出来，露出带花纹的里子。

里料是深蓝色的，有一对鸟和鲜红的草莓的图案，还有许多重复出现的叶子图案，和之前的靠枕套的“黑刺李”风格很像。

“冬天就用钢花呢这面，夏天把里子翻出来就是一个清爽的棉质包，这个你觉得能卖多少钱？”

太一把手机包递了过去，美绪接过来仔细看了看。她说不上多少钱，毕竟她自己不怎么用手机包。

“我不知道，这个多少钱呢？”

“含税价四千八百日元。”

“天，好贵！”

太一垂头丧气地说：“啊……这样啊，可能是贵了点。但是真的很费工的，缝制得也很精细，你不觉得很可爱吗？”

“这个嘛，我还是觉得太贵了，最多一千二百日元。”

“一千二百日元？花了这么多功夫，居然还是被嫌贵了，真是太伤心了。”

“伤心什么呀？”

爷爷从里面的和室出来，走进常居，裕子也跟在后面。

“正在为定价烦恼呢。”

太一把做的新品给二人看。

“一个手机包要四千八百日元，确实太贵了吧。你这是面向年轻女孩推出的产品吗？”

“美绪，你把这个收起来。”爷爷拿起太一的新作品，然后把腋下夹着的一个信封递给美绪。美绪把信封放进收纳柜的抽屉里。房子通往二楼的楼梯做成了收纳柜，用来存放工坊重要的文件。

爷爷看着新作的里料说道："这是莫里斯的'草莓小偷'[①]，这个纹样其实更适合比美绪年长一些的成熟女性。"

爷爷把包递给裕子，裕子仔细看了看缝制的针脚，也说道："东西做得倒不错，但是价格定得有点微妙。如果是面向年轻女孩，就要定一个适合她们的价格吧。"

"你喜欢莫里斯的设计？"

美绪坐在爷爷的旁边，仔细看着这个叫"草莓小偷"的纹样。色调跟靠枕套的很相似，这个也是同一家的出品吧。

"真难啊。"太一叹息着，从裕子手里拿回了自己的新作品。

"本来是想提高价格做一些精品，可定价的时候又不知道该怎么办了。这么高的价格，谁会来买呢？这么做也不是为了赚钱，利润也就马马虎虎。话说回来，钢花呢也是这个情况，客人会觉得这又不是丝绸，也不是羊绒，只是羊毛而已，怎么会卖这么高的价格！"

"是啊。"爷爷苦笑着说。

"现在已经不是做了好东西就能卖出去的时代了。"

"那你们说该怎么办呢？"

"这是你们这一代该思考的课题。"

"你们可别把皮球踢给我们好吧，裕子老师。"

---

① 《草莓小偷》是莫里斯最有名的作品之一，描绘的是画眉在草莓园里偷吃草莓的场景。

“是你们不要把皮球踢给我们，老师，我去泡茶了。”

“我也去……”美绪刚要起身去厨房，先站起来的裕子连忙摆摆手说：“不用了，不用了，让太一听听在校女高中生的意见吧。”

听到自己被称为“在校女高中生”，美绪心里很不是滋味：现在的自己还能被称为高中生吗？

美绪坐了下来，发觉太一和爷爷之间的气氛很沉重。她拿起桌子上的手机包，摸了摸面料，感觉比之前做围巾和披肩的料子要硬一些，更有弹性，这是面料的布头做的。把里子翻了半边出来，看到了莫里斯的“草莓小偷”。

听了这个名字后再去看这个图案，突然觉得花花草草和果实还有鸟之间形成了主题，就像绘本里有故事情节一样。跟“黑刺李”一样，图案充满了神秘的色彩，很是引人注意，美绪都看呆了。染色、纺线、织布、绘图，然后就是花纹的世界。

一枚小小的布里，蕴藏着大大的世界。

“爷爷……纮治郎老师。”

美绪在染场能自然而然地管爷爷叫老师，但在展厅就有点不好意思了。

“怎么了？”爷爷回应的声音也有点生硬，“美绪，染场以外的地方不用叫我老师，这里教你的是裕子老师。”

“好的，爷爷。莫里斯是不是就是染出这个图案的人？”

“威廉·莫里斯是英国的诗人，同时也是思想家和设计师。他设计了很多壁纸、布，还有书。我们家有很多这方面的书，你可以读一读。”

“爷爷给我推荐一些吧。”

“没问题。”

“老师，工艺美术运动是怎么回事？”

“太一，你先说说看。”

太一陷入了沉思。

上次厨房发生小火灾后，爷爷曾蹲在地上说自己“不中用了”。这件事已经过去两个月了，但现在的爷爷和刚遇到的时候并没什么两样，甚至更加严格。

“工艺美术运动就是……”太一开口了，“就是莫里斯发起的运动，总而言之就是提倡让美进入日常生活用品的生活方式。所以，为了让手机变得美丽，我才做了这个手机包。”

“原来是这样……”

太一英气的眉毛突然耷拉了下去。

“怎么了，垂头丧气的？作为一个未来的社科老师，不应该展现一下你的热情和知识面吗？”

“别说这种话。”

“那你也别说这种话，继续讲。”

爷爷饶有兴致地笑了起来。太一觉得自己好像被捉弄了，也跟着笑了，气氛变得轻松起来。

“受到英国工艺美术运动的影响，日本大正年间以柳宗悦为首的民艺运动人士发起了民艺运动，岩手的钢花呢在这些人的指导下曾风靡一时。”

“再简短地解释一下民艺运动好吗，太一老师？”

“欸？”太一有点为难地说，“这个好难解释……就是从工匠的手工艺品中发现自然朴素之美的运动，这样说可以吧？”

“差不多吧。”

听到“自然朴素”这个词，美绪摸了一下自己的围脖。

刮大风的时候，即使在屋子里也冷得不得了。爷爷就拿了这个围脖和一个粉色的护腰给美绪，听说淡蓝色是用蓼蓝染的，粉色则是用红花。

“爷爷，既然是自然的手工，那植物染料是不是比化学染料好啊？”

正在喝咖啡的太一连忙把杯子放了回去：“不是，我们家的布不用化学试剂的话，就染不出想要的颜色。”

“但是羊毛也是自然的东西吧，既然手工织布，染料也用天然的不是很好吗？”

爷爷欲言又止，闭上了眼睛。

裕子瞥了一眼爷爷，代为回答说：“自然的染料不稳定，是吧，老师？”

爷爷轻轻摇摇头，缓缓地站了起来。

“怎么了，爷爷？”

“再去买点明天的特产吧。”

“现在吗？那我也去。”

“太远了，你就别去了。”

“老师。”裕子开始挽留，“要不我让太一开车送您过去吧。”

“不用了，我还要去其他地方。”爷爷快步走向玄关，穿上鞋子走了。

看到拉门关上后，太一“啊”地叹了一口气。

“这下麻烦了，小羊你踩雷了。”

“踩雷？爷爷生气了吗？”

“不是生气啦。”裕子连忙打圆场，“不过这个话题确实算不上愉快。美绪，你夏天的时候是不是用过一个麻制的披肩？这个围脖和披肩一样，也是 kayo no nuno。”

“kayo no nuno？”

“你看下标签。”

美绪把围脖取下来看了一下，原来边缘缝制了一个标签，上面写着“香叶之布”。自己以前一直以为“香叶”念作“kouyou”。

“这个牌子是香代老师和纮治郎老师决裂后，自己重起炉灶创建的。他俩散伙的原因就是刚刚美绪所说的是用植物染料还是用化学试剂，两个人吵得不可开交。然后香代老师就离开了工坊，后来才去世了。”

太一拽了拽裕子的袖子说道：“裕子老师，你说得也太简单了，能不能按顺序讲？”

“爷爷奶奶之间到底发生了什么啊？关系怎么变得那么差？”

裕子叹了一口气：“很难说啊，这两个人之间的事。”

一说到奶奶的事，大家就都含糊其辞。

美绪把蓝色围脖又重新系到脖子上，奶奶制作的“香叶之布”和钢花呢一样，有着十分柔和的触感。

爷爷出去三十分钟后，太一也出门了。过了大概一个小时，爷爷还没回来。美绪用line联系爷爷，他说在绀屋町的咕拉姆崩休息。

裕子有些担心，便和美绪去店里接他。她们看到爷爷背对着店门口坐在四人位的桌边。

“唉，不好了。”偷偷往店里看的裕子快步走回了停在对面停车场的车里。

“裕子老师，等等我！”

“美绪，先撤退，纮治郎老师现在低气压。”

裕子坐上驾驶席，又回头看了一下店里，这时美绪也坐上了副驾驶席。

“我们就这么走了？爷爷看上去很落寞啊。”

“纮治郎老师现在情况还真是麻烦。一直吧嗒吧嗒地抽烟，看来真的很消沉啊。”

“都是我的错，讲了那种奇怪的话。”

裕子伸出头，又朝咖啡店看去。

“也不是，毕竟老师要从工作一线引退了，他可能还是有心事。这次去东京也是和老朋友打个招呼，然后给去世的朋友扫墓。”

美绪看到咖啡店的招牌上写着“自家烘焙的咖啡”。可能为了烘焙的时候排烟，店外有一根银色的管道一直延伸到屋顶，沐浴在秋日安静的阳光里。

“但是，来都来了，我还是去打声招呼吧。”

“那个样子不像是马上要回去的，不过让他一个人这么待着确实于心不忍。那你过去看看吧。”

“包在我身上！”美绪冲着裕子大喊一声，下了车。

一走进店里，美绪就觉得自己被咖啡豆的香气包围了。她猛吸了一口咖啡的香气，喊了一声爷爷。

爷爷回过头来，很是惊讶。

“爷爷，裕子老师来接您了，她现在在车里等着呢。”

“你们想回就回去吧，让我一个人静一静。”

“爷爷，你还有什么地方要去吗？”

爷爷默默站起来结账。美绪趁机用 line 联系裕子，说爷爷还有其他事。裕子把车从停车场开出来，停在了店门口，摇下车窗。

“美绪，这样的话，我也在周围喝个茶。你们回去的时候打电话给我，我送你们回泷泽。”

“但是我还有工作要做呢……”

“不着急，先把老师顾好。”

“欸，可是……那好，包在我身上！”美绪再次做出了保证。裕子发动车子开走了。

“裕子走啦。”背后传来爷爷的声音。

“让我们回去的时候打电话给她。爷爷，你要去哪儿？”

“真是秋高气爽。”爷爷抬头望望天空，慢悠悠地散起步来。

要不要跟着一起呢？美绪犹豫着。

爷爷走到菊司酿酒厂的土仓前，回过头来说：“要一起走走吗？”

“可以吗？”

爷爷点点头。

美绪心里涌起一阵开心，小跑到爷爷旁边，和他并排走着。

“爷爷私藏的店，咖啡味真好闻。”

“私藏？”爷爷反问了一句。

“就是自己一个人待着的地方。裕子老师的店是TIROL，太一也有自己私藏的店。”

“从事这种一切都需要亲力亲为的工作，私事和公事经常混在一起，所以偶尔也想一个人出来透透气。”

一看到绀屋町番屋的红色房顶上的防火塔楼，就能看到白泽脆饼店了。自家展厅所在的铊屋町的番屋外面涂成了黑色，绀屋町的番屋则是一座西洋风格的二层小楼，墙壁涂成了淡蓝色、白色，还有灰色。白色的木质窗户和红色的屋顶，看起来颇有浪漫气息。

爷爷抬头看了一眼防火塔楼上的警钟。

“美绪的爸爸在这条街上也有喜欢的店。他也喜欢咖啡，在盛冈上高中的时候，他也会去‘机屋’。”

“高中生就去咖啡厅啊。”

“我去那家店的时候，有时会顺便把他的账也结了。”

“爸爸可真是会啊。”

“这不是挺好的吗？看着自己快要长大成人的儿子喝着咖啡。”爷爷低声笑了笑。

从番屋的角落拐弯过马路，与字桥就在对面。虽然今天午后才骑车经过，但只有在步行时，风景才会在眼前慢慢铺开。

走在桥上，爷爷指着对岸贴着茶色瓷砖的建筑物说：“美绪，给你推荐一个私藏店备选。那个县民会馆旁边有你可能会喜欢的店，售卖‘玫瑰色的苹果汁’。”

“什么颜色的苹果汁？好想试试啊。”

“这么一说，这家店的名字起源于葡萄牙语里的‘card’。”

“是指梳毛吗？”

“美绪不愧是我们家的孩子啊。不过不是梳毛的意思，而是类似于卡牌的意思。”

爷爷在与字桥中间停下了脚步。

“美绪，不好意思，我想抽烟，你离我稍微远一些。”

美绪站在了离爷爷稍远一些的上风口。爷爷从口袋里拿出烟草，弯腰点火。阳光照在他琥珀制的波洛领结上，摇曳着红褐色的光芒。爷爷之前把很多藏品都送人了，比如纺织品、工艺品，只有矿石还留在身边。据说从尊敬的前辈那里买了很多，一直在补货，涵盖了宫泽贤治作品中出现的所有矿石。在爷爷的藏品里，美绪最喜欢的就是这个品类。

重读《水仙月四日》的时候，美绪注意到宫泽贤治将积雪的斜面比喻成“光彩夺目的雪花膏板”。看到这句话，美绪就很想知道雪花膏板是什么样子，便问了爷爷。爷爷马上拿出一种白色的石头给她看。虽然是矿物，却像生物一样有温度，呈现出十分光润的白色。之后，美绪在读爷爷家里那些宫泽贤治的作品时，都会在爷爷的收藏里寻找一番书里出现的矿物。

红宝石让人心潮澎湃的红色，蓝宝石神秘的海蓝色，还有黄玉的光泽，虽然看名字也能想象出颜色，但是将实物放在眼前时，更能体会文中描摹的是怎样的颜色和光泽。爷爷也教过她，矿石颜色之所以不同，是因为富含不同的化学元素。但是美绪在高中没有选修化学，还需要很多时间来理解爷爷教的知识。不仅是矿物方面的知识，用化学试剂染色的操作也和做实验类似。可美绪几乎没怎么学过理科，有时候听不懂爷爷讲的东西，只好在本子上记下来，打算后面再去请教，可转头就忘记了。

那时，美绪第一次有了想好好学习的念头，只是不想回到现在的学校。

清澈的空气中，爷爷的丁香烟散发出一股甜香。

“爷爷。”

不远处传来一句“怎么了？”。

“学校的事情，爷爷是怎么想的呢？”

“这个啊，”爷爷说着吐出一个烟圈，“无论以什么样的形式，最好要高中毕业。”

“这样啊……”

“如果你对染织有兴趣，只有高中毕业了，才能进入相关的大学继续学习。”

美绪都不知道原来还有这样的大学，正打算问在哪里时，却看到爷爷一脸阴沉地抽着烟，看上去有点可怕。

“那退学肯定还是不太好吧……”

“没什么好不好的。”爷爷说道，“只是你要横下一条心。对于自己选择的道路，无论会有什么样的后果，你都能够接受，有这样的心理准备就够了。”

“我做不到……所以才不知道怎么办才好。该怎么横下一条心呢？如果我有这样的勇气，就不会烦恼了。”

“你在说什么呢？”爷爷的语气有点烦躁，美绪放在栏杆上的手微微颤动了一下。

“爷爷，你生气了？”

“没生气。”爷爷吐了一个大大的烟圈，“上次厨房着火的时候，你就沉着冷静，很有胆量。你现在在这里做的这些事情，同样也是因为你心里有勇气。”

美绪望向江面，四条鲑鱼正向上游奋力游去。它们只要稍稍停止努力，之前所做的一切就会付诸东流。鲑鱼们抵抗着流水的速度，使出全身力气往上游前进。

“但是我只知道逃避，只会随波逐流。其实留级也不是我自己做出的决定，只是到了截止的时间，不得已而为之。”美绪看向河岸，中午看到的鲑鱼尸体已经沉到淤泥底部了，“就像这些鲑鱼一样，拼命向上游游去，结果却是这样。”

爷爷从口袋里拿出皮质便携烟灰缸将烟草熄灭。

“这些鲑鱼不是随波逐流，它们只是为了自己的使命耗尽了力气。”

“那我不是这样。”感觉到爷爷的声音一反常态地冷淡，美绪咬咬牙说道，“我从来都没有为了什么事情拼尽全力。虽然每天不顾一切地染色、织布，但可能只是为了转移注意力，让自己不要去想学校的事情。尽管我自己也觉得不应该这样……但还是没有下定决心做什么。不行，明天看到妈妈，到底说什么好呢？”

“冷静点，再走一会吧。”

爷爷从桥中间折返，沿着中津川走入一条小路。美绪默默地跟在后面。

穿过东北电力，柳树树荫下出现了杂货屋森九商店的瓦屋顶和白色的土墙。沿着长长的土墙栽种了很多柳树。爷爷在第一棵树下面停下脚步，从口袋里拿出一条蓝色薄布围在脖子上。

“爷爷，这也是‘香叶之布’吗？”

“是的。”爷爷耳语似的低声回答道。

“刚刚我在展厅里说的话是不是惹爷爷生气了？”

“没有生气，植物染料和化学染料本来就各有优点。”

爷爷看着水面，午后的阳光下，水面波光粼粼。

“用植物染料的话，即使做了固色处理，面料还是会褪色，尤其是不能晒太阳光。我们做的都是上衣和外套，都是穿在外面的，如果一晒太阳就褪色会很麻烦，所以我用化学染料。”

风吹了起来，美绪觉得有点冷。她将手放进口袋，指尖碰到了小羊玩偶。

羊毛制成的钢花呢是一种会自我成长的面料，经过长时间穿着，毛线里多余的部分会自动脱落。用这种面料来做衣服，时间越长穿着越舒服，而且十分结实，可以传给子孙，所以染色牢度[①]是很重要的。

“刚刚都是我一时冲动说的话，爷爷，对不起。”

---

① 染色牢度（简称色牢度），是指染色织物在使用或加工过程中，经受外部因素（挤压、摩擦、水洗、雨淋、暴晒、光照、海水浸渍、唾液浸渍、水渍、汗渍等）作用下的褪色程度，是织物的一项重要指标。

“谁都会有这种时候，美绪的奶奶当时也是这样离家出走的。”

“所以……不走不行吗？事情有那么严重吗？”

“我们之间很难达成共识。”

美绪和爷爷离中桥越来越近，这座桥的扶手上装饰了很多盛开着鲜花的吊篮，爷爷看着吊篮里的花说：“自然生长的东西才会有生命力，人为制造的东西是没有这种活力的。所以职人幻想着将自己制作出来的东西注入生命。我希望我做出来的布能装饰人的身体，让人感到温暖，得到守护，穿不腻，能和穿的人同在。”

“但是香代不是注入生命，而是用植物赋予面料生命。她对于我这种将死物注入生命的行为，也就是科学技术，颇为不屑。我们谁都无法说服谁，所以香代一个人回到老家经营，租了一个旧仓库作为工坊。”

“精神上非常疲惫。”爷爷低声说了一句。

“不过我也是一样。过了不久，美绪就出生了，两个人要做那条披肩，以此为契机，又开始联系，一起吃饭什么的。”

“就像线一样呢。”美绪看着爷爷，感到很不可思议。

“刚开始纺线的时候，太一教我的，‘线断了就接起来’。”柔软的柳条被风吹动，触碰着美绪的肩膀。美绪用双手轻轻抓住柳条：“只要把左手的线和右手的线合到一起搓一搓，肯定会连接在一起的。”说着将两只手里的柳条在胸前连起来给爷爷看。

爷爷笑了起来，说："确实是这样教的，美绪就是在我和奶奶之间搓线的人。"

柳树的对面就是之前和太一一起来的"深草"咖啡店，夏天的时候被一片绿叶包围，让人感到一阵凉意。现在是红叶的季节，屋子周围的草木都变成了秋天的颜色。

"这个时节的岩手公园也很美，你有没有去过盛冈城迹公园[①]？"爷爷捏起肩膀上的落叶说道。

"没有。"美绪干脆地回答。

"那可不行。"爷爷开始往前走，"来盛冈一定要去一次的，尤其是十几岁的年轻人。"

"为什么啊？到了二十岁就不能去了吗？"

"你去了就知道了。"爷爷笑着说。

盛冈城迹公园里面没有建筑物，倒是有很多高大雄壮的石墙，以此作为背景，四处都是红色和黄色的草木。美绪站在延伸到城墙的斜坡上，回头看来时的路，感叹道："这么红的叶子还是第一次看到，黄色的倒是四处可见。"

"东京银杏树比较多，不过无论是黄色还是红色，枫叶在寒冷的地方会更好看，冷空气会使叶子上色。"

"那去北海道或者东北看枫叶比较好吧。"

---

① 即岩手公园。

“这里不就是东北嘛。”

从平缓的斜坡上向右拐，有一个广场，层林尽染间，能看到对面矗立着一座石碑。爷爷走到石碑前说：“你在学校也学过吧，‘躺在不来方城的草丛里’[①]。不来方城就是这里。这就是这首短歌的歌碑。‘被天空吸引，十五岁的心’。那个时候的啄木和现在的美绪差不多大，也到这里来了呢。”

“比我小呢。”

“差个两三岁吧，不过在我看来都差不多大。”

美绪没有像啄木一样躺下来，而是走到树下，抬头仰望天空。鲜明浓烈的红叶将天空都遮住了，这些再过数日就会凋落的叶子，好像在对天空大声呼喊一般。身处这样的红色中，美绪突然明白了奶奶用植物赋予面料生命的感觉。但是同时，爷爷用科技创造出各种颜色的能力也让她十分向往。

站在旁边的爷爷用手碰了碰树。

“美绪的奶奶……香代独立之后，开始用亚麻和真丝织布，用红花、茜草、琵琶草、艾蒿等药草染色，她希望她做的布既可以做内衣，也可以外穿，从孩子到老人都能获得舒适的穿着体验。”

“真的非常舒服。”美绪伸手摸了摸围脖，感受布的

① 出自石川啄木的短歌。

触感。奶奶一定无数次抚摸过这个布，考虑纱线和编织时的状况。爷爷把脖子上戴着的香叶之布拿下来，看着缝在里面的标签。

“但却卖不出去，自己心高气傲、精心制作的布，那么好的布，却几乎卖不出去，也没办法靠这个生活，她心里很憋屈，又没法向任何人求助，只能一个人烦恼绝望。而我却一点都不知道，香代丝毫没有在我面前表现出那种心情。”爷爷把蓝色的布认真叠好，放回口袋。

“香代去世后，为了和朋友联系，我看了她的业务日记，才知道这些事。她很苦恼销路和资金链，差不多已经被逼到绝境了。”

爷爷开始慢悠悠地向前走，脚下传来微微的踩落叶的声音。

“唉，奶奶当时要是回来就好了。为什么不求助呢？只要聊一聊就好了。”

“不是。”爷爷叹了一口气，“要是我当时跟她说让她回来就好了。”

爷爷像在自言自语似的说：“香代去世两个月后，正准备整理遗物，花卷的工坊来了客人，说想买‘香叶之布’，但是联系不上卖家，就直接过来了。过了两周后就收到大宗订单，是一群家有皮肤病患儿的父母，几乎把所有的库存都买光了。”

“这是爷爷拿回来的吗？”美绪指着围脖问。爷爷点了点头。

“选择一条没有人走的道路，肯定会伴随不安。从事一项没人做过的事，却无人回应，肯定会有绝望的时候。但是只要老老实实勤勤恳恳地工作，回应的人肯定会出现。”

往旁边拐过去是一座叫本丸的桥，栏杆漆成了红色，通往以前天守阁的遗址。这座桥横跨在两座坚固的城墙之间，穿过这座桥后便是石阶，再往前是一条笔直的路，两边栽满了树，深红色的叶子落了一地，地面和天空都被染成了纯净的红色。

“爷爷，奶奶是怎么走的啊？”

“死在山上，为了采摘做染料的植物。也有人说她是自杀，其实不是的。”

爷爷捡起了一枚落叶，说道：“我们约好了等她回来一起吃饭的，她还笑着说请我吃天妇罗。在悬崖下面看到她尸体的时候，她手里还握着楤木芽。”

“那是我喜欢吃的。”爷爷喃喃道，“她看到了楤木芽，便不顾一切地伸手去摘……我经常梦见这个场景。”

“什么样的梦呢？”

“香代在森林里走着，篮子里已经放满了用来做染料的植物，她还要去采野菜。发现楤木芽后，她就不顾一切地往前跑，我在后面拼命喊‘前面是悬崖，不要去了，快回来’，香代却听不到。”

“她抛弃了一切，选择了独立的道路。虽然结果并不如人意，但是如果重来，无论多少次，她还是会做出同样的选择。当然了，我也是一样。只是……如果互相能稍微做一点妥协就好了，那样的话，明天就是我们三个人去东京了。”

透过红叶可以看到岩手山，山顶还有薄薄的积雪。

“人在事后总能想到无数种高明的方法，但真正面对时却总是束手无策。”

“爷爷也是这样吗？”

爷爷轻轻闭上眼睛，点了点头。

“正因为是至亲之人，所以觉得不能原谅自己，情感上也很矛盾，但是一直处于这种状态的话，美绪……人就会变得拧巴，总觉得那个时候只要双方让步一点点……”

“回来吧……”梦中的爷爷是这么呼唤奶奶的吧。

东京的爸爸妈妈肯定也做过这样的梦。

出发去东京那天，上午十一点多，太一开车过来接美绪和爷爷。车子行驶在平缓的山道上，太一问午饭怎么办，爷爷回答道：“不吃也行。”

太一担心地看向副驾驶的爷爷。

“我们坐 gran class[①]。”

---

① 相当于我国高铁的商务座。

“哇，那太棒了！”

“真好啊，羊子。小羊，这是羊丸[1]。”太一在等红灯的时候对美绪说。

“羊丸是什么啊……”

“又不是坐船[2]。”

太一被爷爷的话逗笑了，接着他们开始谈论青山选手。青山选手现在在欧洲，从开幕赛起就大显身手，频频现身媒体。太一和爷爷谈兴正浓，美绪本来还想问 gran class 是什么，但是上了新干线的月台，她马上意识到那是车厢的名字。车门上印着金色六角星标志，开门后映入眼帘的是红色的地毯，奶油色的座椅沐浴在淡金色的灯光下。一排三个座位，靠左边窗户有两个座位，右边靠窗有一个座位，中间是过道，十分宽敞。整个车厢一共只有六排十八个座位。

“爷爷，天呐！这么豪华的新干线！”

美绪整个陷在巨大的皮座椅里，有一种被完全包裹的感觉，坐感十分舒适。

“爷爷，这个座椅也太舒服了！”

“这个我听说过，确实很像飞机呢。”爷爷把行李放到车厢上方的行李架上，然后坐了下来。车厢服务人员送来了热毛巾，爷爷请他们拿毯子和眼罩。

---

① 盛冈的一家烤肉店的名字。

② 日本的船多以“丸”命名。

“我坐的飞机可不是这个椅子哦。”

美绪拿起座位上的菜单看了下，发现有饮料和轻食。

“爷爷，你看有轻食，啊，还有零食呢，饮料点什么好呢？”

爷爷从服务人员那里取了毯子和眼罩，对美绪说：“你就点自己喜欢的吧，我要睡觉了。”

“啊，睡觉？真是太浪费了。”

“我有点累了，你把我那份也吃了吧。”

“我也没那么饿呢。”

“不是这个意思。”爷爷笑着戴上眼罩，躺在了座椅里。

美绪要了一份轻食，还把爷爷的那份也当成点心全部吃完了。她心情舒畅地喝了一杯咖啡和一杯红茶，蜷缩在座位里看窗外的风景。等她被爷爷叫醒的时候，已经到了上野站。

在东京站出站口，只看到爸爸一个人。

爷爷本希望爸爸妈妈一起来接，然后在神田吃中国菜。他问妈妈为什么没来，爸爸说下午横滨的外婆打电话来，说朋友送了顶级和牛，现在拿过来，要不大家一起吃个寿喜烧？很久没看到岩手的爷爷了，外婆也想打个招呼。

美绪很讨厌突然改变计划，爷爷却说：“好啊。”

“本来打算在东京这几天去你家看看，可是你家在稻城，回酒店太晚的话，我和美绪都太累了。”

“你们酒店在上野吧，我开车送你们过去，美绪也住外面？”

“那个……”察觉到爸爸有点生气，美绪说话也结巴起来。

爷爷之前说在东京期间会订两个房间。如果美绪在家住得难受，可以出来住，即使美绪不住，也有其他用处。

“这几天都要早起，索性也给美绪订了房间。”爷爷代美绪回答完，往前走去，“广志，车子停在地下吧？走吧。”

“爸爸，不用这么急。”爸爸拖着行李箱和爷爷并排走着。

“美绪也要住酒店吗？那妈妈肯定会很失望的。知道你要回来，妈妈可高兴了，昨天开始就到处打扫。”

妈妈不高兴的时候就会擦厨房的台盆和走廊，爸爸居然认为她是因为自己回来高兴而打扫卫生，真是什么都不懂。美绪把手伸进裙子口袋，紧紧握住小羊玩偶，手指被羊毛温柔碰触的感觉抚慰了美绪不安的心。

从东京站开了大概四十分钟到家，和自己离开时相比，家里发生了很大的变化。

以前那些陈旧的彩色小箱子、放书和食材的纸箱都不见了，储物间变成了妈妈的房间，父母以前的卧室变成了爸爸的书房。自己以前经常帮妈妈干活的厨房也大变样，餐具柜里那些乱七八糟的纪念品盘子和杯子全都被扔了，之前的客用餐具变成平时用的，厨房里的抽屉也仔细分区，料理用具都收纳得整整齐齐，看上去简洁又清爽。美绪感觉好像来到了陌生人的家里。连外婆都这么觉得。

美绪和爷爷坐在餐桌前，坐在对面的外婆和妈妈聊着天。

“家里怎么变成这个样子了啊？”外婆问道。

妈妈冷冷地说：“只是丢掉了一些没用的东西。”

“说什么没用的东西，真是不好听。”

外婆对着爷爷轻轻点头致意。

“真纪你真是不会说话，难道你们以前生活在垃圾堆里吗？”

“可能吧，现在清爽多了。”

妈妈的语气很冷淡，美绪有点害怕，不由得垂下眼睛。她一边用小碗调蛋液，一边悄悄地观察爸爸。爸爸坐在桌旁，正在往电火锅里加锅底煮肉。

外婆环顾了一下屋子，说道：“但是你们也要讲究时机啊，突然变化这么大，美绪都没有回家的感觉了，连我都觉得很惊讶，是吧，广志？”

正在给牛肉翻面的爸爸抬起头来说：“也不是突然，这几个月真纪一直在一点一点整理，才变成现在这个样子。”

“啊，是吗？这么说来，我也很久没来了。”

爸爸伸手拿起外婆的小碗说："妈妈，肉熟了，我给您盛一点。"

"先给爷爷盛吧。"

"那先给爸爸盛。"

"我自己来。"

爷爷左手拿起公筷将肉夹进自己碗里，右手握着一枚做蘸料用的生鸡蛋。接着，美绪从爷爷手里接过公筷，也开始夹菜。

吃菜的时候，美绪突然看到爸爸背后的柜子里装饰用的盘子上面，画着《野蔷薇村的故事》的插画。这个盘子用黑莓图案镶边，中间画的是老鼠姑娘在野蔷薇丛中探险。

是"果实成熟的季节"那一话的插图吧。

自从爷爷给了美绪那个漆器勺子后，她就对漂亮的餐具和盘子来了兴趣。她想把盘子拿出来看看，便悄悄地看向妈妈。妈妈正默默咀嚼，和美绪对视时会露出一丝微笑，却又马上把视线移开。

"怎么了？"爷爷问道。

美绪慌忙说："没什么。"便将蘸了蛋液的肉放进嘴里。肉质十分柔软，自己却发出了很大的咀嚼声，生怕被妈妈批评，忍不住又看了她一眼，可妈妈好像一直静静地盯着锅里某个地方。

外婆似乎有点受不了餐桌如此安静，微笑地对爷爷说：“不好意思啊，都怪我，还是去吃中国菜比较好。”

“没关系。”爷爷的声音很温和，“总觉得能在孩子家吃饭是件很开心的事，想要好好吃一顿，但是可能年纪大了，实在是吃不了那么多了。”

“我也是。”外婆落寞地笑了笑，“唉，真是转眼间就老了，最近出去吃饭总觉得太麻烦了。”

“我也总觉得自己年纪大了，也不知道美绪和我在一起能不能吃得好。不过女孩确实比男孩吃得少。广志，还有现在和我们经常来往的亲戚家的孩子，都吃得非常多。”

“我有那么能吃吗？”爸爸一脸怀疑。

“你毕业离开家后，我们家都换了小的电饭煲。广志以前要吃很多米饭。”

“所以广志才长得这么结实。”外婆轻轻拍了拍爸爸的手腕，妈妈瞬间皱了一下眉头，爸爸的表情却没什么变化。

“那美绪呢，每天早上能起得来吃早餐吗？”

“起得来。”美绪急忙答道，突然有点呛到，又赶紧正色道，“我起得来，和爷爷一起吃早饭的。”

“你们早上吃什么呢？”爸爸一边把魔芋丝下进锅里一边问道，锅中发出了轻轻的咕嘟声。

“我们吃吐司配七叶树蜂蜜，还有黑芝麻酱，喝拿铁。我们用一个很漂亮的漆器咖啡碗喝咖啡。”

“可真有品位。”外婆略感意外，“还有漆制的咖啡碗吗？”

爷爷放下筷子，代美绪回答道：“一开始是想要一个钵，就让朋友试着做了一下，本来取名叫粥碗，后来发现也可以用来放汤和沙拉。无论在哪个时代，传统工艺都要做各种摸索去契合时代的需求，钢花呢也是一样。”

“那很辛苦吧，现在使用传统工艺品的人也不多，而且后继无人吧。”外婆附和道。

“怎么可能没人啊！”妈妈抢白道，“有年轻人喜欢的，山崎工艺舍也是有继承人的。”

“现在是我侄女继承了，但后面就不好说了，我自己的儿子都不肯接手的事情，更没办法勉强亲戚的孩子了。”

“蔬菜熟了。”爸爸突然来了一句，“大家快吃吧。欸，美绪，不要把大葱剔掉。”

话题突然回到了自己身上，美绪小声嘟囔道：“我不喜欢吃大葱。”

“哎呀，这个时候的大葱很甜的。”

“还是不喜欢……”美绪把剔出来的大葱堆起来。

外婆把美绪不吃的大葱放进自己的小盘子里，接着又开始和爷爷聊天：“我说假如的话，如果美绪从事钢花呢的工作，将来的前景如何呢？”

“现在情况还是值得庆幸的，我们工坊的订单已经排到两年后了，但是开发新客户确实很困难。在这种追求常换常新的大环境里，比起长久地使用一件优质的产品，大家还是喜欢便宜易得的东西。我们做的产品经常被评价为‘太贵了’，所以如何找到出路确实是一件很难的事。”

“这样的话，学校还是不能不去的，是吧？”外婆将视线转向美绪，美绪低下了头。

“夏天的时候，妈妈打了你，这件事外婆也听说了，暴力肯定是不对的。但是你也要理解妈妈，美绪很痛，妈妈心里也一样痛。”

被打的疼痛和心里的疼痛，到底哪个比较痛，虽然说要理解妈妈的心情，那要怎么理解才好？

“美绪，不要不说话，你要把自己的意见明确地说出来，知道吗？你就这么迷迷糊糊的，不知不觉中只会被现实牵着走，就像这次留级一样。”

“但是……”

“但是？”外婆温柔地问了一句。

“妈妈一直都很讨厌我。”

“怎么会？”妈妈突然开口。“怎么可能？”外婆几乎同时说道。

“妈妈肯定只是说讨厌美绪某个地方吧，又不是讨厌美绪本人。正是因为喜欢你，才会说出希望你改正的地方。”外婆微微探出身体，提高了音量说。

“但是妈妈不是觉得我‘就只知道哭’吗？”

外婆把筷子放下来，看着妈妈说道：“真纪，你到底对你女儿说了什么？”

现在这样好像是自己在跟外婆告状似的。但是美绪也实在受不了了，不禁脱口而出道：“妈妈说我对爷爷和爸爸总是以身为女孩作为武器，装可怜。我完全不知道妈妈在说什么。”

妈妈把筷子扔在桌上，低下了头。

“真纪，你这么说美绪……我觉得过分了。”

爸爸停住了翻肉的手，锅里的汤煮开了，发出“噗噗”的声音。外婆坐立不安，一会儿看爸爸，一会儿看妈妈。

“真的过分了，居然说什么以身为女孩作为武器，这是对女儿说的话吗？而且爸爸和爷爷只是很疼爱美绪罢了。”

“妈妈你真是什么都不懂。”妈妈回过头来盯着外婆，低声说道，“我从来没有被爸爸疼爱过，应该说不仅是爸爸，从来没有人疼爱过我。自己要坚强，不靠男人也能好好生活。这不是你教我的吗？”

“所以你对美绪说这么过分的话，反倒是我的错了？”

“不要再说了，这个话题就此打住吧。妈妈和真纪都冷静一点。”爸爸取过爷爷的小盘子，随手盛了一些锅里的东西进去。

"吃饭的时候就别讲这些了。刚刚肉就下锅了，现在已经熟了，赶紧吃吧。好了，我来给美绪和妈妈都盛一碗。"

爸爸伸手去拿外婆的小盘子，外婆轻轻推开了。

"不用了，广志，这种时候索性把心里话讲清楚。你们两个之前没有好好考虑美绪的事情，就这么拖拖拉拉的，美绪最终只能留级，也真是可怜。"

妈妈马上反击道："我从夏天开始就一直在想这件事，但是美绪当时在老家学做钢花呢。算起来也就留级一年，什么可怜不可怜的，不用讲得这么难听。"

外婆又拿了一枚鸡蛋，小心地敲进自己碗里。

"哎哟，你这风向变得倒是快，以前那么讨厌留级。"

"所以啊，我重新考虑过了，我们自己也在摸索中，请妈妈以后不要再干涉我们了。"

外婆搅拌起小碗里的鸡蛋，筷子碰到内壁，发出"当当当"的声音。

"干涉……这话可真是无情。"

"谢谢你。"妈妈轻声说了一句。

"但是妈妈，你不要再把自己的想法强加给我们了。"妈妈的口气突然弱了下来，她咬着嘴唇，盯着眼前的小碗，"我也有自己的想法，到底该怎么办才好，我自己的事，还有美绪的事，我满脑子都想着这些。"

外婆慢吞吞地把肉放进嘴里。“真是冷漠啊。孩子小，我能帮得上忙的时候，就让我帮忙带孩子，现在孩子大了，就一副自己把孩子拉扯大的样子。”

爷爷随手把蘸着蛋液的牛肉摆在米饭上，开口道：“能帮上忙的时候搭把手，之后能做的就是守护了，这不就是爷爷奶奶辈的作用？能让孩子有一段依赖你的时期，本身就很幸福了。对了，我吃相不太好，请别见怪。”

蛋液和甜辣的牛肉混在一起，就成了一碗多汁的牛肉盖饭。爷爷开始扒拉起来。妈妈还是面无表情地盯着小碗，外婆低下了头，爸爸则把锅里煮熟的青菜盛进自己的小碗。

都是因为自己，家里气氛才这么差，一想到这里，美绪突然想逃出去。

爷爷说要做出选择，然后“横下一条心”，但自己就是无法做出选择。

爸爸也学着爷爷的样子，将蘸了蛋液的肉放在米饭上。

“大家动动筷子，就算不想吃也要先填饱肚子，不然肯定会觉得很烦躁。”

“我想起来了……”妈妈好像没听到爸爸讲话一样，小声嘀咕道，“钢花呢对于美绪来说，就像我有阵子沉迷于《野蔷薇村的故事》和《纳尼亚传奇》一样。我都忘了这种感觉了……那么如痴如醉，存钱去英国，一整个夏天都待在那里，真是个美好的夏天啊。那个时候的我和美绪一模一样。”妈妈看了一眼柜子上画着图案的盘子。

“总会有些东西让人忘了轻重缓急，沉迷其中，其他的事情一概不考虑。但是留在英国工作的梦想不太现实，最终我还是放弃了。可有的时候也会想，如果我当时没有放弃，继续追逐自己的梦想，现在会是什么样子呢？”

“就算是这样，美绪现在也绝对不能退学，而且她的学校还是名校，不是什么人都能进的地方。”

爷爷慢悠悠地喝着茶，然后把茶杯放在桌上。

“不好意思，打断一下。我觉得无论是怎么样的名校都无所谓，这个学校有让美绪不想上学的同学，她在这种地方也不可能开心吧。”

“但是真纪也说过，他们只是玩笑开得有点过分而已。这些孩子也自我反省了。双方把话说开，说不定后面关系也能变好呢。”

爷爷微微笑了笑。

“人类的历史就是斗争的历史。就是因为存在即便沟通也无法得到理解的人，才会产生纷争，这种时候就应该离开这样的人。如果无论如何都无法远离，那么最好和这样的人保持恰到好处的距离。美绪虽然有点不顾一切，但是她选择远离这样的朋友，这样的学校不回也罢。”

“但是这样会不会养成容易逃避的坏习惯？这可不好吧。”外婆手扶着桌子，看着爷爷，“如果每次遇到困难都只想逃避，作为人就停止成长了。老话说得好，‘艰难困苦，玉汝于成’。”

“老话也说过‘良药过量会变成毒药’。在没有变成玉之前就崩溃了，到头来只会一无所得。”

“美绪才不是那种容易崩溃的孩子。”

“是不是这样，她本人说了才算。”

“美绪，你不要不作声，这是你自己的事情。”

爷爷摇摇头说：“虽然一言不发，但是并不代表她没有在思考，是吧，广志？”

“是这样，但是你们俩一直叽叽呱呱讲个不停，谁能插得进去呢？”

“那个……”美绪一开口便吸引了所有人的目光，“留级也是没有办法，但是我现在还没法决定到底是退学还是去别的学校。我自己也不知道究竟该怎么做，我没法做出选择……”

爷爷轻轻拍了拍美绪的背。

“不要自己为难自己，现在无法选择也是一种选择。”

妈妈站起来将热水瓶里的开水倒进小茶壶，默默地往爷爷和外婆的茶杯里倒满茶。

“美绪，要再来一杯果汁吗？”

“我喝茶……”

妈妈泡了三人份的茶放在各自面前，爸爸拔掉了电火锅的插头。锅里的肉谁都没有伸筷子，最后在锅底烧焦了。

爷爷把茶杯放下来，看着外婆说："我们都冷静一点吧，刚刚有点过于感情用事。这么看来，美绪的眼睛和外婆还有妈妈简直一模一样。"爷爷的声音很和蔼，外婆好像为了响应他似的，声音也变得柔和起来。

"美绪头上有两个旋儿，和真纪的爸爸一样。"

美绪从来都没有注意过自己头顶的旋儿，不禁伸手在头上摸了摸。

"真想让他看看美绪。我们在真纪八岁的时候离婚了，她十岁的时候，她爸爸就去世了。"

美绪之前知道外公在妈妈很小的时候就去世了，但是不知道外公外婆居然离了婚。妈妈盯着眼前的茶杯，看起来很疲惫。

爷爷一边看着爸爸一边说道："美绪的声音和广志的母亲很像，相似到我们工坊的同仁听到都觉得惊讶的地步。"

"美绪，你笑的时候，是用和奶奶一样的声音笑。你哭的时候，是用和外婆一模一样的眼睛在哭。你学习的时候，用的大脑上面有两个和外公一样的旋儿。你觉得幸福了，大家都会觉得幸福，是不是？"

"是的呀。"外婆高声应了一句，妈妈也静静地点点头。

"所以，这不是很好吗？美绪，不要害怕，你选择自己的人生就好。即使我们和你意见不同，我们也都是支持你的家人。"

“是不是啊？”爷爷又看向其他人。

外婆拿起手帕擦了擦眼睛：“是的啊，当然是这样。”

“真纪和广志呢？”

爸爸和妈妈相互看了一眼，也点了点头。

爷爷又轻轻拍了拍美绪的背说：“就是这样。美绪，你先冷静下来，一边织钢花呢一边思考，人在完成一个任务的时候，自然会有下一个目标。”

气氛变得其乐融融起来。这时，爷爷温和地说：“那么……”他语调柔和，像在和顾客说话一样，“我们吃点甜品吧，我带了一些老家的点心过来，能合你们胃口就最好了，不过真纪肯定喜欢。”

妈妈微微笑了笑，整个人看起来小小的一只，让美绪生出一种奇异的感觉。

爸爸默默收拾起桌子来。

爷爷一开始准备了小岩井农场的点心作为礼物，昨天忽然想起什么似的，又去买了咖啡豆和一种叫“黄精饴”的和果子。

外婆说明天还要早起，便打包了一些点心回去了，爸爸罕见地开车送她去了最近的车站。他们离开餐桌后，爷爷说妈妈喜欢土耳其软糖的话，那应该也会喜欢黄精饴的口感。这个点心虽然叫“饴”，但口感和牛皮糖比较像，甜味比较香醇是因为加了一味叫黄精的中药在里面。

美绪一边听着妈妈和爷爷的谈话，一边喝着红茶。厨房的柜子里放着装巧克力牛角包的盒子，这是美绪在家时喜欢吃的面包。自己的房间也是久违了，房间被打扫得很干净，床上还放着淡蓝色的新睡衣，叠得整整齐齐。

美绪看着桌子上常年用来泡红茶的茶壶。这个胖乎乎的茶壶在《纳尼亚传奇》的插图里出现过。四个月前她还一无所知，现在却很清楚，因为她每天晚上都会读妈妈送她的那本《美味的英国故事》。

爷爷喝完红茶去了洗手间，餐桌前只剩下自己和妈妈，气氛有点尴尬。

"再喝一杯？"妈妈把茶壶拿起来。

"不要了，我就是看看茶壶。"

妈妈把茶壶放了回去。

"妈妈，这是《纳尼亚传奇》里的茶壶同款吧，插图上的海狸夫妇家有这个。"

"你看了那本书吗？蛋糕怎么样？"妈妈看上去很意外。美绪又想起一口也没吃就扔掉的蛋糕，含含糊糊地回答说很好吃。

从洗手间回来的爷爷看着手表说："好了，广志回来的话，我也该回酒店休息了……喔，这还真是可爱。"爷爷注视着美绪身后的墙壁，惊讶地感叹了一句。

美绪循着爷爷的视线，看到电话旁边装饰了一个相框，淡蓝色的背景底纸，放着四叶草和粉色的花瓶垫，底纸的四角还用蝴蝶结装饰，蝴蝶结是用自己第一次纺的线做成的。

“欸，这是什么啊！好丢人……”

“这是爷爷送我们的。”

美绪把自己第一次织的花瓶垫送给了爷爷，爷爷还要了一些那个时候纺的线，没想到它们都被拿到了东京的家里。

“爷爷，这种做得很差劲的东西就不要拿出来了嘛，妈妈也不要挂出来了。”

“一点都不差，从某种程度上来说，做得相当不错。”爷爷一脸认真地说。

妈妈若有所思地走进屋里，不一会儿又出来，递给爷爷一个相框：“爸爸喜欢的话，就收下这个吧，还送了一个给横滨的妈妈。”相框里面是一幅贴画：花瓶垫和自己纺的线再加上四叶草，此外还有一张“六号五月小姐”的照片。

“不要送了啦，妈妈。”

美绪没想到妈妈居然做出了这么可爱的相框，也没想到妈妈居然浏览了山崎工艺舍的脸书。爷爷隔着玻璃抚摸着四叶草，笑了笑。

这时，玄关的门开了，广志走进屋里。

“我回来了，欸，爸爸准备走了吗？”

“对，你送我回酒店吧，我有点困了。”爷爷小心地用包袱皮把相框包起来，放进随身的包里。

“美绪呢，也要一起回酒店吗？”

美绪看着挂在电话旁边的相框，每个相框里都有一个四叶草。为了做这个相框，妈妈一个人找到了那么多代表幸运的四叶草。

“我……今天还是在家住吧。”

爷爷拿起夹在腋下的帽子戴在头上。

“那明天八点在上野站检票口会合，靠近公园门口那个。你快到的时候给我打电话。”

“好的，一定准时。”

“好，那明天见。”

爷爷和爸爸走向玄关。妈妈和美绪打算送他们到停车场，爷爷推辞说：“已经很晚了，真纪和美绪就送到门口吧，明天见。”

“那我们走了。”爸爸说道，然后两个人一起出去了。

门关上了，妈妈回到房间。

“我们收拾一下，你来帮我洗碗吧。”

“嗯。”美绪回答道。她看着电话旁边的相框，这次才发现线纺得很稀疏，怎么看都是做得很粗糙的成品，可爷爷却那么郑重其事地对待，还用这线将自己与妈妈还有外婆联系了起来。

“妈妈，对不起，我还是要出去一下。”美绪穿上鞋跑出了门。爸爸和爷爷乘坐的电梯已经开始下降了，美绪慌忙从楼梯跑到一楼。

地下停车场的门开了，美绪听到了引擎发动的声音，爷爷正要坐到副驾驶。

“爷爷！”

美绪背对着爷爷大喊了一声，空旷的停车场响起了回声。

“爷爷，等等！”

爷爷回过头来，美绪赶紧跑过去。停下脚步的时候，她把手放在膝盖上，气喘吁吁地继续说：“爷爷，对不起，房间……特地给我订了房间，我却没去住。”

头顶传来温和的声音：“你是跑过来的吗？”

“但是……但是……”

美绪感觉到爷爷把手放在自己头上，大大的温暖的手，为什么自己这么想哭呢？

“没事的，美绪。”

美绪抬起脸，看到爷爷的笑脸。

“好了，美绪。”广志说着坐进车里，这时，真纪也走进了停车场。

后视镜里，真纪和美绪并排站在一起。不知道为什么，只是看到这样的场景，就觉得很安心。

车子开在路上，父亲点了一根烟。

“爸爸，你把座位放倒会更舒服，累了吧。”

“也没有想象中那么累。这次奢侈了一把，坐商务座过来的，美绪可开心了。”

“那确实值得开心。所以才坐‘山彦号’的吗？”

乘坐东北新干线的“游隼号”从盛冈到东京只要两小时二十分钟，但是性急的父亲居然选择了车程三个小时以上的“山彦号”，确实是罕见。

“这就是一种乡愁吧，‘山彦号’现在是新干线的名字，但在以前是连接盛冈和上野的特快专线。这应该是我最后一次来东京了吧，这么一想，就突然很想再坐一次‘山彦号’。”父亲低声嘀咕。

广志本来想说别那么伤感，但最终还是没有开口。在东京站看到的父亲比夏天要瘦，行动也更加缓慢。

“我生活上很注意的。总之，在美绪决定出路之前，最起码要保持头脑清楚。”父亲叹息似的吐了一口烟。

“你岳母感觉很精神。”

“你不要在意她，她就是这样的人，做事比较强硬。”

“但是很聪明，其实她有很多话想说，但她知道我的意图后就迅速圆满收场了。以后有什么别的事，还真想和她争论一番啊。”

“你们这代人还真喜欢争论啊。”

父亲低声笑了笑，灭了手里的香烟。

路过稻城大桥的时候，车流量明显增加，桥上灯火通明，但看向江面的时候，四周却是一片黑暗。

父亲一面关上车窗一面问："离婚的事怎么说？"

"没什么进展。最近在电话里聊过，美绪做决定前也不会有什么实质性的结论。"

"美绪外婆知道吗？"

"我也不知道。"

"也不知道能不能给你参考……"父亲犹豫着开了口，并轻轻地把座位放倒，"女性真的决定要分手的时候，会不声不响、有条不紊地整理自己身边的东西，等自己理清一切头绪后再下最后通牒。离婚申请表也不拿就说分手这种话，通常旧情未了，还是有挽回的余地的。"

可惜，下最后通牒的是自己。

从那天开始，真纪和自己之间就没有了那种闲聊，她也再没有邀请自己去她房间了。广志在网上搜索了一番，才知道红玫瑰的花语是"我爱你"，送一朵红玫瑰的意思是"只爱你一人"。

如果是为了挽回关系，那一朵红玫瑰最最合适。然而，自己送了红玫瑰的同时，却拿出了离婚申请表。

"爸爸……"

"怎么了？"

"我……"

广志本来想说"僕"，但是又改成了"俺"[1]，瞬间让人

① 日语中"僕"和"俺"都是男子自称，后者显得更加粗犷随便。

觉得很脆弱。

“我真是个没用的人。”

一段短暂的沉默后，父亲干脆地说：“没有这回事。”

“是吗？”

“你自己一个人来到东京，成了家，还有了女儿，你已经做得很好了。”

广志鼻子一酸。

“可现在我人生过半，有时候还是很茫然。自己的人生就是还房贷和教育女儿吗？而且就连这两件事也没做好……我也努力了，但结果家庭和工作，哪方面都没顾上。”

“即使这样也很了不起了，怎么会是没用的人！”

车窗稍微开了一点，车内瞬间亮了一下。父亲在黑暗中默默地吸烟。

广志意识到这是自己第一次被父亲肯定，不禁泪腺松动，却还是强忍着，用爽朗的声音来掩饰脆弱和感伤。

“美绪……美绪的声音，和妈妈有那么像吗？”

父亲吸了一会烟后，开口道：“很像。一开始把我吓一跳，光听声音的话，和香代一模一样，说话方式也和年轻时的香代很像，但是比起声音，更像的是那双巧手。”

“很适合做职人吧？”

“比起你来确实是适合多了。”

广志小时候，父亲也尝试教过他一些工坊的工作，但是无论怎么练习都很难提高，所以与其说广志不继承工坊，不如说他不能继承才是真相。

“美绪纺线不顺利的时候，就很想把你以前纺的线拿给她看看。”

“居然有我纺的线？”

“有啊。”父亲小声地笑了笑，“孩子做的东西哪里舍得丢啊！”

“那可绝对不要拿出来给她看，太丢人了。”

父亲又笑了起来，把香烟熄灭了。

过了永福收费站，就到市中心了，父亲远眺着高架周围的高楼大厦。

“爸爸，明天有什么安排？”

父亲提起了长期合作的裁缝的名字，说明天要把衣料送过去。

“即便如此，这行李也太重了。”

“还有矿石，我把我的收藏品也送人了，就是宫泽贤治作品中出现的矿石合集。”

“我以前一直在想，爸爸是因为喜欢贤治才喜欢石头，还是因为喜欢石头才喜欢贤治？”

“两方面都有吧。”

岩手县本来就盛产琥珀水晶等矿石，父亲不仅爱好欣赏矿石，还喜欢亲自上山采集。广志小时候也跟他去过几次山里。

“这对我们来说很有必要。”父亲有些不好意思地说，

“羊毛和面料都十分柔软，我们日日接触它们，也会想接触一些触感完全不同的东西。冰冷坚硬的东西，也就是石头，可以让指尖的感觉更加敏锐。裁缝店店主也收集矿石。”

“这都是借口吧？你以前还买过非常昂贵的红宝石原石，妈妈还感叹说这要不是原石而是戒指就好了。”

“说什么呢！戒指要贵得多，真是没有办法。”父亲笑着说。

“说起这个，还有一些私藏是给你的，是从某个人那里得来的最好的石头。只有这些珍品我自己留着，放在铊屋町的仓库里。”

“不用啦，原石就算了。如果能培养手的感觉，那就给美绪吧。”

“人和人的性格也不一样。我比较像石头，裕子像玻璃，你母亲像毛毡做的线球。美绪像什么呢？她喜欢漆，也许像漆器。”

夜晚，一片漆黑中，高楼大厦被耀眼的灯光围绕，在东京的地面肆意铺开，灯光让星星都变得黯淡起来。

“真漂亮。”父亲小声自语，“像黄玉和红宝石闪闪发亮、铺满水晶砂的河滩吗？”

“《银河铁道之夜》吧。”

广志小时候，母亲会在他睡前给他读书。可能因为她是花卷出身，选的书很多都是宫泽贤治的作品，她尤其喜欢《银河铁道之夜》和《水仙月四日》。

“真正的幸福又是什么呢？”父亲背诵了《银河铁道之夜》其中的一段，一边将座椅的靠背又往后调了一点。

“这句我也记得，后面是‘不管去哪儿我们都要一起’，是吧？”

“你还是记得不牢啊。”父亲愉快地笑了，“是‘不管去哪儿，无论去哪儿，我们都要一起’。这是主人公表明决心的场面，两次重复意味深长。”

“那我确实记得没那么清楚。”

从首都高速公路下来，就慢慢接近上野了。

父亲指着站前的路说：“广志，就送到这里吧。”

“我把你送到酒店。”

“我想溜达溜达，你把我的行李拿到前台寄存吧。”

父亲解开安全带，拿起放在脚边的包。

“你要是不开车的话，还能让你带我去看看有什么不错的店。”

“你还会在这里待上几天吧？回去之前喝一杯吧。”

“好啊，你赶紧去侦察侦察！”父亲笑容满面地下了车。

“再见，广志，你要打起精神来。”

“还会再见的。”

“是的。”父亲边笑着边轻轻地挥挥手，渐渐走入人群。广志也微微摆了摆手，驾车离开。刚刚父亲坐过的座位现在空荡荡的，散发着淡淡的丁香烟草味。

第二天，美绪七点前就离开家去了上野。

两个小时后，本应和父亲会合的美绪打来电话说现在在救护车上。

# 第六章

# 十一月　大家的幸福

医院的一角设有一个茶水间，美绪从这里向外眺望。东京的银杏开始黄了，盛冈的红叶应该也凋落得差不多了。“不过，无论是枫叶还是花，将要凋零的时候才是最美的。”坐在旁边的裕子说完摇了摇头，“对不起，这种时候讲这个话。”

对面的爸爸却说：“我觉得讲得不错。”

“水果也是在接近腐烂的时候最美味。”

旁边的妈妈微微皱起了眉头。

秋日的阳光洒落在四人座的小桌上，可能是周六的缘故，平时没什么人的茶水间也人来人往。

爷爷在上野的酒店病倒已经是三周前的事了。

那天，美绪按计划在上野站公园门口的检票口和爷爷会合，但是等了二十分钟爷爷也没有出现，打电话也不接，去了别的检票口也没看到他的身影。过了半个小时，美绪不安起来，就去了爷爷住的酒店询问前台。爷爷没有寄存钥匙，应该还在酒店里，但打房间电话也无人接听。美绪和带着备用钥匙的工作人员一起进了房间，发现爷爷倒在地板上，看上去原本是在做外出准备的样子。之后，爷爷被迅速抬上救护车，虽然最后捡回了一条命，但是身体右侧麻痹，语言功能受损，心脏血栓脱落，引发了脑梗。

从那之后，美绪就留在了东京，白天就在爷爷的病房里。虽然也挂念铊屋町展厅没做完的事情，但是和裕子联系后，裕子告诉她现在陪在纮治郎老师身边才是最重要的事。

裕子每周六都会过来看爷爷，上周六太一也跟着来了，不巧刚好是傍晚，没看到美绪，只和爸爸聊了一会就回去了。他们不时到东京来，也是想和广志商量要不要把爷爷转到盛冈当地的医疗机构。裕子还给广志夫妇看了有康复设施的公寓照片。

“你觉得怎么样呢，小……广志？住在这里的话，离展厅很近，我和太一也能经常过去看看。”

“上周太一也提了……”

“纮治郎老师现在只是不能说话，他还是能听懂我们说话的。在盛冈有很多老朋友，也不会觉得寂寞。就是小广平时忙，不能经常过来看老师。”裕子打断了不善言辞的爸爸，一口气说了一大段。

“我知道……”

“到这种最后关头，我想做点儿子该做的事。”爸爸好像在忍着眼泪。

正在翻看医院简介的妈妈抬起头来："转院前把爷爷送回盛冈，这样他舒服一些吧。"

"你说得也有道理……"裕子把手伸向衣领，整理了一下围巾。她很适合铁锈红色的钢花呢，明快的颜色显得她气色很好。

美绪把手伸进口袋，紧紧握住了小羊玩偶。那天爷爷倒在地上时，也穿着一件特别适合他的钢花呢，名字叫"胜色[①]的上衣"，是一件接近黑色的深蓝色外套。如果自己和爷爷一起住酒店，应该能更早发现吧？这样的念头一直盘旋在美绪的脑海里。

"还有，虽然说起来很难过，但是小广的公司是不是也有很大的变故？"裕子短暂地犹豫了一下，又开口道，"我在报纸上看到东日本的工厂和研究所关张的消息，这样的话，你也没必要一定要留在东京了吧，小广你们家本来……"

"美绪，"广志有些不好意思地喊了女儿一声，"你去看看爷爷现在怎么样。"

"好的。"美绪起身离开。

裕子拐弯抹角地问的应该就是她父母不和的事。上次在东京的家里吃寿喜锅的时候，美绪得知父母有各自

---

① 胜色即深藏青色，是一种源自日本平安时代的传统色，因有"胜利"的寓意而广受欢迎。

的房间时，就觉得有点奇怪。爷爷病倒之后，美绪也没办法回泷泽了，只能住在东京的家里，这期间奇怪慢慢变成了惊讶。一日三餐吃食基本上还是由妈妈来操持，但吃饭的时候，他们两个会用托盘把吃的拿回各自房间。除此之外，打扫卫生、洗衣服也是各做各的，虽然两个人也会一起放音乐、用芳香精油放松，但是不太像一家人，反而像电视里看到的合租室友。

傍晚时，美绪会从医院回家，然后做一些爷爷教的简单小菜，等父母回家。三个人会像以前一样一起坐在桌前吃饭。最近，爸爸会在餐桌上磨一些爷爷之前带过来的咖啡豆，妈妈好像被咖啡香召唤了过来一样，也坐到餐桌前，三个人一起喝爸爸泡的咖啡。大家也不怎么交谈，但空气中流动的那种亲密是自己离家前没有的。即使父母离婚，美绪也不会惊讶，但是爷爷怎么办呢？自己又该何去何从？美绪坐在爷爷的病榻前想了很多。

爷爷所在病房这层的楼上有个自动贩卖机云集的轻食角，前面站着一个高大的男性，腋下抱着一件羽绒外套，正在收拾一个大纸袋。

原来是太一！

“喂！”美绪举起手打了声招呼。

“这次刚好碰上了，来得真是时候。不过关东平原真是干燥到不行，嘴巴都干了，渴死了。裕子老师和广志叔在一起吗？”

“他们在一楼的咖啡厅聊天呢，关于爷爷的事。”

“是吗？”太一一边说，一边往自动贩卖机里投入硬币。

“裕子老师太担心了，所以一直催促。两边的心情我都能理解。对我来说，纮治郎老师就像养父一样，但老师肯定还是想留在亲生儿子身边。”买了瓶装水的太一小声地说：“哦，对了，我先放下行李，给你带了这个。”太一把行李放到自动贩卖机旁边的沙发上，从纸袋里取出了红色披肩。

“这个对你来说很重要吧。”

太一把披肩轻轻放在美绪头上，美绪把披肩下摆围上。也许轻柔的触感让人觉得安心吧，美绪的肩膀突然放松下来。

“不好意思，没经过同意就进了你们家里。老师离家太久了，还是要四处检查一下，然后就发现了这个。”

“谢谢你，太一。”

“太好了。”太一如释重负，“随意出入别人房间，心想要是被误解了可怎么办，我可是犹豫了很久。”

“不会，完全不会。”

太一又担心地盯着美绪的脸说：“话说你怎么瘦了啊？广志叔很担心，说你也不怎么吃东西，一直恍恍惚惚的。不过也是，事发突然，缓不过来也正常。”

美绪没想到太一会说这种话。

他语气温柔地继续说道：“肯定很震惊吧，看到自己的爷爷倒地，不过你处理得已经很好了，很了不起。”

“但是……”美绪的眼泪快掉下来了，她把脸深深地埋在披肩里，“要是能更早发现，要是我和爷爷一起住酒店，要是我能早点去找爷爷，爷爷可能也不会有后遗症。”

“老师早就有这样的心理准备了。一个人生活，肯定会出现在浴室或者洗手间摔倒的情况，有的人会过很久才被发现，发现的人肯定会很难过吧。所以他一直跟我说，万一有个什么好歹，不要让裕子老师来，让我过来，我也一直是这么打算的。”

“对不起，如果当时我在场就好了。”太一自言自语道。

美绪摇摇头，眼泪涌出眼眶，她用尽力气拼命忍住。披肩上方传来了令人安心的声音：“没关系的，肯定会好起来的，你太消沉的话，会被剪毛的。”

“不要。”

“我们赶紧去老师那边吧，他醒来看到我们肯定会觉得安心的。”太一轻轻拍了拍美绪的背，像安抚孩子一样。美绪心里突然涌起一股对太一的依赖感，她用两只手攥住披肩底部，拨了一下披肩，将自己抱紧，轻柔的披肩就像蚕蛹一样把身体包裹起来。

和裕子在咖啡厅谈完后，爸爸开车将她和太一送去上野站。大家并没有谈拢，都一脸疲惫。美绪在医院门口送走了爸爸的车，妈妈说还有事情，便回办公室了。美绪回到爷爷的病房，发现病床旁边的椅子上放了一只小羊玩偶，淡绿色的身体搭配粉色的手脚，是和“六号五月小姐”完全相反配色的一只小羊。

“欸，什么时候拿过来的啊？爷……”美绪刚要和爷爷说话，又默默住了口。

爷爷已经睡着了，一脸落寞。美绪把身上的披肩取下来，蹑手蹑脚地铺在爷爷的被子上，充满活力的红色在病床上延伸开来，上面放着淡绿色的小羊。

美绪坐在椅子上，把脸贴在披肩上，又拿出之前的那只小羊放在一起，一边盯着看一边想：奶奶当时肯定是想回到爷爷身边的吧，即使她并没有后悔自己选择的道路，但是有可能的话，还是想回到爷爷身边吧，心怀这样想法的奶奶才会不顾一切地去摘爷爷喜欢的楤木芽。

“爷爷，你想回哪儿呢？”美绪伸手去摸两只小羊，指尖感受到松软的羊毛和披肩贴着脸颊的温柔，慢慢闭上了眼睛。

“想回盛冈吗？还是爸爸在的话，留在东京也行？”

美绪突然感觉自己的头碰到了什么，小心翼翼地摸上去，原来是爷爷的手正在颤颤巍巍地摸自己的头。

“爷爷……”美绪抬起头，视线越过鲜红的披肩。爷爷正看着自己，可能是想对自己笑一笑，嘴巴微微颤动着。美绪紧紧抓住爷爷骨节凸起的手。

美丽的线，美丽的生命，坚强、纯净的红色。

这个颜色所寄托的心愿——

“爷爷，我喜欢爷爷的工作。”

晚饭后，美绪向父母传达了自己的想法：想学习做钢花呢职人，因此要在盛冈读函授高中。爸爸抱着胳膊，妈妈的脸色明显很难看。

“所以我想和爷爷一起回盛冈，还能帮你们经常去看望爷爷。我一定会拿到高中毕业证书的，一言为定。”

“那你住哪？”妈妈低声问了一句。

“我打算和裕子老师谈谈。展厅那边有个房间是给爷爷冬天住的。本来和爷爷说好，先在那边把披肩织好，之后想学的话，再继续学习染色和织布。”

“生活费呢？”

“即使要打工，也想学习做职人，你有这个决心吗？”

妈妈连珠炮似的发问。

“有，虽然现在我也不知道能在哪里打工，但是我肯定会工作。”

爸爸一言不发地闭上了眼睛，似乎不想再听下去了。美绪有点气馁，垂下了眼睛。突然，她想起织布机上挂着的红色经线。她好想在织布机上挂上一根一根的纬线。

“爸爸，我想做制作钢花呢的工作，想制作给人带来温暖的布，你为什么不作声呢？”

妈妈担心地看了爸爸几眼，说道："这不是那么简单的事情，美绪，你想过设备和费用吗？还有爷爷的体力。这里面有很多事情要讨论，爸爸当然会觉得苦恼。"

"我知道，但是你为什么不说话呢，爸爸？"

美绪突然觉得很烦躁，转身准备离开。

"算了。"

"算了是什么意思？美绪，等一下。"

美绪背对着妈妈回到自己房间，开始往行李箱里塞自己的衣服。爸爸走进她的房间。

"美绪，你在干吗？"

"我去医院，从今天开始，我要住在爷爷的病房。"

"知道了。"爸爸回答道，蹲在了美绪的旁边。

"美绪，你冷静一点，爸爸并不是不说话，而是还没有组织好语言。美绪这次回家，爸爸很开心，希望我们三个人还能一起生活下去。"

"但是，爸爸……我要走了。"

"我知道。"爸爸又说了一句，"爷爷的事情爸爸会处理好的，所以现在憋哭，憋哭了。"

美绪听到这句话，停住了整理行李的手。

"我说的憋哭，你不知道什么意思吧？"

"忍住不哭。"美绪小声地说，"我知道的，爸爸。"

"憋哭。"说这句话的爸爸有着和爷爷一样温暖的声线。

在盛冈的护理机构，广志正打算离开护士值班室的时候，看到了前台小小的圣诞树。自从父亲病倒后，便越发觉得岁月如梭。

昨天请了专业机构把父亲送回了老家。东京是大晴天，到了盛冈，天空灰暗，一副要下雪的样子。过了一夜，天空还是阴沉沉的。

走进病房，美绪坐在床边，床上铺着她那条红色披肩。

“美绪，你来啦。”

美绪把手指放在嘴边，看了看床上的父亲，他已经安然入睡，呼吸十分平稳。

“爷爷刚刚终于睡着了。”

自从十月底父亲生病以来，美绪一直住在东京，上周搬到了盛冈，住在山崎工艺舍员工宿舍的公寓里，旁边就是裕子的个人工作室。广志坐在美绪旁边，看到她膝盖上放着两本绘本。

“这是什么书？”

“这个吗？”美绪递过一本，封面漆黑的底色上用蓝白色的线和串珠描绘了蒸汽机车和星星。

“这是《银河铁道之夜》的绘本，插图是清川麻美的作品。”

“我在书店看到的，觉得爷爷肯定会喜欢。真的好漂亮啊，用刺绣做插图，线居然还能这么用。”

美绪又递过另一本说：“这本是《水仙月四日》，也是爷爷喜欢的，让我带过来。”绘本的封面画了少女一般美丽的雪童子，旁边还跟着两只雪狼，手里拿着结着金黄色果实的槲寄生。翻开来，一个裹着红色毛毯的孩子跪在雪地里。

“爷爷有没有和你说过，他觉得这个孩子的红毛毯是钢花呢？”

美绪点了点头。

“爷爷还说这肯定是孩子妈妈亲手纺线、亲手织布做成的。”

“你爷爷每次喝酒时都要强调一遍这个观点，然后坐在旁边的太爷爷就会冷静地说：‘哎呀，纮治郎，那就是普通的红色毛毯而已。’爷爷每次只能认输。”

美绪用手捂住嘴，小声地笑了起来。

“爷爷每次说这个的时候确实很较真。”

“的确。要知道，你爷爷平时在你太爷爷面前完全抬不起头来。”

“那当然，那是自己的爸爸嘛，又是染织老师，肯定没法比。”

美绪的话怪怪的，广志不禁笑了起来，同时他也在思考：在美绪看来，父亲是这么了不起的角色吗？

说到做父亲的威严，广志是比不过自己的父亲和爷爷的。和他们两个相比，自己不但丝毫没有威严感，连存在感都很低。不过，现在美绪比以前更愿意和自己说话了，她不害怕也不疏远自己，能和自己闲聊，这让广志觉得很开心。

美绪摸着床上的红色钢花呢说：“我也支持钢花呢的说法，和爷爷一派。我想，那个孩子肯定已经没有妈妈了，因为最后来找他的只有爸爸，那块布肯定包含了妈妈的祝福，所以才打动了雪童子的心。不过……”美绪看着《水仙月四日》的绘本：美丽的雪童子笑意盈盈地看向雪的另一边。

“说不定雪童子就是那个孩子的妈妈？雪之妖精，感觉像是比较女性化的存在，虽然他们也自称‘僕’，但是也有女孩子这么自称的吧。”美绪突然不好意思地松开了手里的布，“又滔滔不绝地讲了一堆莫名其妙的话。”说完将手放在膝盖上，低下头来。

“并不莫名其妙呢。也有这样的解读方式啊。爸爸我是支持太爷爷的说法的。你能这么理解也很好，美绪现在是爸爸您这边的了。”广志对依旧闭着眼睛的父亲说道。

广志看了看手表，差不多到了和裕子约定的时间了。

“美绪，爸爸要走了。要去和裕子老师打个招呼，再关上泷泽家里的门，然后我就回去了，等年末再来。”

美绪从椅子上站起来说：“爷爷好像要醒了。”

“不醒也没关系，好不容易才睡着。”

“爸爸，这个给你。”美绪拿出一个小袋子，里面装着纺锤面包，上面贴着巧克力和花生贴纸的封口。

“你特地去买的吗？”

“刚好路过时买的。谢谢爸爸给我生活费，过阵子我也会和妈妈联系的。”

广志和真纪商量后，决定从美绪到盛冈生活开始到她自食其力之前，都会给予她经济上的支持。跟她本人是说支持到成年，但是他们真正打算的是供到二十二岁，相当于大学毕业的年龄。

“没关系，打工的时间还是用来好好学习吧，加油。”

美绪用力地点了点头。

广志和女儿并排站在一起，看着熟睡的父亲。在送父亲回盛冈的路上，他重新读了《银河铁道之夜》，“不管去哪儿，无论去哪儿，我们都要一起”，父亲之前说这句台词是主人公表明决心时说的，自己当时也觉得里面包含了决心，但重读的时候却发现还有后续。主人公模仿蝎子变成红色的火焰，燃烧自己，照亮黑夜，说道：“像那只蝎子一样，只要是为了大家真正的幸福，我的身体即使燃烧百遍都没关系。”这段话才是主人公真正的决心吧。

“爸爸，我还会再来的。”

父亲仍然熟睡着，身上盖着美绪火红的披肩。

广志来到铊屋町的展厅，裕子正在织西服料子。

看到广志，裕子停下了织布的手，问道：“很怀念吧？”

“有一点。”

“搞什么，才有一点？”

“声音……”广志边说边轻轻地抚摸右耳。

纺织的声音很安稳，广志想起在下雪天伴随着母亲纺线的声音昏昏欲睡的日子。

“声音真是令人怀念。”

“听了这个声音就听不到别的声音了。”裕子说着，从织布机上下来去了厨房。一会儿后，她端着泡好的茶回来，递给广志一本笔记本。

“我们大概按照这个本子上的指示整理了一下，剩下的收藏也附信送了出去。”

“我听太一说了，真是太谢谢了。”

“收到收藏的朋友们为了表示感谢，纷纷到盛冈来了，老师精神也好了不少，做康复的意愿更强烈了。”

在东京，父亲在病情稳定的时候用模糊的字句拼命地诉说着什么，广志分辨出“家里”“桌子”和“抽屉”这三个词，于是拜托太一打开家里的抽屉，发现了这个笔记本。父亲在上面写了自己收藏的转让人，还有家什的处理方法。

原来父亲早就准备关闭泷泽家里的工厂，搬到养老机构去。

裕子翻开一页，上面写着：剩下的物品，如果小广不接手的话，请送给这些人，已经全部整理好放在一楼了。

“全部送出去吧，希望这些物品能到懂他们价值的人手里。”

“我就知道你会这么说，但是也要问一下真纪和美绪的意见吧。剩下的过完冬天之后再处理也可以的。还有就是杂物间和仓库的东西，如果小广不要的话，我们就先代为保管吧。”

裕子递过笔记本，又指着一台织布机说：“这是美绪织的披肩，怎么样？”

他走上前去，看到织布机上挂着一块长约三十厘米的布。

“欸，还真是有模有样。”

“因为教得好。你坐下来看看，这是香代老师的织布机。”

广志突然想看看往昔在母亲眼前的场景，便坐到了织布机前。红色的经线绷得紧紧的，一点间隙都没有，整整齐齐地排列着。可能是因为这个颜色很有气势，织布机上充满了张力和生气。生性内向的美绪居然能操作这种充满力量的机器，真是不可思议。裕子站在织布机旁，看着眼前的红线说：“纮治郎老师的情况怎么样了？”

“挺安稳的，睡得很好，只是我觉得自己把他撇下不管了。”说出这句话的瞬间，广志感觉到自己再一次将父亲丢在了故乡。

裕子轻轻地摇摇头说：“不是这样的。”

“但这是事实。”

自己十八岁离家，后来几乎再也没有回来过，如果没有美绪的事，可能到现在和父亲还很疏远。为了转换心情，广志将目光转向眼前的布，问道：

“这个还有多久完成？”

“光织的话很快，但是后面还有不少工序。面料下了织布机还要用热水洗，让纤维更加密实，叫‘缩绒’，之后再熨烫就完成了。只是在洗之前还要检查修整织眼，修复断线的地方，像美绪这样的初学者需要修复的地方就会比较多。”

“光是想想就让人觉得晕头转向啊。”

“但是必须每一步都扎实完成哦，‘要认真对待工作’和‘要制作对生活有用的东西’是我们家的信条。”

这两句话以前是曾爷爷的口头禅，作为工坊的信条，在面试员工的时候也会提到。虽然领域不同，广志曾经也想心存这样的信条工作下去，只是那个公司已经不存在了，现在的公司也正在出售中。之前必须靠骑车才能来回的研究所、大片工厂还有地皮，已经分别用栅栏围起来，无法自由出入了。

“对了，美绪搬家的时候，真纪过来了。这次怎么是小广一个人啊？”

“她本来也打算来的，但是这周六有课。”

“这样啊。”裕子回答道，又坐回织布机前，“老师就是很难跟学校请假的。说到学校，美绪搬家的时候，我和真纪聊了聊，她说希望美绪拿到高中毕业证书后，能进染织和服饰相关的大学，哪怕是函授的。”

“我倒觉得学校也不是一切。”

“但是我和真纪的看法一样。如果打算长期从事职人这一行，就要尽可能地扩充自己的视野和眼界。现如今已经不是做出好东西就行的时代了，还需要钱和这个。”裕子举起手做出隆起肌肉的样子，敲了敲手腕。

“还有呢，知识和人脉多了也没坏处，所以只要美绪需要，我肯定会帮忙的。没关系的，我还干得动。”

“裕子姐真是了不起啊……”

“说什么呢？”裕子笑了笑，“小广明明比我还小。不过真好，真纪现在看起来心情也挺好的，小广也能放心了。”

“以后会是什么样子，现在也不清楚。”

广志把手伸向卷着纬线的梭子，出神地看着红线。自己家人之间经常有这种紧绷的线一般的紧张感。现在的情况比夏天已经好了很多，但是稍微注意一下就能发现美绪害怕真纪。女儿的这种反应让真纪很受伤，而美绪察觉到自己伤害了妈妈之后又变得更加小心。

“妈妈和女儿的关系不是应该很好吗？”

“看缘分吧，亲子也是一样。男性之间、女性之间因为毫无顾忌，反而会闹别扭。小广你自己不也是一样，和香代老师更容易沟通一些。”

“因为那是妈妈，感觉比爸爸更加亲近。”

裕子又开始织布，呼吸一样规律的声音再次响起。

“小广，你那时可能太小，不记得了，我有个大我三岁的姐姐，虽然明白是姐妹，可父母的爱绝对不是均等的。”

“我听说过你姐姐。”

“妈妈以前非常疼爱姐姐……后来因为姐姐很早就去世了，妈妈就只记得她好的地方，所以和我这个不讨喜的二女儿冲突不断。”裕子停住了织布的手，开始检查织眼。

“亲子关系良好那自然再好不过，但是这也看缘分。右撇子肯定更喜欢用右手，用左手的话，吃饭、刷牙都不方便，就会觉得痛苦。”

“所以你觉得姐姐是右手，自己是左手吗？”

“是的。但是呢，左手和右手同样重要，肯定都是无可取代的，我现在是这么认为的。”裕子拿起梭子，又开始织起布来。

离开铊屋町的展厅后，广志急忙租车往泷泽的家里赶去。对于父亲来说，自己是哪一只手呢？

父亲在社交时待人接物都十分得体，对自己的儿子却漠不关心，涉及升学就业这样的大事也只说一句“加油”。

从高速路下来，到了老家就开始下雪了。必须赶在积雪前查看一下杂物间和仓库，广志急忙向后门赶去。打开水渠旁边杂物间的门，映入眼帘的是一台双缸洗衣机，湿气和屋里闷着的空气散发出臭味。打开灯，他看到架子上放着布满灰尘的电饭锅和烤箱，他想都没想，抹去脚边吸尘器的灰尘，厂家商标露了出来，是自己公司的产品。广志慌忙擦去其他电器上的灰尘，都是相同的商标。

前面放着的冰箱就不用说了，是自己参与研发的产品。再往里走，又发现了公司合并以前的产品。冰箱和洗衣机有两台，里面的橱柜上还并排放着电视和摄像机，放在最里面的是一台古老的洗衣机，是自己刚进公司时参与研发的产品，用员工折扣买下送给母亲的。广志站在布满灰尘的洗衣机前，耳边回响起父亲的一句话，“孩子做的东西哪里舍得丢啊”。

“真是傻。”广志嘴里冒出一句话。

“扔掉就好了啊，爸爸。”

环顾四周，小小的杂物间里摆满了电器，多得快要溢出来了。这些都是父亲对自己的思念，还有自己在奉献半生的公司里制造产品的轨迹。

“爸爸。”广志不禁用双手抚摸着洗衣机的商标，低下头去。

“爸爸……对不起……”

# 第七章

# 三月　伸手抓住的东西

美绪利用年末和年初的假期终于完成了披肩，但是成品稚拙，实在不好意思拿出来给大家看。奶奶的作品是一块很漂亮的长方形，而自己织的布边缘像波浪线一样，扭七扭八的。

三月中旬的一天，美绪在裕子驾驶的面包车里，仔细回忆着关于自己织的布的事情。

新年的时候，美绪把自己织的披肩拿去给爷爷看，爷爷用能动的那只手一直抚摸着披肩。美绪想把披肩拿回去，但是爷爷紧紧抓住不撒手，用断断续续的句子说要把床上盖着的那条奶奶织的披肩换成美绪织的这条。近两米的布摊开在床上，技艺上的不成熟不由分说地被展示了出来，美绪实在是不好意思。

美绪跟爷爷说："如果别人以为这是山崎工艺舍出品的钢花呢，那就不好了。"可爷爷还是不松手。美绪只好跟裕子打电话商量，裕子跟她说："那也没有办法，你还是放弃挣扎吧。”接着又鼓励她：“早一点上手，把这条换掉吧。”

父母在一月连休时来看望爷爷，也看到了床上这块稚拙的布，都十分震惊。爸爸抱着胳膊一直盯着，坐在旁边的妈妈则一直抚摸着披肩边缘凹凸的部分。美绪以为她要批评自己，一直坐立难安，难为情地低下头，正准备将脸趴在手臂上。妈妈伸手阻止了，她抓住美绪放在膝盖上的手。美绪看了看妈妈，妈妈已经默默地哭了起来。

“你做得很好，美绪……”

美绪感受着妈妈的手的温度，就像冰融化了一样，自己也哭了起来。

护理床的靠背升了起来，倚着的爷爷正发出一阵感叹的声音。

“怎么了，爸爸？”爸爸靠近爷爷问了一句。

爷爷发出了“没”的声音，然后又说了一句“没”，将视线转向妈妈，嘴里说着“呜安……”。

妈妈靠近，看着爷爷说：“是要爱惜？”

“呜安思。”

美绪重复着爷爷的发音：“没呜……安思，是没关系吗？是不是，爷爷！”

爷爷点了点头。

“会，越……”

美绪生怕听漏了一个字，靠近观察着爷爷的口型。

“会越……来……越……”

“越来越好是吗？”爸爸问道。

“美绪以后会织得越来越好的。”

“谢谢您，爷爷。”

美绪蹲在爷爷的旁边，从爷爷的角度俯视着披肩。披肩形状扭曲，边缘乱七八糟，织眼粗大，也没有奶奶的作品的那种光泽感，但这已经是自己竭尽全力做出来的了，自己肯定会做得越来越好的。经过千百回的染织练习，自己会得到怎样的提升呢？

美绪触摸着披肩，火焰一样的红色让她兴奋无比。

“虽然现在还不行，但是总有一天，我会超过爷爷他们。”美绪自己都被这番话惊呆了，爸爸也惊讶地睁大了眼睛，爷爷微笑着闭上眼睛，落下一行泪水。

八天后，也就是一月底，爷爷包裹着红色的钢花呢，像熟睡一样离开了人世。

雪地里，裕子驾车开进了墓地的停车场，美绪父母穿着黑色的丧服，和僧人一起从前面太一的车子里下来了。坐在旁边的外婆一直沉默不语，下车的时候跟裕子道了谢。美绪抱着爷爷的骨灰盒跟着下了车。

四十九天的法事之后，要将骨灰从寺庙带到墓地进行安放遗骨的仪式。今天完成仪式之后，亲属们要在铊屋町的展厅进行会餐。僧人和父母正走在通往墓地的坡道上。美绪的背后传来裕子的声音："美绪，围上披肩吧，外面还很冷。"裕子从车里取出红色披肩披在美绪的肩膀上。

"欸，老师，但是……"

"裕子老师。"外婆也发出担心的声音，"没事吗？这样的场合用大红色披肩？"

"没关系的，大家在丧服外面都穿着各种其他颜色的衣服的，实在是冷嘛。"

停车场里，亲戚们陆续从车里走下来，丧服外面穿着的衣服确实不都是黑色。有上了年纪的亲戚走过来轻轻地拍拍美绪的肩膀。

"围上吧，这是钢花呢吧。"

"是给他们看的吧，纮治郎和祖先们都会喜欢的。"

"是的呢，"外婆用手帕捂住眼睛，"这是孙女拼命织出来的布。"

"不好意思，这是奶奶织的呢……"

"你不说我们也知道呀，真可爱……"一个中年女性轻声地笑着说。

太一冲他们招招手说："快点，广志叔等着呢。"

通往墓地的路上，雪似乎被扫过了，都堆在附近。今天还是要下雪的样子，天空阴沉沉的。

"好像不怎么冷呢，爷爷。"

美绪用红色披肩将骨灰盒包了起来。

短暂的诵经后，仪式终于结束了。在白雪中，人们静静踏上来时的路，外婆一边跟裕子说话，一边走下停车场的坡道。只有爸爸妈妈一直站在墓前没有动，两个人就这么并排站着。

美绪披着大红色的披肩，在离他们不远的地方等着。

灰蒙蒙的天空开始飘雪，雪花掉落在父母黑色的外套上，随即又消失了。

“美绪，等等我们。”站在身边的真纪的声音让广志回头看了一眼，亲戚们都返回了停车场，只有美绪一人站在墓地的入口。红色披肩从肩膀将她的身体严严实实地盖上，好像在纯白的雪景中滴了一滴红墨水一样鲜艳。

之前约定等美绪决定了未来的路，就讨论夫妻之间的事，但是父亲去世以来，彼此再也没有提到分手这样的话。今天父亲的法事也做完了，暂时觉得松了一口气。

“真漂亮啊。”真纪小声感叹道。

“可能是心理作用吧，觉得颜色特别纯净。”

“因为空气很纯净吧。”

“这样总觉得……”真纪的声音有一点颤抖，“总觉得这样的美绪离我们好远。”

“因为孩子长大了，要离开父母了。”

广志自己也将在夏天离开东京的家。

前阵子公司的人员调动给了广志很大触动，于是他在上个月辞了职。之前的上司也换了工作，问他要不要去关西的研究所。同一时期又收到一家做原创家电的公司的邀请，薪资很合适，介绍人是之前跳槽到这家公司的同事。这家公司的主要工作地点也不在东京。无论选哪个，生活都会发生很大的变化。

“我打算离开东京，不过工作的事还没有定下来。”

“大概什么时候做决定？”

“五六月份吧。”

“是吗？”真纪说着又看了美绪一眼。

穿着黑色西装的太一正在给美绪撑伞，自己和他对视了一下，太一点头致意后马上又转过头去。如果不是黑领带，这个穿着西装的年轻人很像参加婚礼的宾客。

真纪望着两个光彩夺目的年轻人，感叹道：“真好呀，孩子们还有未来，好像只要有愿望就都能实现。”

“即使无比渴望也有可能无法得到，明白这个道理就长大成人了。”

“就是没有梦想了。”真纪笑了笑。

“他们也是一样，未来也会长大成人，也许也是这样。”

微弱的阳光照射过来，划破了下雪的天空，天空中细小的浮云被风吹得到处飘动。

广志看着头顶灰色羊毛一样的云。

“梦想和希望就像云一样，小时候每天都能看到羊毛，就觉得云也触手可及。但事实上无论伸得多高都够不着。”

“可是羊毛你伸伸手就够着了啊。”

“所以我也并不讨厌父母的工作。”

真纪也抬起头看着天上飘散的浮云。

“往前走吧。”

广志想靠得近一些，把手伸向真纪，却没能够得着。

看着真纪离开的身影，他想起了葬礼那天，在火葬场告别父亲的时候，自己的手碰到了真纪的指甲，虽然只有一瞬间，她却急忙把手缩了回去，广志很错愕。但是下一秒，自己的手就被她紧紧握住，广志再一次惊讶万分。他无法忘记那双手的温暖。

在冰凉的空气中伸开双手，广志看着自己的手，即使梦想和希望像浮云一样遥不可及，人也总是想伸手抓住，掉落掌心的雪花好像被吞没了一样随即消失。

耳边有小小的脚步声越来越近。

“爸爸。”披着红色披肩的美绪打着伞过来了。

“雪下大了呢……也该走了。”

“真是舍不得离开。”站在旁边的美绪拂去墓石上的薄雪。

“谢谢你，美绪，还特地拿伞过来。”

“是妈妈让我拿过来的。”美绪把手伸进丧服口袋，拿出一个淡蓝色的小布袋子，“本来想吃饭的时候给爸爸的，之前裕子老师打开爷爷说的重要箱子，发现了这个。”

广志记得这个小布袋子，这是很久以前他在家政课上做的。

“我在小学的时候做过这种袋子，这该不会是爸爸以前做的吧。”

“是的，在里面放优待券，母亲节的时候送给妈妈作为礼物。”

“果然。”美绪轻轻点点头。

“对了，和小袋子一起的，还有一张色彩设计图，是给爸爸妈妈还有我设计的衣料颜色，好像是爷爷给我的家庭作业。”

“也有可能是挑战书。”

“是吗？那我会加油的。当然了，现在我还织不了衣料，等我哪一天能织了，爸爸你会穿吗？”

广志心中思绪无限，却没有开口，只是沉默地点点头。

“太好了，爷爷，爸爸说会穿的。”美绪对着墓碑轻柔地说了一句，把身上的披肩拉到头上，从伞下走出来。

“美绪，你都淋湿了，爸爸也准备走了，一起走吧。”

“没关系啊，雪已经小了。”

纯白的雪地里，美绪披着披肩就像戴着新娘头纱一样站在那里。

“我先走了，爸爸。”美绪摆动着红色披肩，小跑着离开了。

广志目送着女儿的背影，感到一丝落寞。他把那个旧旧的小袋子放进口袋，指尖碰到了硬硬的东西，打开一看，原来是一颗大拇指大小的水晶。

“啊！”广志不禁叫出了声。这是自己小时候在区界高原野外活动的时候捡到的水晶，是双锥形的漂亮结晶，当时就送给了父亲。

“是从某个人那里得来的最好的石头。”广志想到父亲笑着讲出的这句话，用手拂去墓碑上的落雪。

“再见面的时候，一定要喝一杯啊，爸爸。”

铊屋町展厅的会餐结束后，岳母就乘坐新干线去了函馆，说要和在北海道旅行的朋友在那里会合。真纪把她送到车站后又回了展厅。会餐剩余的餐食已经被商家带回去了，美绪和太一把拿到外面的备品送了回去。今天虽然是周末，但是傍晚会有外国客人过来。

法事全部完成后已经下午三点了，美绪本来说要把父母送到车站，但是客人来访的时间也快到了。广志和真纪对她说春天会再过来，然后坐上了出租车，美绪挥手的身影渐渐消失在视线里，这时手机短信响了。

“是妈妈。”真纪打开手机看了一眼，“她说马上就要到本州最北端了，现在正在行驶中。”

“她有没有说如果你在就好了？肯定邀请你了吧。”

“没有哦。”真纪回答道，把手机放进口袋里，“可能终于意识到父母有父母的旅程，孩子有孩子的旅程吧。反正我是要回东京了。”

车子接近盛冈站的时候，真纪问开运桥是不是在这附近。

“马上就到了，怎么了？”

“美绪他们在脸书和Ins[①]上提到了岩手山，说从桥上看山的风景很美。”

“今天可能看不到山。”

“但是我想散一会儿步。”

离新干线的发车时间还有一会儿。于是他们在开运桥前下了车，两个人慢慢向桥上走去。从桥上远眺北上川，对面山脉绵延，确实很美。虽然雪停了，但是云雾缭绕，依旧看不清岩手山的样子。

走到桥中央，真纪停住了脚步。大风呼啸，广志感觉她要提分手的话题了，默默地站在旁边。真纪从包里拿出一个信封，是市政厅的。不用问就知道，肯定是离婚申请。

“这样啊……我知道了。”

广志接过信封，真纪的声音在耳边响起：“你给我这个，就是因为要护理长辈还有工作变动吗？”

“这是很大的家庭变故，除此之外还能有什么理由呢？我也不忍心，没法签字。”

“你不要小看我。”真纪尖声说，“这些我也能做啊，夫

---

① 即Instagram，一款移动端的社交应用。

妻之间不应该相互体谅、分享喜悦、承担责任吗？一起承担生活的酸甜苦辣，一起经历风风雨雨，这才是结为夫妻最终的理由。结果根本不是这么回事啊！我是这么想的，如果你还是想分开，你就先签字给我，我是不会先签字的。”

“我不签，我也不该签。”

广志打开离婚申请，里面还是一片空白。

“为什么？”广志看着真纪小声问了一句。

真纪嘴唇微微颤动。

“谢谢你帮我装床，音响的布线也是不声不响地就给我调整好了，你总是在看不见的地方在意我，我都忘了当初就是因为这个才喜欢你的。”

“但是我们不能一起生活了，我的工作可能不在东京。我已经下定决心，只要能继续做制造产品的工作，哪里我都会去的。”

“没事，这有什么关系，夫妻异地又不是什么新鲜事。”

广志把手搭在栏杆上，看着河面说：“对不起，太多对不起你的地方……那么无情无义，真的对不起。”

“我也很抱歉。我们俩都是长着尾巴的青蛙，明明应该是足够成熟的大人了，可内心一直像蝌蚪一样长着尾巴，一直依赖父母。其实我们早都到了让父母依靠的年龄了。”

大风裹着雪在桥上刮起来，向山上吹去。真纪回头看了一眼河的下游，望向展厅所在的铊屋町的方位。

“现在只剩我们两个人了，就这样一起变老吧。”

“是的呀，无论在哪里。”

万千思绪化作同一句话：“无论去哪里，我都跟你在一起。”

“真正的幸福到底是什么呢？”《银河铁道之夜》的主人公问了这个问题。

自己也不知道，但是这辈子再也不会放开眼前这个人的手了。

真纪整理了一下被风吹乱的头发，笑了。

“你爸爸喜欢的绘本也让美绪看了吗？”

“《水仙月四日》吗？”

真纪点点头，看了一眼在风中飘舞的雪花。

“雪童子真的很像美绪的爷爷。”

他守护着披着红色毛毯的孩子，告诉前来找孩子的爸爸孩子的藏身之处，然后在晨光中消失不见。

他说着：“你爸爸来了，快醒醒吧。”

广志在开运桥上看到车站，便想起自己抱着红色披肩等着和父亲见面的那一天。

对自己来说，雪童子就像妈妈一样。在远离故土的地方，自己和妻子孩子一起遇险，那一天雪童子一定会对自己低声细语。

“你爸爸来了，放心吧。”

白雪在风中飞舞，向河的上游飘去，是变成了纯净雪童子的父母在空中自由驰骋吧。

那座山的山脚下，有父母曾经生活过的家。

广志把手伸出来，抱住真纪的肩膀。

“回家吧，回我们自己的家。”

# 尾声

# 钢花呢

东京的冬季很干燥，而盛冈的冬季很湿润，天阴之后就会下雪，天晴的时候，积雪就会一点一点融化。等到春天来临，积雪化成纯净的雪水，阳光一照就从屋檐上滴下来。美绪虽然很喜欢水滴的声音，但脚下也会因此变得泥泞不堪，让人头痛。她从工友家里取了织围巾用的毛线往回走，看到裕子正送两位外国客人出来。

一位漂亮的红头发女孩带着一位栗色头发的女伴。今年以来山崎工艺舍英文版的网页访问量激增，这都是青山选手的功劳。

去年年末，青山夫妻在Ins上发布了一张照片，上面是他们二人穿着钢花呢在圣诞集市喝热红酒。他们还用英语和西班牙语介绍了从爷爷那里收到的外套，还有山崎工艺舍的一些情况，日本的钢花呢立刻成了热门话题。这种按照穿着者个性做色彩设计，手工定制、制作考究的面料在全世界都已经很少了。

正在玄关门口讲话的裕子冲美绪招手说："美绪，这二位是‘今天的五月小姐’的粉丝呢。”红发女孩用英语慢慢地告诉她：每天都在脸书和Ins看这个栏目，非常开心。

“啊……Thank you. Here is ‘五月小姐’……and friend.[①]”美绪说着从口袋里拿出‘六号五月小姐’和绿色的‘七号’，两个女孩发出了热烈的欢呼声。

她俩和两只小羊玩偶拍照留念后，打开了“盛冈游玩地图”，开始商量去哪里玩。美绪给她俩看了Ins上的照片，在裕子的帮助下，用磕磕巴巴的英语试着介绍了本地有意思的店。她们对爷爷之前提到的咖啡店的苹果汁，还有由仓库改造的一家店的豆沙水果凉粉很有兴趣，开心地骑着自行车去探店了。美绪微笑着目送二人的背影。

爷爷介绍的那家店，美绪在工作时间一直都还没有机会去喝一杯，但她特别喜欢在周日时去那家店看书，还打算等妈妈和外婆来盛冈的时候介绍她们过去。

美绪和裕子送完客人回到展厅，太一拿着一条灰色和一条米色的披肩从楼上下来了。

“欸，客人已经走了吗？”

“客人很开心，已经去咖啡店了。美绪和我的接待非常成功。”

“打扰你一下。”太一说着拿出了披肩，“正好我也要找裕子老师，最近收到几件设计很受欢迎的披肩样品。”

---

① 即：谢谢。这是“五月小姐”……和（它的）朋友。

太一说着把披肩摊开，灰色的披肩上缝了口袋。

“有口袋啊，真可爱。”

“欸……”裕子老师说着用手试了一下布的触感，“这还挺方便的。这样的话，钱包和手机都能放进去。”

“这件是在披肩的末端缝了扣子，披上试试。”

美绪披上太一递过来的披肩，扣上扣子，这样双手就解放了，还能放进口袋，更觉得暖和，而且披肩也不会从肩膀滑落。

“这个可以用来取代外套。”

“是的吧！”太一反问了一句。

“只要轻轻地套在薄衣服上面，又轻便又可爱，坐电车或者巴士的时候还能盖腿。”

“靠车子出行的人只要带这一件就行了。”

“还有啊，纽扣的话，用我们家的布包边怎么样？就这样在披肩的末端缝上扣子。”太一从口袋里拿出一个塑料袋，里面放着各种颜色的钢花呢包布扣。

“这个纽扣好可爱啊！”

“是吧！”太一得意洋洋。

裕子却竖起手指轻轻摇一摇：“还是不够。这个扣子确实是可爱，但我们家的布还是和这种更搭。”裕子从楼梯收纳柜里拿出几个透明的塑料文件盒，里面放了很多镶嵌珍珠和玻璃串珠的纽扣。

“羊绒和珍珠很搭，毛织物搭配比较华丽的Bijou[①]系配饰和扣子会更合适，举个例子……”

裕子拿起灰色钢花呢的末端，放了一粒珍珠扣和太一的包布扣。包布扣确实朴素可爱，但是珍珠扣显得布更有光泽且精致。

太一神色认真地选了一颗镶嵌水钻的扣子放在布的末端。

“这个也不错。”裕子赞许地点点头。

“我收集的扣子都在这里，你们可以随时来看。”

裕子把文件盒放回收纳柜，拿起钱包，边上下晃动胳膊，边走到土间说：“好了，我去喝一杯，去那边的Fulalafu买点咖啡豆。美绪刚好也告一段落，去吃午饭吧。”

“好的，我去把羊毛收回来。”

“嗯，拜托了。”

展厅附近有家咖啡店会根据客人的喜好烘焙豆子出售，裕子去的就是这家店。

“宝石一样的扣子啊，是个好想法，但还是不成熟。”太一看了眼包布扣，苦笑了一下。

Bijou系的扣子原来是宝石的意思，美绪恍然大悟。温暖的钢花呢披肩搭配宝石一样的扣子，真是让人期待的组合。

---

① 原文为日语“ビジュー”，是源自法语的外来语，指宝石、珍珠首饰等。

"太一，这个披肩不会……"

"接下来一起研究一下吧，做一个具有我们工坊风格的东西。我能和你商量商量吗？"

"当然。"美绪回答道。

"那太好了！"太一兴奋地说。

"那我约个地方吧，我请你喝玫瑰色的苹果汁，去'扑克牌'？"

听到喜欢的店名，美绪立刻点头同意了。突然，她想问问太一的私藏店。

"那太一喜欢的店是哪一家？"

"樱山神社附近……"太一停顿了一会儿，继续说道，"不然就去那儿吧，是个很不错的地方，能看到城外的护城河。"

"我去拿车钥匙。"太一回到了二楼。

美绪拿起竹篓往外面跑去。

"太一，稍微等我一下，我去把羊毛取回来。"

走到阳台上，外面已经放晴了，美绪听到了令人愉悦的滴水声。屋顶的积雪融化了，清澈的雪水溅起飞沫，流进了土地里。空气虽然还是冷冷的，但是感觉下一个季节已经在做准备了。抬起头来，天空一望无际，蓝得让人心醉。覆盖着皑皑白雪的岩手山，今天能看得清清楚楚。

天空中飘着的仿佛是雪白的羊毛，美绪微笑着。

用云纺线、用光染色、用风织布，这样做出来的布能够温暖地包裹生命，把人送到未来。

在理想国的小城里，寻觅到一条用美丽的线铺成的道路。

从今往后，我将和用光与风织成的布一起生活下去。

# 致谢

拙作在执笔过程中，得到了蚁川工坊、中村工坊、中村文先生等众多人士的大力协助，在此表示衷心感谢。

作者